国家出版基金项目
NATIONAL PUBLICATION FOUNDATION

近代散佚戲曲文獻集成・理論研究編 13

總主編 黃天驥

趙苕狂 輯錄

增補曲苑金集
增補曲苑石集

山西人民出版社
三晉出版社

圖書在版編目(CIP)數據

增補曲苑金集·增補曲苑石集／趙苕狂輯錄. —太原：山西人民出版社，2018.3
(近代散佚戲曲文獻集成／黃天驥主編)
ISBN 978-7-203-10300-4

Ⅰ. ①增… Ⅱ. ①趙… Ⅲ. ①古代戲曲－文學理論－中國 Ⅳ. ①I207.37

中國版本圖書館CIP數據核字(2018)第018526號

增補曲苑金集·增補曲苑石集

主　　編　黃天驥
輯　　錄　趙苕狂
責任編輯　翟麗娟　任俊芳
助理編輯　古　昊
復　　審　劉小玲
終　　審　員榮亮
裝幀設計　謝　成

出 版 者　山西出版傳媒集團·山西人民出版社　三晉出版社
地　　址　太原市建設南路21號
郵　　編　030012
發行營銷　0351－4922220　4955996　4956039
　　　　　0351－4922127(傳真)
天貓官網　http://sxrmcbs.tmall.com　0351－4922159(電話)
E－mail　sxskcb@163.com　發行部
　　　　　sxskcb@126.com　總編室
網　　址　www.sxskcb.com

經 銷 者　山西出版傳媒集團·山西人民出版社
承 印 廠　山西出版傳媒集團·山西新華印業有限公司

開　　本　787mm×1092mm　1/16
印　　張　21.75
字　　數　177千字
版　　次　2018年3月　第一版
印　　次　2018年3月　第一次印刷
書　　號　ISBN 978-7-203-10300-4
定　　價　108.00圓

《近代散佚戲曲文獻集成》編委會

總主編　黃天驥

編　委　董上德　張繼紅　許石林　陳志勇

總策劃　越衆文化傳播·南兆旭

出版工作委員會

主　任　胡彦威

執行主任　張繼紅　姚　軍

副主任　梁晉華　莫曉東

監　製　徐　勝

委　員　周　威　劉小玲　徐　勝　顔海琴　何　瀅　林旭娜
張志杰　翟麗娟　王新斐　崔人杰　郭向南　史美珍
魏　紅　吉　昊　薛勇强　解　瑞　秦艷蘭　張仲偉
任俊芳

設計總監　李尚斌

設計製作　吴圳龍　莊生府　王秀玲

出版説明

一、近代散佚戲曲文獻集成鈎沉、梳理、選取十九世紀末到二十世紀中葉，散佚而獨具特色、頗具研究價值的戲曲文獻進行整理出版，以填補學術界在近代戲曲史史料方面的缺失。

二、叢書主要採取影印的方式整理出版，爲便於學界研究之需要，以忠實於原稿爲宗旨，對排版方式、原書内容的缺損、錯謁等均不做修復，在不影響内容的情況下僅對頁面的污損做了處理。

三、叢書作爲影印文獻，序言、附注、插頁皆予以保留，最大限度地保持原本原貌：單黑印刷的保持單黑色，彩色印刷的以原來的色彩進行印刷。

四、叢書分爲「理論研究編」「戲曲史料編」「名家文獻編」「曲譜和唱本編」四大編七十册。

五、「理論研究編」主要選取了近代重要的戲曲研究名家絶版多年的重要著作。其中，或有部分重要經典著作後期有再版，如王國維先生的宋元戲曲考，我們選擇早期稀見之「正音學會校本」版，原貌出版。

六、「戲曲史料編」則對史材、檔案、傳記等史料進行了整理。「名家文獻編」對著名戲曲表演藝術家的文獻進行了集中整理，包括海外版史料、報紙雜誌或期刊的專刊、各種個人專集等。這些史料或散於海外、或沉於故紙堆，因極富時代特色且具有原真性，又長期遊離於主流學術研究視野之外，因而其研究價值較爲突出。爲保持文獻原真性，對於期刊圖書廣告頁予以保留。

七、「曲譜和唱本編」主要對戲曲的曲譜和唱本進行了整理。曲譜和唱本是戲曲藝術傳承、演變、發展的主要載體之一，近代的曲譜和唱本很多是當時演出的戲本，故不少史料具有民間性，對於戲目發展的原生狀態具有很高的研究價值，如小唱本，因非常零散，多年來幾乎未見整理出版。

八、因叢書主要採用影印的方式，故海外出版的外文版未進行翻譯，維持海外原版之狀態，適合較高層次的讀者閱讀、研究。

九、叢書中，因原版的零散或者底本的其他狀況不便於影印的戲曲藝術散論叢編採取了重新錄入的方式進行排版，由本項目組進行了點校、審讀。

十、對於篇幅較小的原本書目，叢書進行了合編出版；對於合編册數爲兩册的，保持了原始書名；對於合編册數爲三册以上的，則按整理的類别，重新編訂書名。

十一、所選版本的頁碼標註，在保持原始頁碼的同時，重新編排了新頁碼；對於兩册以上合册出版的書目，做了目錄，便於讀者查找閱讀。

十二、爲保證叢書體例一致，序言、出版説明、版權頁等附文，皆採用了中文繁體編排。

鑒於編者水平有限，有不當之處，敬請方家指正，又因出版時間所限，定有諸多不足之處，亦請廣大讀者海涵。

總序一

黄天驥

戲曲，是我國在世界藝壇上獨樹一幟的綜合性藝術。如果從金元時期戲曲趨於成熟的階段算起，歷經明清兩代，到晚清民國時期，它已經走過了近七百年的道路，發揮過重大的社會影響。

戲曲，包括雜劇、傳奇乃至花部小戲等體裁，在不同的歷史時期，其内容、形式，不斷地變化融合，也經歷過好幾個不同的發展階段。進入晚清民國時期，隨着我國歷史和社會出現翻天覆地的變化，戲曲進入了非常獨特的歷史時期。對於中國文化和研究中國戲曲史而言，這是具有特别意義並且非常值得注意的歷史時期。

我國戲曲，元代以雜劇爲主流，明清兩代，劇壇以傳奇爲主，也兼演雜劇。但到了清代乾隆年間，朝廷經常在爲皇帝、皇太后祝壽的全國性節日，引進各種地方戲班，進入北京會演。以此爲契機，徽班以其精彩的表演和它易於爲群衆接受的特質，在京城落地生根，影響日益擴大。它融合了其他唱腔，形成了後來被稱爲「京劇」的新劇種。這時候，各處的地方戲，風起雲湧。至於曾在舞臺上流行的雜劇、傳奇，即使在某些方面結合時代的潮流，有所革新，但終究敵不過以徽班爲代表的清新、活躍、更接地氣的地方戲。愈到後來，屬於「雅部」的雜劇、傳奇，漸漸無人問津，走向衰落。從此，「花部」終於戰勝了「雅部」，中國的劇壇，經歷了一次重大的變化。

從晚清到民國，隨着政治經濟的變革，西方各種思潮包括文藝思潮，也陸續湧入古老的天朝。我國戲曲領域，與中國人民反帝反封建的鬥争相聯繫，與資産階級政治運動相適應，也出現了深刻的改良活動。以京劇爲例，劇壇上呈現出與元明清三代不同的面貌和特點。

從金元以至明清，我國戲曲經過長期的創造、沉澱，在劇本創作上，特别在唱、做、念、打等表演技巧方面，都在不斷地完善。乾嘉以來，商業興旺，中心城市如北京、上海一帶，市場繁榮，觀衆日多，審美要求也日益提高。加以宫廷的大力提倡，各個地方戲種有了交流借鑒、互相影響、共同提高的機會。以京劇爲代表的「花部」，特别在表演藝術方面，日臻成熟，達到了中國戲曲史上的高峰。那時候，戲班衆多，名角迭出。咸豐、道光年間，京師出現以演老生見長的程長庚、余三勝、張二奎。這三傑，被稱爲「三鼎甲」。後來又出現譚鑫培、汪桂芬、孫菊仙三位傑出的老生演員，被稱爲「後三鼎甲」。他們的做派唱工，或如黄鐘大吕，慷慨沉雄；或如雁嘯長空，悲涼蒼勁。他們風格各異，而其共同之點：品行端正，敬業不懈，嚴肅地對待藝術創造。因此，他們被藝術界公認爲偶像，也受到廣大觀衆的尊敬。

到民國初年，觀衆喜愛老生的熱忱，逐漸轉换爲對旦角的追捧。當時京劇湧現出四大男旦。梅蘭芳以俊美的容姿，唱、做、念、打已達爐火純青的表演技藝，讓觀衆如癡如醉。程硯秋擅演悲劇，以青衣應工，幽韻哀情，如泣如訴，唱到劇中的悽楚之處，讓觀者感同身受。荀慧生則表情多變，做派風流活潑，有第一花旦的美譽。尚小雲嗓音圓亮高朗，在串演女性角色中透露着英勃之氣，他尤擅演刀馬旦，在旦角中自成一派。那時候，「梅、程、荀、尚」，紅透了中國劇壇。

可以説，清末民初，是中國戲曲發展的高潮時期，尤其是在表演技巧方面，更是發展到藝術的頂峰。這一點，和戲曲在繼承傳統的基礎上，在新舊交替的時代，審美觀念出現變化，演員們在劇本内容和演技方面，爲適應社會的需要，積極地醞釀有所變化、有所革新有關。當舊的政治體制被推翻，崇尚個性的潮流湧入劇壇，「四大名旦」們，也就不斷刷新劇目，即使演出傳統舊劇，也注意作適當的改造，注意程式的創新，甚至懂得追求人物形象的個性化。於是，整個清末和民國的劇壇，出現了讓人耳目一新的局面。

在這階段，藝壇上有一個現象，很值得我們注意，這就是圍遶着名角，出現了一批在文學上或在藝術上很有造詣的追隨者。他們不是戲迷或跟班，而是對名角有着很大影響力的藝術顧問或參謀，在戲班中，他們在很大程度上起着導演、編劇兼評論家的作用。像齊如山、羅癭公、陳墨香等人，他們文化根基深厚，社會經驗豐富，對新思潮有所瞭解。他們的加入，對清末民初戲曲走向高潮，產生了積極的作用。

由於有一批高水平的文化人，經常與名角們長期深入地接觸，瞭解名角們的生活，熟識演員們藝術創造的過程，也和當時的優伶界一起沉浮。他們用文字把舞臺上下種種見聞記錄下來，從不同的角度描述當時劇壇發展的足跡，這就給後人研究清末民初的劇壇，留下了極有價值的文獻。本叢書的「戲曲史料編」，便是力圖完整地搜集這一時期劇壇有關史料，方便研究者對當時劇壇有詳盡的認識，也爲人們進一步深入研究提供線索。

進入清中葉以後，我國戲曲表演，實際上已推行「演員中心制」，無論是京滬劇壇乃至各處地方戲，從戲班體制乃至舞臺演出，均以演員爲中心。越到清末民初，名角的作用越是壓倒一切。這樣的現象，在我國戲曲史上並不多見，也可以視爲戲曲表演發展到最高階段所呈現的獨特面貌。

由於演員表演的成就成了這一時期戲曲發展的標識，爲此，本叢書編選「名家文獻編」，輯錄了梅蘭芳、譚鑫培、周信芳等十一位藝術大師的文獻，其中包括演出報告、影集、雜誌、臨時特刊等文獻，以及社會各界對他們的述評和研究文章等等。通過此編，讀者既可以認識、學習一個個名角各自的表演特色、各自的藝術成就，也可以從總體上，綜合觀察這一歷史時期戲曲發展的趨向。

這套叢書，還列有「理論研究編」。

本來，從金元時代開始，戲曲已趨成熟，成爲人民大衆喜聞樂見的藝術形式，許多文人雅士，也參與到劇本的創作中，寫出了不少膾炙人口的名劇，被視爲「驅梨園領袖，總編修師首，捻雜劇班頭」的關漢卿，甚至還粉墨登場。但是，在戲曲理論方面，卻鮮有人認真思考。除了明末清初的李笠翁，寫了閒情偶寄，算是比較全面地總結戲曲劇本的創作和表演經驗的規律以外，幾百年來，即使是關心戲曲的名家，也衹作些蜻蜓點水式的評點，或者在書信中和朋友們發表些零星的想法，至多是在劇本的序跋中，涉及對劇本創作的思考。可以說，從古以來，我們傳統長於形象思維卻疏於邏輯思維的慣性，使古代戲劇家對戲曲缺乏系統性、學理性和歷史性的思考。

近代以來，國運日衰。隨着西方列强在軍事、經濟、文化方面的進入，我國不少精英人物，不得不考慮國家向何處去的問題。思想界和學術界的許多學者，往往在不同程度上，和西方學術有所接觸，直接或間接受到西方文化的影響，思維方式也有所改變。同時，他們也看到，與城市商業繁榮的局面相聯繫，包括戲曲在内的通俗文化，日益受到廣大群衆的歡迎，特别是戲曲的表演藝術突飛猛進，其影響甚至超出了國門。這種種因素，讓許多有識之士，再不把戲曲視爲不登大雅之堂的「小道」。這一來，戲曲理論的研究，逐漸爲學術界人士所關注。從王國維開始，學者們已把戲曲研究作爲一門專業性的學問。進入二十世紀的四五十年代，戲曲理論研究更成爲顯學。

當然，在清末民初，戲曲理論研究剛剛起步，但也取得了令人矚目的成果。後來，在抗日戰爭期間，在烽火連天、顛沛流離的日子裏，有些學者還孜孜不倦地進行戲曲研究，努力從理論上探索中華民族文化瑰寶的奧妙。有些學者追根溯源，探索戲曲發生發展的過程；有些則研究戲曲在不同時代的表現和特點，或者研究我國戲曲的形態；有人廣泛搜集和考索劇本劇目；有人致力於曲韻的研究；有人還注意對地方戲的論述，等等。可以說，清末以及民國時期的戲曲理論研究者，完全打破了傳統曲學評點餖飣支離破碎的方式，他們從不同角度，對戲曲藝術作系統性的研究，邁出了新的一步。即使有些地方，還待深入探討，但已爲後來的研究者打下了基礎。「篳路藍縷，以啟山林」，在我國戲曲研究學術史上，這一時期的學者功不可没。其中，有些論著，具有經典性，直到今天，依然是戲曲理論研究者必讀的文獻。爲此，本叢書設置「理論研究編」，努力搜集讀者不易看到甚至已經絶版的論著，意在既保存珍稀資料，又爲學者們開展對這一階段劇壇的研究，提供更全面的幫助。

經過多年的努力，近代散佚戲曲文獻集成叢書終於面世。這套叢書的出版，填補了近代戲曲學術史的空白，對推進今天戲曲創作、表演和理論研究，也很有價值。特推介，是爲序。

二〇一五年六月十二日於中山大學中文堂

「理論研究編」序／

董上德

進入二十一世紀之後，在人們的視野中，晚清民國是一個較爲特殊的歷史階段，説「近」不近，説「遠」不遠，很多東西，如昔日雲煙，漸漸淡出，甚至杳無蹤影；有些東西，卻如陳年老酒，香醇如故，至今值得珍惜。

就以晚清民國的戲曲研究而言，在當時算是一門很「新」的學問；而在今天看來，它既屬於藝術學的範疇，也進入文學的疆域，還旁涉其他相關的學科，如音韻學、方言學、民俗學乃至當今正在盛行的「非遺學」，等等，可謂門庭廣大，五花八門。戲曲研究的演進軌跡是一件頗堪玩味的事情。

説起來很有意思，晚清民國之前，可没有人會將研究戲曲看作是學問的。在以「經學」爲正宗的古代學問體系裏，戲曲作爲古代社會的「亞文化」，不可能進入主流意識形態。與所謂的「大傳統」相對而言，戲曲屬於「小傳統」，不登大雅之堂，研究戲曲的成果，似乎不配稱爲學問。故而，雖然自元代以來出現過錄鬼簿 中原音韻 太和正音譜 曲律 閒情偶寄等今天可稱之爲「戲曲學」的著作，可它們不會被封建時代的官方認可爲著述，像四庫全書這類官修叢書也不會將它們收錄進去。

到了晚清民國時期，情形出現重大轉折，有兩種情形值得關注：其一，西方的民俗學、民間文學研究（如德國格林兄弟對童話的收集、整理與研究等已開一代學術風氣）借由日本學界的模仿、消化而漸漸爲東方社會所知，善於及時跟蹤世界學術動態的日本學者，可謂得風氣之先，其民俗學及民間文學視野催生出一些啓發人心、值得借鑒的研究成果。曾經受到中國儒家文化影響的日本學界，自明治維新以來不再囿於儒學，而呈現出「開新」的進境，這會影響到逐漸與日本學界多有交往的中國學人；受到新的學術風氣的影響，中國學人不甘人後，貼合中國的實際情形，翻了一個筋斗，躍出經學的掌心，做出了古人没有做出來的新學問。其二，更爲重要的是，隨着具有劃時代意義的「五四」新文化運動的興起，中國學人有了自己的批判意識，重新認知古代的文化遺産，不再只盯住「大傳統」，而將「小傳統」裏的戲曲、小説、民間説唱等納入研究視野，這一批過去的「地攤貨」終於正式地入了知識分子的法眼，對它們的研究也逐漸可以見諸學術刊物或報紙副刊，甚至一些大學破天荒地開出戲曲研究、小説研究的課程，可以説，中國學術的「大環境」也發生了前所未有的改變。

在巨大的學術轉型過程中，某些人物、某些著作起到了十分重要的垂範作用。如著名學者王國維先生，他於一九一三年在日本完成了有史以來第一部戲曲史專著宋元戲曲史的初稿，標誌着戲曲研究正式成爲一門建構於學理基礎之上的學問。他在此書的序言裏稱：「非吾輩才力過於古人，實以古人未嘗爲此學故也。」此書的問世，可以看作是晚清以來、「五四」之前的一個學術事件，是近代中國學術變遷鏈條上不可忽視的一環。身處日本，做的是「中國學問」，而且是「新」的學問，王國維先生因之成爲晚清民國一位具有標桿意義的人物，其宋元戲曲史成爲現代戲曲學的開山之作。其後，「五四」新文化運動的領袖人物胡適、魯迅，還有受其影響的顧頡剛、鄭振鐸等人，他們對戲曲、小説這類「俗文學」的一系列研究成果，不管是出之以專著，還是出之以論文、雜文等形式，都一新國人的耳目，匯聚成一股啓人心智、重估民間文化價值的學術風氣。

不過，戲曲這一門學問，要真正建構起來可不簡單，並非若干位著名學者所能够「畢其功於一役」的，這還有待於無數後繼者多方面、多話題的探索。晚清民國的戲曲研究成果，初看起來顯得方方面面都有，正反映了戲曲研究的複雜性。

其實，戲曲只是一個很籠統的概念，其內裏含有極爲豐富的意蘊，存在多種面向，頭緒衆多。自宋元以來，其演出形態就歷經多變，從廟會到堂會，由廣場藝術漸變爲劇場藝術，既娛神又娛人，在較長的歷史時期裏，其祭祀功能與娛樂功能或兼顧並舉、交互扭結，或相互剝離、二者並存，情形甚爲複雜。更值得關注的是，戲曲演出，其在民衆日常生活裏所起到的作用和影響也並非單一，而是呈現出複合功能。站在今天的文化立場上看，設若沒有了戲曲演出，我們的民族素質就會大不一樣。試想，站在廣場上或戲臺前觀看戲曲演出的人們，有多少是村夫農婦，有多少是大字不識的文盲，可他們到底並非沒有文化，起碼他們是知道漢高祖、「劉、關、張」、秦王李世民的，這就是民間版的「歷史啓蒙」活教材；起碼他們是知道正德皇帝游龍戲鳳是荒唐混賬的，陳世美不認妻是天理難容的，法海和尚拆散白娘子夫婦是歹毒不人道的，這就是民間版的「價值哲學」活教材。如此等等，無不喻示着中國民間的確出現了一所又一所依循着年曆、神誕等時間節點而隨機形成的「教養學校」：臨時搭建或設於寺廟裏的舞臺就是課堂，連那些前去看戲的男女文盲們也成了學生，從而形成文盲不等於沒有文化的「中國特色」。可以說，戲曲演出含有娛神、娛人以及教化民衆等多種功能，顯示出中國戲曲舞臺以及戲曲作品的偉大作用與獨特影響。故此，晚清民國的學者們，換了一種眼光，不約而同地研究起過去人們大爲忽視的戲曲，而且角度各異，精彩紛呈。今天，重新閱讀他們的各式各樣的論著、論文，會驚異於他們的激情與專注，會佩服他們的耐心與細緻，更會獲知我們今天不一定能感受得到的特定時期的戲曲演出的樣貌；而話題之多樣、見解之尖新、材料之鮮活，也讓人開拓眼界、別有會心。

從存世文獻的角度看，晚清民國學者們的戲曲學論著、論文，除少數名著如王國維先生的宋元戲曲史、吳梅先生的中國戲曲概論等外，大多没有再版印行；原刊發於民國學術期刊上的與戲曲研究相關的論文、文章，更是難覓蹤影。不要説一般的讀者難以見到甚至並不知曉，就算是專業研究者也不易尋獲，要到圖書館查找，通常還不能外借，而且，並非所有圖書館都有收藏。這些論著、論文，往往散在於各地的公私收藏之中，使用起來極爲不便。於是，就有了收集、影印出版這一批「隱藏」了長達半個世紀以上的戲曲論著、論文之舉。

今天回過頭來看這一批話題衆多、形式不一的戲曲研究成果，輕輕撣去散落於書頁之上的歷史煙塵，我們依然可以認知到其中不可忽視的獨特價值，要而言之，約有如下數端：

第一，接續王國維的研究思路，將其相關研究加以細化，而又小中見大，顯示着戲曲學這一門學問的學術積累與學術推進過程。

宋元戲曲史作爲開山之作，具有無可爭議的典範性與權威性，最爲重要的是，王國維先生此書的框架大體呈現出「戲史溯源」「樂舞考原」「脚色探源」「劇本辨體」「劇目存佚辨析」「劇本文學研究」「雜劇、南戲區別對待」等内在的版塊，已經梳理出作爲一門學科的戲曲史論著的邏輯理路。這就爲後學奠定了該學科的學理基礎。當然，這一草創性的論著儘管體大思精，却也不無粗疏，受到材料的限制，有待補充、論证的地方亦屬不少，有些專題研究還有待「細化」，有意無意間，宋元戲曲史爲後學預留了不少可以進一步探研的空間。

於是，就出現了一些可以與王國維先生對話或補充其缺漏的論著，如在「戲史溯源」這一版塊，孫楷第的傀儡戲考原、董每戡的説「傀儡」（見説劇）、李家瑞的傀儡戲小史、華木的梅縣的傀儡戲等，以更爲豐富的史料、較爲縝密的分析做出了王國維先生尚未來得及細做的專題研究。宋元戲曲史第三章宋之小説雜戲專門談及「傀儡戲」，認爲傀儡戲起源甚早，大概在漢代已經有「作偶人以戲，善歌舞」的演出，歷經演化，到了宋代則成爲一項重要的文藝表演：「至宋而傀儡最盛，種類亦最繁……則宋時此戲，實與戲劇同時發達，其以敷衍故事爲主，且較勝於滑稽劇。此於戲劇之進步上，不能不注意者也。」這番話，言簡意賅，點到即止，但在「戲史溯源」的問題上卻是甚爲重要的。至於具體情形，還有待進一步考證。故而，孫楷第等先生的上述論著就顯得很有必要且甚有價值。

此外，在王國維研究思路的基礎上，試圖建構相對完整的「元劇學」（或可稱爲「元明雜劇學」），如賀昌群的元曲概論、孫楷第的也是園古今雜劇考、馮沅君的孤本元明雜劇鈔本題記與元雜劇與宋明小説的幾種稱謂 古劇四考、鄭振鐸的元明以來雜劇總錄等；在王國維研究思路的基礎上，試圖建構相對完整的「南戲學」，如錢南揚的宋元南戲考與浙江的戲劇、宗志黄的宋元之南戲等。可以説，這一系列成果，一則説明王國維先生開示了正確的研究路徑，可謂功不可没；一則説明王國維先生的宋元戲曲史畢竟處於「草創」階段，有待補充、斟酌甚至修訂的地方可謂不少。後繼者的勞作，一步一步，一點一滴，都不應被忽略。

第二，不再囿於王國維的研究框架，探索戲曲史上的另外一些重要問題，如地方戲研究，顯示着戲曲學作爲一門學問的開新與拓展。

宋元戲曲史局限於宋元，不及明清，這顯然是很大的欠缺，是一部不完整的中國戲曲史。何況，王國維先生是一位書齋裏的學者，平時不喜歡看戲，不去觀察舞臺，更不會專門去考察鄉間演劇。而自清中葉起，「花部」即地方戲，興盛不衰，深入人心，具有極大的藝術活力與潛力，是中國戲曲史極爲重要的組成部分。

有見及此，一些學者不辭辛勞，到民間去，收集地方戲曲的劇本，考察演出的實況，瞭解民衆的審美心理，寫出了功底扎實、資料豐富、見解獨到的論著，如黄芝岡的從秧歌到地方戲、揚鐸的漢劇叢談、鍾琴的越劇、玄然的花鼓戲、朱今的我鄉的目連戲、陳子展的花鼓戲無南北等。

尤其值得重視的是徐嘉瑞的雲南農村戲曲史，該書以雲南農村戲曲（包括舊燈劇與新燈劇）爲研究對象，

「把雲南現在流行的農村戲曲，做了一番搜集整理的工夫」，僅從該書附錄的雲南農村戲曲集（第一部爲「舊燈劇作品」，第二部爲「新燈劇作品」）可以看出，作者下了多大的功夫才能有此豐碩的收穫。而作者的研究思路也值得稱道，他説：「（雲南農村戲曲）是現在流行在民間的東西，和已經死去的元曲不同；它正在發展，正在變化，正在風行，對於努力通俗化運動的朋友，可以得許多參考的資料，可以從舊瓶中釀出許多新酒來。」（見該書導論）換言之，如今研究這些活態的戲曲，將之納入戲曲史研究的範疇，不僅着眼於過去，還着眼於現在。將戲曲史研究與田野調查有機地結合起來，是該書的鮮明特色。這絕對不是「學究」的思路，而是體現出真正懂行的戲劇研究者的胸襟與責任感，尤爲難得。這一類情形，在相關的其他論著中也有呈現，並非個别現象，我們在晚清民國的戲曲學者身上看到了十分可貴的學術品格。順帶可以提及，雲南農村戲曲史的一些記載頗具鮮活的史料價值，比如，説到一九三七年後雲南農村戲曲演出樣貌：「自抗戰以後，舊燈劇漸漸消滅，新燈劇大爲流行」；至一九四二年，抗戰已入第五週年，農村有不少宣傳抗戰的戲在上演，「登臺的脚色，是農村婦女的弟兄和丈夫，看戲的人，是生旦净丑們的家屬」，他們不是職業演員，爲了激勵抗戰的精神，粉墨登臺；可以想見，那是烽火連天的歲月，那是民族危難的關頭，「學校疏散下鄉，有許多學校也把新舊燈劇改編成抗戰戲曲，所以男女學生有許多唱燈劇的了。有許多軍隊，住在鄉下，替人民種田、修路、挖溝、掃地，新春來了，軍人們唱燈劇給鄉村的農人看，因爲軍人多是從農村中來的！」（見該書結論）國難當頭，鼓舞士氣，民間戲曲起着不可小覷的作用；而學生的疏散下鄉、軍人的駐紮鄉間，成爲雲南抗戰期間戲曲演出興盛起來的歷史契機，這本身就是中華民族戲曲史的重要一頁。作者以飽滿的激情寫作雲南農村戲曲史，字裏行間，洋溢着有血性學者的正義感，數十年後，再讀這樣的文字，依然令人心潮澎湃。而回到學術層面，我們不能不充分估計這一類著作在戲曲學領域的開拓意義與價值。

第三，在新舊戲劇形式的碰撞、交融與更替過程中，探尋戲曲的新出路，顯示着戲曲學作爲一門學問所具有的與時俱進的活力。

晚清民國時期，藝術樣式變得更爲多樣化，舊的繼續流行，新的獲得青睞，新與舊，兩相對舉，互成對手。以戲劇而言，文明戲出現了，話劇漸趨成熟，一些留學外國的戲劇工作者帶回了新的戲劇理念，甚至在某些高等院校有「小劇場運動」，學生劇團相當活躍。在此情勢之下，一些戲曲研究者不得不思考「舊劇」的命運。比如，洪深先生有北劇之將來一文，所謂「北劇」，指的就是京劇即「皮黃」，作者在「新劇」的壓力下反觀「舊劇」的不足，認爲「北劇取材，大都是依據歷史小説，編者乏識，類多不知選擇，所以不是描寫神權萬能的宗教觀念，便是鼓吹忠孝節義的傳統宗法思想，真正能够表現時代精神與社會生活的，簡直很少。這樣的題材不僅是爲現代的民衆所不需要，而且是太背叛時代了」。這種對「舊劇」的反思和批評，内裏包蘊着對傳統戲曲的熱愛，故而，作者建議「不能一味在因襲上下功夫」，一定要變革，「假如他們真的肯下了决心，從事改革，存其精華，去其糟粕，北劇未始没有存在的價值。」（見左明編北國的戲劇）又如佟晶心的新舊戲曲之研究，既是簡明扼要的戲曲史，又是一部探討舊劇如何在新的時代氛圍中改良自身、實現「戲劇的藝術化」的專題論著，其中，還涉及話劇、影劇等話題。儘管説不上精深，但作者視野開闊，着眼點明確，就是探討「因着自己的藝術化而影響到社會」的戲曲如何提昇自身的感化力量的問題。與此相關，我們看到，那個時期的不少學者以「京劇」爲思考對象，寫出自己在特定時代裏的新的認知，如稚青女士的國劇津梁、華連圃的戲曲叢譚、郭文生的近代皮黄劇韻等等。可以説，在「新劇」的刺激之下，學者們十分關注「舊劇」（主要是京劇）的生存之道與改良之策，爲日後的戲曲改革奠定了某些方面的理論基礎。

大體而言，晚清民國的戲曲理論研究，是一個我們過去重視不够的領域。原因可能多樣，但有一條是肯定的，就是相關的文獻資料「流通」不廣，人們自然就知見不多、認識不深。我們不能説，這一批論著篇篇精品、字字珠璣，其實難免會有某些「粗糙」，某種「雜質」，可换一個角度來看，正是這樣一批「精粗雜陳」的文獻資料，更爲「原生態」地展示出晚清民國戲曲研究的動態風貌；學者們的各種見識，或精審，或粗淺，或是不刊之論，或是有失允當，都已經成爲「學術史」裏的「活化石」，無須格外「打磨」，也不必刻意「遮掩」，原原本本，呈現在後人眼前，這何嘗不是一件值得「點贊」的事情呢？

是爲序。

二〇一五年七月二十八日於中山大學

作者簡介

增補曲苑（輯錄者）

趙苕狂（一八九二—一九五三），名澤霖，字雨蒼，號苕狂，別號憶鳳樓主，吴興（今浙江省湖州市）人。早年肄業於上海南洋公學電機系。大東書局第一任總編輯，以後在世界書局任十七年總編。在任上海世界書局主編時，幫助了多位當時積極進步的文化名人，參加過柳亞子的南社，在南社社友著述存目中，「趙苕狂」條目下有二十五種書，傳奇類、俠客類、偵探類居多，屬典型的鴛鴦蝴蝶派作品。而由他主編的紅玫瑰雜誌歷時九年，影響力很大。

碧雞漫志

王灼，約生於一〇八一年，卒於一一六〇年，字晦叔，號頤堂，遂甯府小溪縣（今四川省遂寧市船山區）人，宋代著名科學家、文學家、音樂家。其著作現存頤堂先生文集和碧雞漫志各五卷，頤堂詞和糖霜譜各一卷，另有佚文十二篇。

樂府雜錄

段安節，生卒年不詳，唐代著名的音樂理論家。齊州臨淄（今山東淄博）人，宰相段文昌之孫，太常少卿段成式之子，温庭筠之婿。官至朝儀大夫，守國子司業，善音律，能自度曲，述樂府之法甚悉。他所撰樂府雜錄一書，記述了唐代以前的音樂情況，對後世影響很大。

羯鼓錄

南卓，生卒年不詳，字昭嗣，唐宣宗時任拾遺、洛陽令、黔南經略使，著有羯鼓錄唐朝綱領圖唐紀年記駁史南卓文等。

新編錄鬼簿

鍾嗣成（約一二七九—約一三六〇）元代文學家，散曲家。字繼先，號醜齋，大梁（今河南開封）人，寓居杭州。順帝時編著錄鬼簿二卷，有至順元年自序，載元代雜劇、散曲作家小傳和作品名目。所作雜劇有章臺柳錢神論蟠桃會等七種，皆不傳。所作散曲今存小令五十九首，套數一套。

衡曲麈譚

張琦，生平不詳，字楚叔。號騷隱居士，又號騷隱生、白雪齋主人。張琦精於詞曲，家富收藏，曾選輯元、明散曲，以南曲爲主，編爲吴騷初、二、三集和吴騷合編，另撰有南九宫訂譜。衡曲麈譚在曲詞創作的規範上有一定的參考價值。

顧曲雜言

沈德符，生卒年不詳，明代文學家，浙江秀水（今浙江嘉興）人。萬曆四十六年中舉人。他自幼生長於北京，曾在國子監讀書，聰敏好學，精通音律。所撰萬曆野獲編多記萬曆以前的朝章國故，並保存了一些有關戲曲小說的資料，另著有清權堂集敝帚軒賸語顧曲雜言飛鳧語略秦璽始末。

南詞敘錄　舊編南九宮目錄　十三調南曲音節譜

徐渭（一五二一—一五九三），紹興府山陰（今浙江紹興）人。初字文清，後改字文長，明代著名文學家、書畫家、戲曲家。曾擔任胡宗憲幕僚，助其擒徐海、誘汪直。胡宗憲被下獄後，徐渭在憂懼發狂之下自殺九次却不死。後因殺繼妻被下獄論死，被囚七年後，得張元忭等好友救免。此後南遊金陵，北走上谷，縱觀邊塞，常慷慨悲歌。晚年非常貧苦，藏書數千卷被變賣殆盡，自稱「南腔北調人」，終於萬曆二十一年，年七十三。徐渭多才多藝，在詩文、戲劇、書畫等各方面都獨樹一幟，與解縉、楊慎並稱「明代三大才子」。他是中國「潑墨大寫意畫派」創始人、「青藤畫派」之鼻祖，開創了一代畫風。書善行草，寫過大量詩文，被譽爲「有明一代才人」。諳音律，愛戲曲，所著南詞敘錄爲中國第一部關於南戲的理論專著，另有雜劇四聲猿及文集傳世。

曲品

呂天成（一五八〇—一六一八），名文，字天成，一字勤之，號棘津，別號鬱藍生，餘姚人，中國明代戲曲家，戲曲評論家。

新傳奇品

高奕，生卒年不詳，明末清初曲學家、劇作家。字晉音，又字太初。會稽（今浙江紹興）人。順治十八年前後在世。

理論研究編

增補曲苑金集·增補曲苑石集

目錄

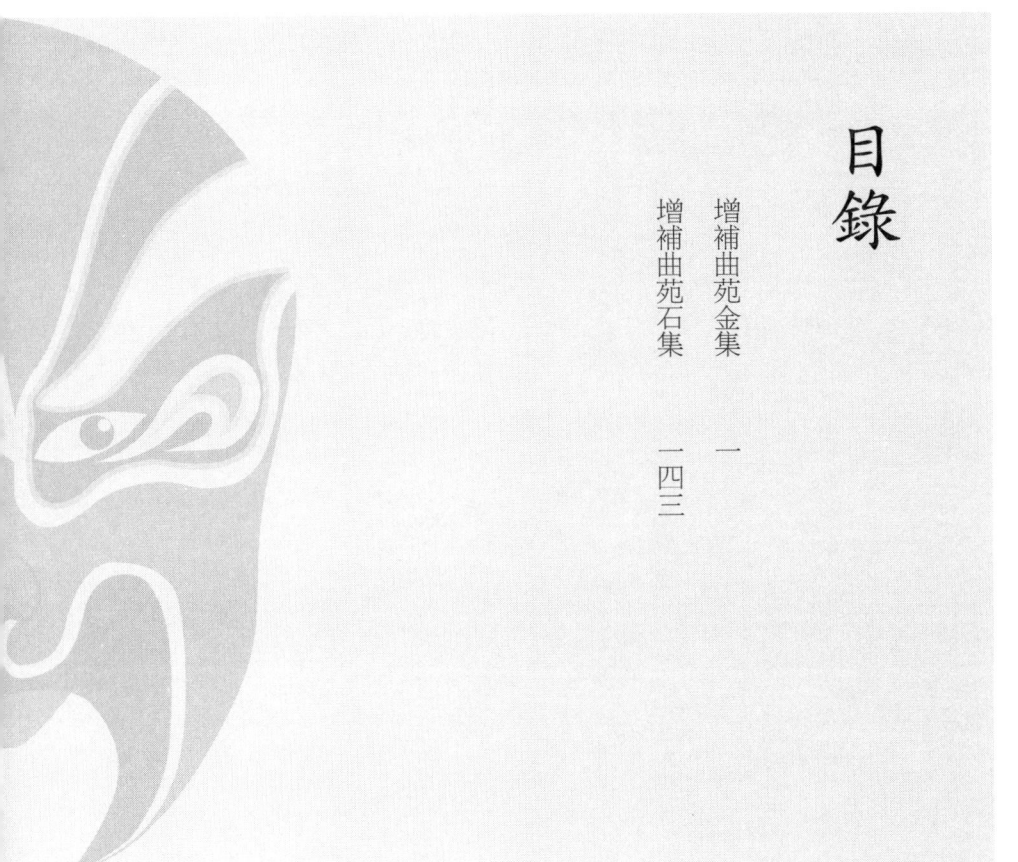

◎王炎 等

增補曲苑金集

碧雞漫志

樂府雜錄　羯鼓錄

錄鬼簿　衡曲塵談

顧曲雜言

曲苑金集

序

余少時。肄業于上海郵傳部高等專門學校。時適太倉唐蔚芝先生來長校。先生文宗桐城。古樸淵茂。爲一時所推崇。固以樂育英才。提倡國學爲職志者。既治事。慼莘莘學子之維西學是鑽研。而視國學如糟粕。其甚者且不能握管作一短文。則就星期之暇。別設國文補習一科。以爲補苴之地。余幸遭青眼。厠于特班。獲親炙先生之訓誨。不舞之鶴。亦儼然得列羊公階下矣。由是得間。時造先生之廬而請益。間復以詩詞曲三者之訓廸爲請。時蓋未脫少年之狂態。喜作顧曲之周郎。故私衷尤側重於曲。頗欲按譜製曲。播之管絃之間焉。先生則莊容詔之曰。汝亦知斯三者之異同乎。詩固須講平仄。詞則且論四聲。而曲之爲道尤難。于所謂陰陽之分。尖團之別外。復有南北流派之互異其趣。凡此均須先于音韻一道三致意。非然者。恐終將望洋興嘆耳。矧余尤有言。文章之與斯三者。一猶樹之有幹。木之有本。一則特其枝葉。今汝不致力于樹其幹。培其本。而亟亟焉徒求枝葉之紛披。又安可得乎。余乃悚然而退。惟自是厥後。于製曲之念。曾未少戢。則私取歷來論曲談曲之書。瀏覽之。顧東鱗西爪既搜讀之未易。一知半解。又探索之無從。卒之。兩鬢將斑。斯願迄未得償。亦大足慨已。今者正音學會同人以本書相示。倂索序于余。視之則全書爲類凡二十六都五十四卷。七十萬言。搜羅之廣。得未曾有。曲苑之稱。洵可當之而無愧。于是復觸起舊時之志願。竊欲俟其刊行之後。一取其書而畢讀之。進益之階。其或在是乎。因欣然書數語而歸之。倂爲世之喜研究詞曲音樂戲劇者一介紹焉。是爲序

民國二十一年秋茗狂序于海上

碧雞漫志序

小溪 王灼 晦叔

乙丑冬予客寄成都之碧雞坊妙勝院自夏涉秋與王和先張齊望所居甚近皆有聲妓日置酒相樂予亦往來兩家不厭也嘗作詩云王家二瓊芙蕖妖張家阿倩海棠魄露香亭前占秋光紅雲島邊弄春色滿城錢癡買娉婷風捲畫樓絲竹聲誰似兩家喜看客新翻歌舞勸飛觥君不見東州鈍漢髮半縞日日醉踏碧雞三井道予每飲歸不敢徑臥客舍無與語因旁緣是日歌曲出所聞見仍考歷世習俗追思平時論說信筆以記積百十紙混羣書中不自收拾今秋開篋偶得之殘脫逸散僅存十七因次比增廣成五卷目曰碧雞漫志顧將老矣方悔少年之非游心淡泊成此亦安用但一時醉墨未忍焚棄耳己巳三月既望覃思齋序

碧雞漫志序

二

增補曲苑總目錄

金集

碧雞漫志五卷 二十一葉　　宋　王晦叔

樂府雜錄一卷 八葉　　　　唐　段安節

羯鼓錄一卷 五葉　　　　　唐　南卓

錄鬼簿校注二卷 二十葉　　元　鍾嗣成

衡曲麈談一卷 三葉　　　　明　騷隱居士

顧曲雜言一卷 八葉　　　　明　沈德符

石集

南詞敘錄一卷 八葉　　　　明　徐文長

舊編南九宮一卷 九葉　　　　同上

十三調南宮音節譜一卷 九葉　　同上

增補曲苑總目錄

曲品三卷 十三葉　　　　　明　鬱籃生

新傳奇品一卷 十五葉　　　明　高　奕

曲目韻編二卷 二十七葉　　明　董綏經

絲集

曲律四卷 六十三葉　　　　明　王驥德

曲律一卷 二葉　　　　　　明　魏良輔

竹集

雨村曲話二卷 十一葉　　　清　李調元

籐花居士曲話五卷 二十七葉　清　梁廷枬

詞餘叢話三卷 二十六葉　　清　楊恩籌

曲談一卷 二十七葉　　　　清　王季烈

匏集

劇說六卷 六十九葉　清　焦循

土集
唐宋大曲考一卷 二十三葉　清　王國維
戲曲考原一卷 十三葉　同上
古劇脚色考一卷 九葉　同上
優語錄一卷 八葉　同上
錄曲餘談一卷 七葉　同上

革集
宋元戲曲考一卷 七十二葉　清　王國維

木集
曲錄六卷 六十七葉　清　王國維

增補曲苑總目錄

四

碧雞漫志卷第一

或問歌曲所起曰天地始分而人生焉人莫不有心此歌曲所以起也舜典曰詩言志歌永言聲依永律和聲詩序曰在心爲志發言爲詩情動于中而形于言言之不足故嗟歎之嗟歎之不足故永歌之永歌之不足不知手之舞之足之蹈之樂記曰詩言其志歌咏其聲舞動其容三者本于心然後樂器從之故有心則有詩有詩則有歌有歌則有聲律有聲律則有樂歌永言卽詩也非于詩外求歌也今先定音節乃製詞從之倒置甚矣而士大夫又分詩與樂府作兩科古詩或名曰樂府謂詩之可歌也故樂府中有歌有謠有吟有引有行有曲今人于古樂府特指爲詩之流而以詞就音始名樂府非古也舜命夔教胄子詩歌聲律率有次第又語禹曰予欲聞六律五聲八音在治忽以出納五言其君臣賡歌九功南風卿雲之歌必聲律隨具古者采詩命太師爲樂章祭祀宴射鄉飲皆用之故曰正得失動天地感鬼神莫近于詩先王以是經夫婦成孝敬厚人倫美教化移風俗詩至于動天地感鬼神移風俗何也正謂播諸樂歌有此效耳然中世亦有因筦弦金石造歌以被之若漢文帝使愼夫人鼓瑟自倚瑟而歌漢魏作三調歌辭終非古法

古人初不定聲律因所感發爲歌而聲律從之唐虞禪代以來是也餘波至西漢末始絕西漢時今之所謂古樂府者漸興晉魏爲盛隋氏取漢以來樂器歌章古調倂入清樂餘波至李唐始絕唐中葉雖有古

樂府而播在聲律則尠矣士大夫作者不過以詩一體自名耳蓋隋以來今之所謂曲子者漸興至唐稍盛今則繁聲淫奏殆不可數古歌變爲古樂府古樂府變爲今曲子其本一也後世風俗益不及古故相懸耳而世之士大夫亦多不知歌詞之變

子語魯太師樂知樂深矣魯太師者亦可語此耶古者歌工樂工皆非庸人故摯適齊干適楚繚適蔡缺適秦方叔入河武入漢襄陽入海孔子錄之八人中其一又見于家語孔子學琴于師襄子襄子曰吾雖以擊磬爲官然能于琴今子于琴已習是也子貢問師乙賜宜何歌答曰慈愛者宜歌商溫良而能斷者宜歌齊寬而靜柔而正者宜歌頌廣大而靜疏達而信者宜歌大雅恭儉而好禮者宜歌小雅正直而靜廉而謙者宜歌風師乙賤工也學識乃至此又曰歌者上如抗下如隊曲如折止如槁木倨中矩勾中鉤纍纍乎端如貫珠歌之妙不越此矣今有過鈞容班教坊者問曰某宜何歌必曰汝宜唱田中行曹元寵小令

劉項皆善作歌西漢諸帝如武宣類能之趙王幽死諸王負罪死臨絕之音曲折深迫廣川王通經好文辭爲諸姬作歌尤奇古而高祖之戚夫人燕王旦之容華夫人兩歌又不在諸王下「兩一作所」蓋漢初古俗猶在也東京以來非無作者大概文采有餘性情不足高歡玉壁之役士卒死者七萬人漸憤發疾歸使斛律金作敕勒歌其辭略曰山蒼蒼天茫茫風吹草低見牛羊歡自和之哀感流涕金不知書能

發揮自然之妙如此當時徐庾輩不能也吾謂西漢後獨敕勒歌曁韓退之十琴操近古

荊軻入秦燕太子丹及賓客送至易水之上高漸離擊筑軻和而歌爲變徵之聲士皆涕淚又前爲歌曰風蕭蕭兮易水寒壯士一去兮不復還復爲羽聲慷慨士皆瞋目髮上指冠軻本非聲律得名乃能變徵換羽於立談閒而當時左右聽者亦不憒憒也今人苦心造成一新聲便作幾許大知音矣

或問元次山補伏羲至商十代樂歌皮襲美補九夏歌是否曰名與義存二子補之無害或有其名而無其義有其義而名不可强訓吾未保二子之全得也次山曰嗚呼樂聲自太古始百世之後盡亡古音樂歌自太古始百世之後遂亡古辭次山知之晚也孔子之時三皇五帝樂歌已不及見在齊聞韶至三月不知肉味戰國秦火古器與音辭亡缺無遺

漢時雅鄭參用而鄭爲多魏平荊州獲漢雅樂古曲音辭存者四曰鹿鳴騶虞伐檀文王而李延年之徒以新聲被寵復改易音辭止存鹿鳴一曲晉初亦除之又漢代短簫鐃歌樂曲三國時存者有朱鷺艾如張上之回戰城南巫山高將進酒之類凡二十二曲魏吳稱號始各改其十二曲晉興又盡改之獨元雲釣竿二曲名存而已漢代鼙舞三國時存者有殿前生桂樹等五曲其辭則亡漢代胡角摩訶兜勒一曲張騫得自西域李延年因之更造新聲二十八解魏晉時亦亡晉以來新曲頗衆隋初盡歸淸樂至唐武后時舊曲存者如白雪公莫舞巴渝白紵子夜團扇懊儂石城莫愁楊叛兒烏夜啼玉樹後庭花等止六

十三曲唐中葉聲辭存者又止三十七有聲無辭者七今不復見唐歌曲比前世益多聲行于今辭見于今者皆十之三四世代差近爾大抵先世樂府有其名者尚多其義存者十之三其始辭存者十不得一若其音則無傳勢使然也

石崇以明君曲教其妾綠珠曰我本漢家子將適單于庭昔爲匣中玉今爲糞上英綠珠亦自作懊憹歌曰絲布澀難縫『澀一作溼』元伊侍孝武飲讌撫弦而歌怨詩曰爲君既不易爲臣良獨難忠信事不顯乃有見疑患周旦佐文武金縢功不刊推心輔王政二叔反流言熊甫見王敦委任錢鳳將有異圖進說不納因告歸臨與敦別歌曰徂風飇起蓋山陵氛霧蔽日玉石焚往事既去可長歎『可一作有』念別惆悵會復難陳安死隴上歌之曰隴上壯士有陳安軀幹雖小腹中寬愛養將士同心肝䯀驄文馬鐵鍜鞍『文一作駿』七尺大刀奮如湍『一云七及大刀奮無端』丈八蛇矛左右盤十盪十決無當前戰始三交失蛇矛棄我䯀驄竄巖幽爲我外援而懸頭西流之水東流河一去不還奈子何『奈子何一作復奈何』劉曜聞而悲傷命樂府歌之晉以來歌曲見于史者蓋如是耳

唐時古意亦未全喪竹枝浪淘沙拋球樂楊柳枝乃詩中絕句而定爲歌曲故李太白清平調調三章皆絕句元白諸詩亦爲知音者協律作歌白樂天守杭元微之贈云休遺玲瓏唱我詩我詩多是別君辭自注云樂人高玲瓏能歌歌予數十詩樂天亦醉戲諸妓云席上爭飛使君酒歌中多唱舍人詩又聞歌妓

唱前郡守嚴郎中詩云已留舊政布中和又付新詩與豔歌元微之見人詠韓舍人新律詩戲贈云輕新便妓唱凝妙入僧禪沈亞之送人序云故友李賀善撰南北朝樂府古詞其所賦尤多怨鬱悽豔之句誠以蓋古排今使爲詞者莫得偶矣「得一作能」惜乎其中亦不備聲歌弦唱然唐史稱李賀樂府數十篇雲韶諸工皆合之弦管又稱李益詩名與賀相埒每一篇成樂工爭以賂求取之被聲歌供奉天子又稱元微之詩往往播樂府舊史亦稱武元衡工五言詩好事者傳之往往被於管弦又舊說開元中詩人王昌齡高適王渙之詣旗亭飲梨園伶官亦招妓聚燕三人私約曰我輩擅詩名未定甲乙「定一作第」試觀諸伶謳詩分優劣一伶唱昌齡二絕句云寒雨連江夜入吳平明送客楚帆孤洛陽親友如相問一片氷心在玉壺奉帚平明金殿開强將團扇共徘徊玉顏不及寒鴉色猶帶昭陽日影來一伶唱適絕句云開篋淚沾臆見君前日書夜臺何寂寞猶是子雲居渙之曰佳妓所唱如非我詩終身不敢與子爭衡不然子等列拜牀下須臾妓唱黃河遠上白雲間一片孤城萬仞山羌笛何須怨楊柳春風不度玉門關渙之揶揄二子曰田舍奴我豈妄哉以此知李唐伶伎取當時名士詩句入歌曲蓋常俗也「俗一作事」蜀王衍召嘉王宗壽飲宣華苑命宮人李玉簫歌衍所撰宮詞云輝輝赫赫浮五雲宣華池上月華春月華如水映宮殿有酒不醉眞癡人五代猶有此風今亡矣近世有取陶淵明歸去來李太白把酒問明月李長吉將進酒大蘇公赤壁前後賦協入聲律此暗合其美耳「一云此暗合孫吳耳」

元微之序樂府古題云操引謠謳歌曲詞調八名起於郊祭軍賓吉凶苦樂之際在音聲者因聲以度詞審調以節唱句度長短之數聲韻平上之差莫不由之準度而又別其在琴瑟者爲操引採民甿者爲謳謠備曲度者總謂之歌曲詞調斯皆由樂以定詞非選詞以配樂也詩行詠吟題怨歎章篇九名皆屬事而作雖題號不同而悉謂之爲詩可也後之審樂者往往取其詞度爲歌曲蓋選詞以配樂非由樂以定詞也微之分詩與樂府作兩科固不知事始又不知後世俗變凡十七名皆詩也詩即可歌可被之管弦也元以八名者近樂府故謂由樂以定詞九名者本諸詩故謂選詞以配樂今樂府古題具在當時或由樂定詞或選詞配樂初無常法習俗之變安能齊一

古人善歌得名不擇男女戰國時男有秦青薛談王豹綿駒瓠梁女有韓娥漢高祖大風歌教沛中兒歌之武帝用事甘泉圜丘使童男女七十人歌漢以來男有虞公發李延年朱顧仙未子尚吳安泰韓發秀女有麗娟莫愁孫瑣陳左宋容華王金珠唐時男有陳不謙謙子意奴高玲瓏長孫元忠侯貴昌韋青李龜年米嘉榮李袞何戡田順郎何滿郝三寶黎可及柳恭女有穆氏方等念奴張紅紅張好好金谷里葉永新娘御史娘柳青娘謝阿蠻胡二姊寵姐盛小叢樊素唐有態李山奴任智方四女洞雲今人獨重女音不復問能否而士大夫所作歌詞亦尚婉媚古意盡矣政和間李方叔在陽翟有攜善謳老翁過之者方叔戲作品令云唱歌須是玉人檀口皓齒冰膚意傳心事語嬌聲顫字如貫珠老翁雖是解歌無奈雪

鬢霜鬚大家且道是伊模樣怎如念奴方叔固是沈於習俗而語嬌聲顫那得字如貫珠不思甚矣

或問雅鄭所分曰中正則雅多哇則鄭至論也何謂中正凡陰陽之氣有中有正故音樂有正聲有中聲二十四氣歲一周天而統以十二律中正之聲正聲得正氣中聲得中氣則可用中正用則平氣應故曰中正以平之若乃得正氣而用中律得中氣而用正律律有短長氣有盛衰太過不及之弊起矣自揚子雲之後惟魏漢津曉此東坡曰樂之所以不能致氣召和如古者不得中聲故也樂不得中聲者氣不當律也東坡知有中聲蓋見孔子及伶州鳩之言恨未知正聲耳近梓潼雍嗣侯者作正笙訣琴數還相爲宮解律呂逆順相生圖大概謂知音在識律審律在習數故師曠之聰不以六律不能正五音諸譜以律通不過者率皆淫哇之聲嗣侯自言得律呂眞數著說甚詳而不及中正

或曰古人因律作歌輸寫一時之意意盡則止故歌無定句因其喜怒哀樂聲則不同故句無定聲今音節皆有轄束而一字一拍不敢輒增損何與古相戾歟予曰皆是也今人固不及古而本之性情稽之度數古今所尙各因其所重昔堯民亦擊壤歌先儒爲搏拊之說亦曰所以節樂樂之有拍非唐虞創始實自然之度數也故明皇使黃幡綽寫拍板譜幡綽畫一耳於紙以進曰拍從耳出牛僧孺亦謂拍爲樂句嘉祐間汴都三歲小兒在母懷飲乳聞曲皆撚手指作拍應之不差雖然古今所尙治體風俗各因其所重不獨歌樂也古人豈無度數今人豈無性情用之各有輕重但今不及古耳今所行曲拍使古人復生

恐未能易

碧雞漫志卷第二

唐末五代文章之陋極矣獨樂章可喜雖乏高韻而一種奇巧各自立格不相沿襲在士大夫猶有可言若昭宗野烟生碧樹陌上行人去豈非作者諸國僭主中李重光王衍孟昶霸主錢俶習於富貴以歌酒自娛而莊宗同父興代北生長戎馬間百戰之餘亦造語有思致國初平一宇內法度禮樂寖復全盛而士大夫樂章頓衰於前日此尤可怪

唐昭宗以李茂正之故欲幸太原至渭北韓建迎奉歸華州上鬱鬱不樂時登城西齊雲樓眺望製菩薩蠻曲曰登樓遙望秦宮殿茫茫只見雙飛燕渭水一條流千山與萬丘野烟生碧樹陌上行人去安得有英雄迎歸大內中又曰飄颻且在三峯下秋風往往堪沾灑腸斷憶仙宮朦朧烟霧中思夢時時睡不語長如醉早晚是歸期穹蒼知不知

王荊公長短句不多合繩墨處自雍容奇特晏元獻公歐陽文忠公風流縕藉一時莫及而溫潤秀潔亦無其比東坡先生以文章餘事作詩溢而作詞曲高處出神入天平處尙臨鏡笑春不顧儕輩或曰長短句中詩也爲此論者乃是遭柳永野狐涎之毒詩與樂府同出豈當分異若從柳氏家法正自不分異耳晁無咎黃魯直皆學東坡韻製得七八黃晚年閒放於狹邪故有少疎蕩處後來學東坡者葉少蘊蒲大

受亦得六七與才力比晁黃差劣蘇在庭石耆翁入東坡之門矣短氣跼步不能進也趙德麟李方叔皆東坡客其氣味殊不近趙婉而李儁各有所長晚年皆荒醉汝潁京洛閒時時出滑稽語賀方回周美成晏叔原僧仲殊各盡其才力自成一家賀周語意精新用心甚苦毛澤民黃載萬次之叔原如金陵王謝子弟秀氣勝韻得之天然將不可學仲殊次之殊之贍晏反不逮也張子野秦少游儁逸精妙少游屢困京洛故疎蕩之風不除陳無己所作數十首號曰語業妙處如其詩但用意太深有時僻澀陳去非徐師川蘇養直呂居仁韓子蒼朱希眞陳子高洪覺範佳處亦各如其詩王輔道履道善作一種儁語其失在輕浮輔道誇捷敏故或有不縝密李漢老富麗而韻平平舒信道李元膺思致妍密要是波瀾小謝無逸字字求工不敢輒下一語如刻削通草人都無筋骨要是力不足然則獨無逸乎曰類多有之此最著者爾宗室中明發伯山久從汝洛名士游下筆有逸韻雖未能一一盡奇比國賢聖褒則過之王逐客才豪其新麗處與輕狂處皆足驚人沈公述李景元孔方平處度叔姪晁次膺万俟雅言皆有佳句就中雅言又絕出然六人者源流從柳氏來病於無韻雅言初自集分兩體曰雅詞曰側豔目之曰勝萱麗藻後召試入官以側豔體無賴太甚削去之再編成集分五體曰應制曰風月脂粉曰雪月風花曰脂粉才情曰雜類周成目之曰大聲次膺亦閒作側豔田不伐才思與雅言抗行不聞有側豔田中行極能寫人意中事雜以鄙俚曲盡要妙當在万俟雅言之右然莊語輒不佳嘗執一扇書句其上云玉蝴蝶戀花心動語

人曰此聯三曲名也有能對者吾下拜北里狹邪間橫行者也宗室温之次之長短句中作滑稽無賴語起於至和嘉祐之前猶未盛也熙豐元祐間兗州張山人以詼諧獨步京師時出一兩解澤州孔三傳者首創諸宮調古傳士大夫皆能誦之元祐間王齊叟彥齡政和間曹組元寵皆能文每出長短句膾炙人口彥齡以滑稽語譟河朔組潦倒無成作紅窗迥及雜曲數百解聞者絕倒滑稽無賴之魁也寅緣遭遇官至防禦使同時有張衮臣者組之流亦供奉禁中號曲子張觀察其後祖述者益衆嫚戲汙賤古所未有組之子知閤門事勳字公顯亦能文嘗以家集刻板欲蓋父之惡近有旨下揚州毀其板云

柳耆卿樂章集世多愛賞該洽序事閑暇有首有尾亦間出佳語又能擇聲律諧美者用之惟是淺近卑俗自成一體不知書者尤好之予嘗以比都下富兒雖脫村野而聲態可憎前輩云離騷寂寞千年後戚氏淒涼一曲終戚氏柳所作也柳何敢知世間有離騷惟賀方回周美成時時得之賀六州歌頭望湘人吳音子諸曲周大酺蘭陵王諸曲最奇崛或謂深勁乏韻此遭柳氏野狐涎吐不出者也歌曲自唐虞三代以前秦漢以後皆有造語險易則無定法今必以斜陽芳草淡煙細雨繩墨後來作者愚甚矣故曰不知書者尤好耆卿

長短句雖至本朝盛而前人自立與眞情衰矣東坡先生非心醉於音律者偶爾作歌指出向上一路新天下耳目弄筆者始知自振今少年妄謂東坡移詩律作長短句十有八九不學柳耆卿則學曹元寵雖

可笑亦毋用笑也
歐陽永叔所集歌詞自作者三之一耳其間他人數章羣小因指爲永叔起曖昧之謗
晏叔原歌詞初號樂府補亡自序曰往與二三忘名之士浮沈酒中病世之歌詞不足以析酲解慍試續南部諸賢作五七字語期以自娛不蓄敍所懷亦兼寫一時盃酒閒聞見及同游者意中事嘗思感物之情古今不異竊謂篇中之意昔人定已不遺第今無傳耳故今所製通以補亡名之始時沈十二廉叔陳十君龍家有蓮鴻蘋雲工以清謳娛客每得一解卽以草授諸兒吾三人聽之爲一笑樂其大指如此叔原於悲歡合離寫衆作之所不能而嫌於夸故云昔人定已不遺第今無傳蓮鴻蘋雲皆篇中數見而世多不知爲兩家歌兒也其後目爲小山集黃魯直序之云嬉弄於樂府之餘寓以詩人句法淸壯頓挫能動搖人心又云狹邪之大雅豪士之鼓吹其合者高唐洛神之流其下者不減桃葉團扇若乃妙年美士近知酒色之娛苦節臞儒晚悟裙裾之樂鼓之舞之使宴安酖毒而不悔則叔原之罪也哉叔原年未至乞身退居京城賜第不踐諸貴之門蔡京重九冬至日遣客求長短句欣然兩爲作鷓鴣天九日悲秋不到心鳳城歌管有新音風彫碧柳愁眉淡露染黃花笑靨深初過雁已聞砧綺羅叢裏勝登臨須敎月戶纖纖玉細捧霞觴灩灩金曉日迎長歲歲同太平簫鼓閒歌鐘雲高未有前村雪梅小初開昨夜風羅幕翠錦筵紅釵頭羅勝寫宜冬從今屈指春期近莫使金罇對月空竟無一語及蔡者『案小山詞元序南

部諸賢下有緒餘二字」

江南某氏者解音律時時度曲周美成與有瓜葛每得一解卽爲製詞故周集中多新聲賀方回初在錢塘作青玉案魯直喜之賦絕句云解道江南斷腸句只今惟有賀方回賀集中如青玉案者甚衆大抵二公卓然自立不肯浪下筆予故謂語意精新用心甚苦

吾友黃載萬歌詞號樂府廣變風學富才贍意深思遠直與唐名輩相角逐又輔以高明之韻未易求也吾每對之歎息誦東坡先生語曰彼嘗從事於此然後知其難不知者以爲苟然而已夏幾道序之曰惜乎語妙而多傷思窮而氣不舒賦才如此反嗇其壽無乃情文之兆歟載萬所居齋前梅花一株甚盛因錄唐以來詞人才士之作凡數百首爲齋居之玩命曰梅苑其序引云呈妍月夕奪霜雪之鮮吐臭風晨聚椒蘭之酷情涯殆絕鑒賞斯在莫不抽毫騁彩比聲裁句召楚雲使興歌命燕玉以按節粧臺之篇賓筵之章可得而述焉樂府廣變風有賦梅花數曲亦自奇特「案梅苑序云莫不抽毫遺滯騁彩舒衷」

蘭畹曲會孔寧極先生之子方平所集序引稱無爲莫知非其自作者稱魯逸仲皆方平隱名如子虛烏有亡是之類孔平日自號滍皋漁父與姪處度齊名李方叔詩酒侶也

崇寧間建大晟樂府周美成作提舉官而製撰官又有七万俟詠雅言元祐詩賦科老手也三舍法行不復進取放意歌酒自稱大梁詞隱每出一章信宿喧傳都下政和初召試補官寘大晟樂府製撰之職新

廣八十四調患譜弗傳雅言請以盛德大業及祥瑞事迹制詞實譜有旨依月用律月進一曲自此新譜稍傳時田爲不伐亦供職大樂衆謂樂府得人云

易安居士京東路提刑李格非文叔之女建康守趙明誠德甫之妻自少年便有詩名才力華贍逼近前輩在士大夫中已不多得若本朝婦人當推詞采第一趙死再嫁某氏訟而離之晚節流蕩無歸作長短句能曲折盡人意輕巧尖新姿態百出閭巷荒淫之語肆意落筆自古搢紳之家能文婦女未見如此無顧籍也陳後主游宴使女學士狎客賦詩相贈答采其尤艷麗者被以新聲不過壁月夜夜滿瓊樹朝朝新等語李戡嘗痛元白詩纖豔不逞非莊士雅人多爲其破壞流於民閒子父女母交口教授淫言媟語冬寒夏熱入人肌骨不可除去二公集尙存可考也元與白書自謂近世婦人暈淡眉目綰約頭鬟衣服脩廣之度　配色澤尤劇怪豔因爲豔詩百餘首今集中不載元會眞詩白夢游春詩所謂纖豔不逞淫言媟語止此耳溫飛卿號多作側辭豔曲其甚者合歡桃葉終堪恨裏許元來別有人玲瓏骰子安紅豆入骨相思知不知亦止此耳今之士大夫學曹組諸人鄙穢歌詞則爲豔麗如陳之女學士狎客爲纖豔不逞淫言媟語如元白爲側詞豔曲如溫飛卿皆不敢也其風至閨房婦女夸張筆墨無所羞畏殆不可使李戡見也

向伯恭用滿庭芳曲賦木犀約陳去非朱希眞蘇養直同賦月窟蟠根雲巖分種者是也然三人皆用清

平樂和之去非云黃衫相倚翠葆層層底八月江南風日美弄影山腰水尾楚人未識孤妍離騷遺恨千年無住庵中新事一枝喚起幽禪希眞云人間花少菊小芙蓉老冷淡仙人偏得道買定西風一笑前身元是江梅黃姑點破氷肌只有暗香猶在飽參清似南枝養直云斷崖流水香度青林底元配騷人蘭與芷不數春風桃李淮南叢桂小山詩翁合得躋攀身到十洲三島心游萬壑千巖後伯恭再賦木犀亦寄清平樂贈韓璜叔夏云吳頭楚尾踏破芒鞋底萬壑千巖秋色裏不奈惱人風味如今老我薌林世間百不關心獨喜愛香韓壽能來同醉花陰韓和云秋光如水釀作鵝黃蟻散入千巖佳樹裏惟許脩門人醉輕鈿重上風鬟不禁月冷霜寒步障深沈歸去依然愁滿江山初劉原父亦於清平樂賦木犀云小山叢桂最有人留意拂葉攀花無限思雨溼濃香滿袂別來過了秋光翠簾昨夜新霜多少月宮閒地姮娥借與微芳同一花一曲賦者六人必有第其高下者正宮白苧曲賦雪者世傳紫姑神作寫至追昔燕然畫角寶鑰珊瑚是時丞相虛作銀城換得或問出處答云天上文字汝那得知末後句又恐東君暗遺花神先到南國昨夜江梅漏泄春消息殊可喜也予舊同僚郝宗文嘗春初請紫姑神既降自稱蓬萊仙人玉英書浪淘沙曲云塞上早春時暖律猶微柳舒金線拂回堤料得江鄉應更好開盡梅溪晝漏漸遲遲愁損仙機幾回無語斂雙眉憑徧欄干十二日曲下樓西「正宮下別是一條」

沈公述爲韓魏公之客魏公在中山門人多有賜環之望沈秋日作霜葉飛詞云謾贏得相思甚了東君

早作歸來計便莫惜丹靑手重與芳菲萬紅千翠爲魏公發也

賀方回石州慢予舊見其藁風色收寒雲影弄晴改作薄雨收寒斜照弄晴又氷垂玉筯向午滴瀝簷楹泥融消盡牆陰雪改作煙横水際映帶幾點歸鴻東風消盡龍沙雪

宇文叔通久留金國不得歸立春日作迎春樂曲云寶幡綵勝堆金縷雙燕釵頭舞人間要識春來處天際雁江邊樹故國鶯花又誰主念憔悴幾年覊旅把酒祝東風吹取人歸去

周美成初在姑蘇與營妓岳七楚雲者游甚久後歸自京師首訪之則已從人矣明日飲於太守蔡巒子高坐中見其妹作點絳脣曲寄之云遼鶴西歸故鄉多少傷心事短書不寄魚浪空千里憑仗桃根說與相思意愁何際舊時衣袂猶有東風淚

何文縝在館閣時飲一貴人家侍兒惠柔者解帕子爲贈約牡丹開再集何甚屬意歸作虞美人曲中隱其名云分香帕子揉藍膩欲去殷勤惠重來直待牡丹時只恐花知知後故開遲』案詞綜云重來約在牡丹時只恐花枝相妒故開遲』別來看盡閒桃李日日欄干倚催花無計問東風夢作一雙蝴蝶遶芳叢何書此曲與趙詠道自言其張本云

王齊叟彥齡元祐副樞巖叟之弟任俊得聲初官太原作望江南數十曲嘲府縣同僚遂併及帥帥怒甚因衆入謁面責彥齡何敢爾豈恃兄貴謂吾不能劾治耶彥齡執手板頓首帥前曰居下位只恐被人讒

咋日只吟青玉案幾時曾做望江南試問馬都監帥不覺失笑衆亦匿笑去今別素質曲此事憑誰知證有樓前明月窗外花影者彥齡作也娶舒氏亦有詞翰婦翁武選彥齡事之素不謹因醉酒嫚罵翁不能堪取女歸竟至離絶舒在父家一日行池上懷其夫作點絳唇曲云獨自臨流興來時把欄干憑舊愁新恨耗卻來時興鷺散魚潛煙斂風初定波心靜照人如鏡少個年時影

水調歌頭瑤草一何碧春入武陵溪溪上桃花無數花上有黃鸝世傳爲魯直于建炎初見石耆翁言此莫少虛作也莫此詞本始耆翁能道其詳予嘗見莫浣溪沙曲寶釧緗裙上玉梯雲重應恨翠樓低愁同芳草兩萋萋又云歸夢悠颺見未眞繡衾恰有暗香薰五更分得楚臺春造語頗工晚年心醉富貴不復事文筆

古書亡逸固多存於世者亦恨不盡見李義山絶句云本來銀漢是紅牆隔得盧家白玉堂誰與王昌報消息盡知三十六鴛鴦而唐人使王昌事尤數世多不曉古樂府中可互見然亦不詳也一曰相逢狹路間道隘不容車如何兩少年挾轂問君家君家誠易知易知復難忘黃金爲君門白玉爲君堂堂上置樽酒使作邯鄲倡中庭生桂樹華燈何煌煌兄弟兩三人中子爲侍郎五日一來歸道上自生光黃金絡馬頭觀者滿路傍入門時左顧但見雙鴛鴦鴛鴦七十二羅列自成行一曰河中之水向東流洛陽女兒名莫愁莫愁十三能織綺十四採桑南陌頭十五嫁爲盧家婦十六生兒字阿侯盧家蘭室桂爲梁中有鬱

金蘇合香頭上金釵十二行足下絲履五文章珊瑚桂鏡爛生光平頭奴子提履箱人生富貴何所望恨不嫁與東家王以三章互考之卽知樂府前篇所謂白玉堂與鴛鴦七十二乃盧家然義山稱三十六者三十六雙卽七十二也又知樂府後篇所謂東家王卽王昌也余少年時戲作淸平樂曲贈妓盧姓者云盧家白玉爲堂于飛多少鴛鴦縱使東牆隔斷莫愁應念王昌黃載萬亦有更漏子曲云憐宋玉許王昌東西鄰短牆予每戲謂人曰載萬似曾經界兩家來蓋宋玉好色賦稱東鄰之子卽宋玉爲西鄰也東家王卽東鄰也載萬用事如此之工世徒知石城有莫愁不知洛陽亦有之前輩言樂府兩莫愁正謂此也又韓致光詩何必苦勞魂與夢王昌祗在此牆東業唱歌者沈亞之目爲聲家又曰聲黨又曰貫聲中禁「案業唱歌聲者至此二十一字與上下文無涉似當析出別爲一條」李義山云王昌且在牆東住未必金堂得免嫌又云欲入盧家白玉堂新春催破舞衣裳對雪云又入盧家妬玉堂

陳無己作浣溪沙曲云暮葉朝花種種陳三秋作意問詩人安排雲雨要新淸隨意且須追去馬輕衫從使著行塵晚窗誰念一愁新本是安排雲雨要淸新以末後句新字韻遂倒作新淸世言無已喜作莊語其弊生硬是也詞中暗帶陳三念一兩名亦有時不莊語乎

碧雞漫志卷第三

霓裳羽衣曲說者多異予斷之曰西涼創作明皇潤色又爲易美名其他飾以神怪者皆不足信也唐史

云河西節度使楊敬述獻凡十二遍白樂天和元微之霓裳羽衣曲歌云由來能事各有主楊氏創聲君造譜自注云開元中西涼節度使楊敬述造鄭愚『案鄭愚當作鄭嵎下同』津陽門詩注亦稱西涼府都督楊敬述進予又攷唐史突厥傳開元閒涼州都督楊敬述爲暾煌谷所敗白衣檢校涼州事樂天鄭愚之說是也劉夢得詩云開元天子萬事足惟惜當年光景促三鄉陌上望仙山歸作霓裳羽衣曲仙心從此在瑤池三清八景相追隨天上忽乘白雲去世閒空有秋風詞李祐霓裳羽衣曲詩云開元太平時萬國賀豐歲梨園進舊曲玉座流新製鳳管迭參差霞裳競搖曳元微之法曲詩云明皇度曲多新態宛轉浸淫易沈著赤白桃李取花名霓裳羽衣號天樂劉詩謂明皇望女几山持志求仙故退作此曲當時詩今無傳疑是西涼獻曲之後明皇三鄉眺望發興求仙因以名曲忽乘白雲去空有秋風詞譏其無成也李詩謂明皇厭梨園舊曲故有此新製元詩謂明皇作此曲多新態霓裳羽衣非人閒服故號天樂然元指爲法曲而樂天亦云法曲法曲歌霓裳政和世理音洋洋開元之人樂且康又知其爲法曲一類也夫西涼旣獻此曲而三人者又謂明皇製作予以是知爲西涼創作明皇潤色者也杜佑理道要訣云天寶十三載七月改諸樂名中使輔璆琳宣進旨『旨一作止』令于太常寺刋石內黃鍾商婆羅門曲改爲霓裳羽衣曲津陽門詩注葉法善引明皇入月宮聞樂歸笛寫其半會西涼都督楊敬述進婆羅門聲調脗合遂以月中所聞爲散序敬述所進爲其腔製霓裳羽衣月宮事荒誕惟西涼進婆羅門曲明皇潤

色又爲易美名最明白無疑異人錄云開元六年上皇與申天師中秋夜同游月中見一大宮府牓曰廣寒清虛之府兵衛守門不得入天師引上皇躍超烟霧中下視玉城仙人道士乘雲駕鶴往來其間素娥十餘人舞笑于廣庭大樹下樂音嘈雜清麗上皇歸編律成音製霓裳羽衣曲逸史云羅公遠中秋侍明皇宮中翫月以拄杖向空擲之化爲銀橋與帝升橋寒氣侵人遂至月宮女仙數百素練霓衣舞于廣庭上問曲名曰霓裳羽衣上記其音歸作霓裳羽衣曲鹿革事類云八月望夜葉法善與明皇游月宮聆月中天樂問曲名曰紫雲回默記其聲歸傳之名曰霓裳羽衣此三家者皆誌明皇游月宮其一申天師同游初不得曲名其一羅公遠同游得今曲名其一葉法善同游得紫雲回曲名易之雖大同小異要皆荒誕無可稽據杜牧之華清宮詩月閒仙曲調霓作舞衣裳詩家搜奇入句非決然信之也又有甚者開元傳信記云帝夢游月宮聞樂聲記其曲名紫雲回楊妃外傳云上夢仙子十餘輩各執樂器御雲而下一人曰此曲神仙紫雲回今授陛下明皇雜錄及仙傳拾遺云明皇用葉法善術上元夜自上陽宮往西涼州觀燈以鐵如意質酒而還遣使取之不誣幽怪錄云開元正月望夜帝欲與葉天師觀廣陵俄虹橋起殿前師奏請行但無回顧帝步上高力士樂官數十從頃之到廣陵士女仰望曰仙人現師請令樂官奏霓裳羽衣一曲乃回後廣陵奏上元夜仙人乘雲西來臨孝感寺奏霓裳羽衣曲而去上大悅唐人喜言開元天寶事而荒誕相凌奪如此將使誰信之予以是知其他飾以神怪者皆不足信也王建詩云弟子

歌中留一色聽風聽水作霓裳歐陽永叔詩話以不曉聽風聽水爲恨蔡絛詩話云出唐人西域記龜茲國王與臣庶知樂者于大山閒聽風水聲均節成音後翻入中國如伊州甘州涼州皆自龜茲致此說近之但不及霓裳予謂涼州定從西涼來若伊與甘自龜茲致而龜茲聽風水造諸曲皆未可知王建全章餘亦未見但弟子歌中留一色恐是指梨園弟子則何豫于龜茲置之勿論可也按唐史及唐人諸集諸家小說楊太眞進見之日奏此曲導之妃亦善此舞帝嘗以趙飛燕身輕成帝爲置七寶避風臺事戲妃『事一作偶』曰爾則任吹多少妃曰霓裳一曲足揜前古而宮妓佩七寶瓔珞舞此曲曲終珠翠可掃故詩人云貴妃宛轉侍君側體弱不勝珠翠繁冬雪飄颻錦袍暖春風蕩漾霓裳翻又云朱閣沈沈夜未央碧雲仙曲舞霓裳一聲玉笛向空盡月滿驪山宮漏長又云霓裳一曲千峯上舞破中原始下來又云漁陽鼙鼓動地來驚破霓裳羽衣曲又云世人莫重霓裳曲曾致干戈是此中又云雲雨馬分其散後『分一作飛』驪宮無復聽霓裳又云霓裳滿天月粉骨幾春風帝爲太上皇就養南宮遷于西宮梨園弟子玉琯發音聞此曲一聲則天顏不怡左右歔欷其後憲宗時每大宴閒作此舞文宗時詔太常卿馮定采開元雅樂製雲韶雅樂及霓裳羽衣曲此時四方大都邑及士大夫家已多按習而文宗乃令馮定製舞曲者疑曲存而舞節非舊故就加整頓焉李後主作昭惠后誄云霓裳羽衣曲綿茲喪亂世罕聞者獲其舊譜殘缺頗甚暇日與后詳定去彼淫繁定其缺墜『按馬令南唐書昭惠后傳載後主誄云霓裳舊

曲韜音淪世失味齊音猶傷孔氏故國遺聲忍乎湮墜我稽其美爾揚其秘程度餘律重新雅製云云灼所引似是誄後注文今失傳云」蓋唐末始不全「始一作殆」蜀檮杌稱三月上巳王衍宴怡神亭衍自執板唱霓裳羽衣後庭花思越人曲決非開元全章洞微志稱五代時齊州章丘北村任六郎愛讀道書好湯餅得犯天麥毒疾多唱異曲八月望夜待月私第六郎執板大譟一曲有水鳥野雀數百集其舍屋傾聽自適曰此卽昔人霓裳羽衣者衆請于何得笑而不答既得之邪疾使此聲果傳亦未足信按明皇改婆羅門爲霓裳羽衣屬黃鍾商云時號越調卽今之越調是也白樂天嵩陽觀夜奏霓裳詩云開元遺曲自淒涼況近秋天調是商又知其爲黃鍾商無疑歐陽永叔云人間有瀛府獻仙音二曲此其遺聲瀛府屬黃鍾宮獻仙音屬小石調了不相干永叔知霓裳羽衣爲法曲而瀛府獻仙音爲法曲中遺聲今合兩個宮調作霓裳羽衣一曲遺聲亦太疏矣筆談云蒲中逍遙樓楣上有唐人橫書類梵字相傳是霓裳譜字訓不通莫知是非或謂今燕部有獻仙音曲乃其遺聲然霓裳本謂之道調曲獻仙音乃小石調爾又嘉祐雜志云同州樂工翻河中黃幡綽霓裳譜鈞容樂工程士守「元本作士守程下同今依錢校」以爲非是別依法曲造成敎坊伶人花日新見之題其後云法曲雖精莫近望瀛予謂筆談知獻仙曲非是乃指爲道調法曲則無所著見獨理道要訣所載係當時朝旨可信不誣雜志謂同州樂工翻河中黃幡綽譜雖不載何宮調安知非逍遙樓楣上橫書耶今幷程士守譜皆不傳樂天和元微之霓裳羽衣

曲歌云磬簫箏笛遞相攙擊擫彈吹聲邐迤注云凡法曲之初衆樂不齊惟金石絲竹次第發聲霓裳序初亦復如此又云散序六奏未動衣陽臺宿雲慵不飛中序擘騞初入拍秋竹竿裂春氷圻注云散序六遍無拍故不舞中序始有拍亦名拍序又云繁音急節十二遍跳珠撼玉何鏗錚翔鸞舞了卻收翅唳鶴曲終長引聲注云霓裳十二遍而曲終凡曲將終皆聲拍促速惟霓裳之末長引一聲筆談云霓裳曲凡十二疊前六疊無拍至第七疊方謂之疊遍自此始有拍而舞筆談沈存中撰沈指霓裳羽衣爲道調法曲則是未嘗見舊譜今所云豈亦得之樂天乎世有般涉調拂霓裳曲因石曼卿取作傳踏述開元天寶舊事曼卿云本是月宮之音翻作人間之曲近夔帥曾端伯增損其辭爲勾遣隊口號亦云開寶遺音蓋二公不知此曲自屬黃鍾商而拂霓裳則般涉調也宣和初普府守山東人王平詞學華贍自言得夷則商霓裳羽衣譜取陳鴻白樂天長恨歌傳幷樂天寄元微之霓裳羽衣曲歌又雜取唐人小詩長句及明皇太眞事終以微之連昌宮詞補綴成曲刻板流傳曲十一段起第四遍第五遍第六遍正攧入破虛催袞實催袞歇拍殺袞音律節奏與白氏歌注大異則知唐曲今世決不復見亦可恨也又唐史稱客有以按樂圖示王維者無題識維徐曰此霓裳第三疊最初拍也客未然引工按曲乃信予嘗笑之霓裳第一至第六疊無拍者皆散序故也類音家所行大品安得有拍樂圖必作舞女而霓裳散序六疊以無拍故不舞又畫師于樂器上或吹或彈止能畫一個字諸曲皆有此一字豈獨霓裳唐孔緯拜官敎坊優伶求

利市縴呼使前索其笛指竅問曰何者是浣溪沙孔籠子諸伶大笑此與畫圖上定曲名何異『晉府一作普州錢校晉府』一涼州曲唐史及傳載稱天寶樂曲皆以邊地爲名若涼州伊州甘州之類曲遍聲繁名入破又詔道調法曲與胡部新聲合作明年安祿山反涼伊甘皆陷土蕃史及開元傳信記亦云西涼州獻此曲寧王憲曰音始于宮散于商成于角祉羽斯曲也宮離而不屬商亂而加暴君卑逼下臣僭犯上臣恐一日有播遷之禍及安史之亂世頗思憲審音而楊妃外傳乃謂上皇居南內夜與妃侍者紅桃歌妃所製涼州詞上因廣其曲今流傳者益加明皇雜錄亦云上初自巴蜀回夜來乘月登樓命妃侍者紅桃歌涼州即妃所製上親御玉笛爲倚樓曲曲罷無不感泣因廣其曲傳于人間予謂皆非也涼州在天寶時已盛行上皇巴蜀回居南內乃肅宗時那得始廣此曲或曰因妃所製詞而廣其曲者亦詞也則流傳者益加豈亦詞乎舊史及諸家小說謂妃善舞邃曉音律不稱善製詞今妃外傳及明皇雜錄所云夸誕無實獨帝御玉笛爲倚樓曲因廣之流傳人間似可信但非涼州耳唐史又云其聲本宮調今涼州見于世者凡七宮曲曰黃鍾宮道調宮無射宮中呂宮南呂宮仙呂宮高宮不知西涼所獻何宮也然七曲中知其三是唐曲黃鍾道調高宮者是也脞說云西涼州本在正宮正元初康崑崙翻入琵琶玉宸宮調初進在玉宸殿故以命名合衆樂即黃鍾也予謂黃鍾即俗呼正宮崑崙豈能捨正宮外別製黃鍾涼州乎因玉宸殿奏琵琶就易美名此樂工夸大之常態而脞說便謂翻入琵琶玉宸宮調新史雖取其說

止云康崑崙寫其聲于琵琶奏于玉宸殿因號玉宸宮調合諸樂則用黃鍾宮得之矣張祜詩云春風南內百花時道調涼州急遍吹揭手便拈金椀舞上皇驚笑悖拏兒又幽閒鼓吹云元載子伯和勢傾中外福州觀察使寄樂妓數十人使者半歲不得通窺伺門下有琵琶康崑崙出入乃厚遺求通伯和一試盡付崑崙段和上者自製道調涼州崑崙求譜不許以樂之半爲贈乃傳據張祜詩上皇時已有此曲而幽閒鼓吹謂段師自製未知孰是白樂天秋夜聽高調涼州詩云樓上金風聲漸緊月中銀字韻初調促張弦柱吹高管一曲涼州入沉寥大呂宮俗呼高宮其商爲高大石其羽爲高般涉所謂高調乃高宮也史及脞說又云涼州有大遍小遍非也凡大曲有散序靸排遍攧正攧入破虛催實催袞遍歇指殺袞「一本實催下云滚拍遍歇殺滚」始成一曲此謂大遍而涼州排遍予曾見一本有二十四段後世就大曲製詞者類從簡省而管弦家又不肯從首至尾吹彈甚者學不能盡元微之詩云逡巡大遍梁州徹又云梁州大遍最豪嘈及脞說謂有大遍小遍其誤識此乎

伊州見于世者凡七商曲大石調高大石調雙調小石調歇指調「指一作拍」林鍾商越調第不知天寶所製七商中何調耳王建宮詞云側商調裏唱伊州林鍾商今夷則商也管色譜以凡字殺若側商即借尺字殺「即一作則」案姜夔琴曲側商調序云琴七弦散聲具宮商角徵羽者爲正弄慢角清商宮調慢宮黃鍾調是也加變宮變徵爲散聲者曰側弄側楚側蜀側商是也側商之調久亡唐人詩云側商

調裏唱伊州予以此語尋之伊州大食調黃鍾律法之商乃以慢角轉弦取變宮變徵散聲此調甚流美也蓋慢角乃黃鍾之正側商乃黃鍾之側它言側者同此然非三代之聲乃漢燕樂爾據此則林鍾商當作黃鍾商又夔越九歌內側商調亦註云黃鍾商』

甘州世不見今仙呂調有曲破有八聲慢有令而中呂調有象甘州八聲『象一作蒙下同』他宮調不見也凡大曲就本宮調制引序慢近令『制一作轉』蓋度曲者常態『常一作斂』若象甘州八聲即是用其法于中呂調此例甚廣僞蜀毛文錫有甘州遍顧瓊李珣有倒排甘州顧瓊又有甘州子皆不著宮調

胡渭州明皇雜錄云開元中樂工李龜年兄弟三人皆有才學盛名彭年善舞鶴年龜年能歌製渭州曲特承顧遇於東都大起第宅僭侈之制踰於公侯唐史吐蕃傳亦云奏涼州胡渭錄要雜曲今小石調胡渭州是也然世所行伊州胡渭州六么皆非大遍全曲『案姜夔醉吟商詞序胡渭州作湖渭州』

六么一名綠腰一名樂世一名錄要元微之琵琶歌云綠腰散序多攏撚又云管兒還爲彈綠腰綠腰依舊聲迢迢又云逡巡彈得六么徹霜刀破竹無殘節沈亞之歌者葉記云合韻奏綠腰又志盧金蘭墓云爲綠腰玉樹之舞唐史吐蕃傳云奏涼州胡渭錄要雜曲段安節琵琶錄云綠腰本錄要也樂工進曲上令錄其要者白樂天楊柳枝詞云六么水調家家唱白雪梅花處處吹又聽歌六絕句內樂世一篇云管

急弦繁拍漸稠緑腰宛轉曲終頭誠知樂世聲聲樂老病人聽未免愁「人聽一作殘軀」注云樂世一名六么王建宮詞云琵琶先抹六么頭故知唐人以腰作么者惟樂天與王建耳或云此曲拍無過六字者故曰六么至樂天又獨謂之樂世他書不見也靑箱雜記云曲有錄要者錄霓裳羽衣曲之要拍霓裳羽衣曲乃宮調與此曲了不相關士大夫論議嘗患講之未詳卒然而發事與理交違幸有證之者不過如聚訟耳若無人攻擊後世隨以憒憒或遺禍于天下樂曲不足道也琵琶錄又云正元中康崑崙琵琶第一手兩市樓抵鬬聲樂崑崙登東綵樓彈新翻羽調綠腰必謂無敵曲能西市樓上出一女郎抱樂器云我亦彈此曲兼移在楓香調中下撥聲如雷絕妙入神崑崙拜請爲師女郎更衣出乃僧善本俗姓段今六么行于世者四曰黃鍾羽即俗呼般涉調曰夾鍾羽即俗呼中呂調曰林鍾羽即俗呼高平調曰夷則羽即俗呼仙呂調皆羽調也崑崙所謂新翻今四曲中一類乎或他羽調乎是未可知也段師所謂楓香調無所著見今四曲中一類乎或他調乎亦未可知也歐陽永叔云貪看六么花十八此曲內一疊名花十八前後十八拍又四花拍共二十二拍樂家者流所謂花拍蓋非其正也曲節抑揚可喜舞亦隨之而舞築球六么至花十八益奇

碧雞漫志卷第四

蘭陵王北齊史及隋唐嘉話稱齊文襄之子長恭封蘭陵王與周師戰嘗著假面對敵擊周師金墉城下

勇冠三軍武士共歌謠之曰蘭陵王入陣曲今越調蘭陵王凡三段二十四拍或曰遺聲也此曲聲犯正宮管色用大凡字大一字勾字故亦名大犯又有大石調蘭陵王慢殊非舊曲周齊之際未有前後十六拍慢曲子耳

虞美人脞說稱起于項籍虞兮之歌予謂後世以此命名可也曲起于當時非也曾子宣夫人魏氏作虞美人草行有云三軍散盡旌旗倒玉帳佳人坐中老香魂夜逐劍光飛青血化爲原上草芳菲寂寞寄寒枝『菲一作心』舊曲聞來似斂眉又云當時遺事久成空慷慨尊前爲誰舞亦有就曲誌其事者世以爲工其詞云帳前草草軍情變月下旌旗亂褫衣推枕愴離情遠風吹下楚歌聲正三更撫騅欲上重相顧豔態花無主手中蓮鍔凜秋霜九泉歸去是仙鄉恨茫茫黃載萬追和之壓倒前輩矣其詞云世間離恨何時了不爲英雄少楚歌聲起伯圖休一似 水東流『案錢校本霸圖休下元缺九字別本有一似水東流五字今依詞譜一似下仍空四字庶與調合更俟善本校補』葛荒葵老蕪城暮『一本云蔓葛荒葵城隴暮平仄與調不合似誤』玉貌知何處至今芳草解婆娑只有當年魂魄未消磨『年一作時』按益州草木記雅州名山縣出虞美人草如雞冠花葉兩兩相對爲唱虞美人曲應拍而舞他曲則否賈氏談錄褒斜山谷中有虞美人草狀如雞冠大葉相對或唱虞美人則兩葉如人拊掌之狀頗中節拍酉陽雜俎云舞草出雅州獨莖三葉葉如決明一葉在莖端兩葉居莖之半相對人或近之歌及

抵掌謳曲葉動如舞益部方物圖贊改虞作娛云今世所傳虞美人曲下音俚調非楚虞姬作意其草纖柔爲歌氣所動故其莖至小者或若動搖美人以爲娛耳筆談云高郵桑景舒性知音舊聞虞美人草遇人唱虞美人曲枝葉皆動他曲不然試之如所傳詳其曲皆吳音也他日取琴試用吳音製一曲對草鼓之枝葉亦動乃目曰虞美人操其聲調與舊曲始末不相近而草輒應之者律法同管也今盛行江湖閒人亦莫知其如何爲吳音東齋記事云虞美人草唱他曲亦動傳者過矣予攷六家說各有異同方物圖贊最穿鑿無所稽據舊曲固非虞姬作若便謂下音俚調嘻其甚矣亦聞蜀中數處有此草予皆未之見恐種族異則所感歌亦異然舊曲三其一屬中呂調其一中呂宮近世轉入黃鍾宮此草應拍而舞應舊曲乎新曲乎桑氏吳音合舊曲乎新曲乎恨無可問者又不知吳草與蜀產有無同類也『一本云有異同否耶』

安公子通典及樂府雜錄稱煬帝將幸江都樂工王令言者妙達音律其子彈胡琵琶作安公子曲令言驚問那得此對曰宮中新翻令言流涕曰愼毋從行宮君也宮聲往而不返大駕不復回矣據理道要訣唐時安公子在太簇角今已不傳其見于世者中呂調有近般涉調有令然尾聲皆無所歸宿亦異矣

水調歌理道要訣所載唐樂曲南呂商時號水調予數見唐人說水調各有不同予因疑水調非曲名乃俗呼音調之異名今決矣按隋唐嘉話煬帝鑿汴河自製水調歌即是水調中製歌也『一本云非水調

中製歌也』世以今曲水調歌爲煬帝自製今曲迺中呂調而唐所謂南呂商則今俗呼中管林鍾商也脞說云水調河傳煬帝將幸江都時所製聲韻悲切帝喜之樂工王令言謂其弟子曰不返矣水調河傳但有去聲此說與安公子事相類蓋水調中河傳也明皇雜錄云祿山犯順『順一作闕』議欲遷幸帝置酒樓上命作樂有進水調歌者曰山川滿目淚沾衣富貴榮華能幾時不見只今汾水上惟有年年秋雁飛上問誰爲此曲曰李嶠上曰眞才子不終飲而罷此水調中一句七字曲也白樂天聽水調詩云五言一遍最殷勤調少情多似有因不會當時翻曲意此聲腸斷爲何人脞說亦云水調第五遍五言調聲最愁苦此水調中一句五字曲又有多遍似是大曲也樂天詩又云時唱一聲新水調謾人道是採菱歌此水調中新腔也南唐近事云元宗留心內寵宴私擊鞠無虛日嘗命樂工楊花飛奏水調詞進酒花飛惟唱南朝天子好風流一句如是數四上悟覆栝賜金帛此又一句七字然旣曰命奏水調詞則是令楊花飛水調中撰詞也外史檮杌云王衍泛舟巡閬中舟子皆衣錦繡自製水調銀漢曲『自製上一有偶字』此水調中製銀漢曲也今世所唱中呂調水調歌迺是以俗呼音調異名者名曲雖首尾亦各有五言兩句決非樂天所聞之曲河傳唐詞存者二其一屬南呂宮凡前段平韻後仄韻其一乃今怨王孫曲屬無射宮以此知煬帝所製河傳不傳已久然歐陽永叔所集詞內河傳附越調亦怨王孫曲今世河傳乃仙呂調皆令也

萬歲樂唐史云明皇分樂爲二部堂下立奏謂之立部伎堂上坐奏謂之坐部伎坐部伎六曲而鳥歌萬歲樂居其四鳥歌者武后作也有鳥能人言萬歲因以製樂通曲云鳥歌萬歲樂武太后所造時宮中養鳥能人言嘗稱萬歲爲樂以象之舞三人衣緋大袖並畫鸜鵒冠作鳥象又云今嶺南有鳥似鸜鵒能言名吉了「吾料」異哉武后也其爲昭儀至篡奪殺一后一妃而殺王侯將相中外士大夫不可勝計凶忍之極又殺諸武僅有免者又最甚則親生四子殺其二廢徙其一獨睿宗危得脫視他人性命如虆草至聞鳥歌萬歲乃欲集慶厥躬改年號永昌又因二齒生改號長壽又號延載又號天冊萬歲又號萬歲通天又號長安自昔紀號祈祝未有如后之甚者在衆人則欲速死在一身則欲長久「一身一作己身」世無是理也按理道要訣唐時太簇商樂曲有萬歲樂或曰即鳥歌萬歲樂也又舊唐史元和八年十月汴州劉宏撰聖朝萬歲樂譜三百首以進今黃鍾宮亦有萬歲樂不知起前曲或後曲

夜半樂唐史云民間以明皇自潞州還京師夜半舉兵誅韋皇后製夜半樂還京樂二曲樂府雜錄云明皇自潞州入平內難半夜斬長樂門關領兵入宮後撰夜半樂曲今黃鍾宮有三臺夜半樂中呂調有慢有近拍有序不知何者爲正

何滿子白樂天詩云世傳滿子是人名臨就刑時曲成始一曲四詞歌八疊從頭便是斷腸聲自注云開元中滄州歌者姓名臨刑進此曲以贖死上竟不免元微之何滿子歌云何滿能歌聲宛轉天寶年中世

稱罕嬰刑繫在囹圄聞下調哀音歌憤懣梨園弟子奏元宗一唱承恩羈絏便將何滿爲曲名御府親題樂府纂甚矣帝王不可妄有嗜好也明皇喜音律而罪人遂欲進曲贖死然元白平生交友聞見率同獨紀此事少異盧氏雜說云甘露事後文宗便殿觀牡丹誦舒元輿牡丹賦歎息泣下命樂適情宮人沈翹翹舞何滿子詞云浮雲蔽白日上曰汝知書耶乃賜金臂環又薛逢何滿子詞云繫馬宮槐老持杯店菊黃故交今不見流恨滿川光五字四句樂天所謂一曲四詞庶幾是也歌八疊疑有和聲如漁父小秦王之類今詞屬雙調兩段各六句內五句各六字一句七字五代時尹鶚李珣亦同此其他諸公所作往往只一段而六句各六字皆無復有五字者字句既異即知非舊曲樂府雜錄云靈武刺史李靈曜置酒坐客姓駱唱何滿子皆稱妙絕白秀才者曰家有聲妓歌此曲音調不同召至令歌發聲清越殆非常音駱遽問曰莫是宮中胡二子否妓熟視曰君豈梨園駱供奉邪相對泣下皆明皇時人也張祜作孟才人歎云偶因歌態詠嬌嚬傳唱宮中十二春卻爲一聲何滿子下泉須弔孟才人其序稱武宗疾篤孟才人以歌笙獲寵者密侍左右上目之曰吾當不諱爾何爲哉指笙囊泣曰請以此就縊上憫然復曰妾嘗藝歌願對上歌一曲以洩憤許之乃歌一聲何滿子氣亟立殞上令醫候之曰脈尚溫而腸已絕「一云亂尚溫而腸已斷」上崩將徙柩舉之愈重議者曰非侯才人乎命其櫬至乃舉僞蜀孫光憲何滿子一章云冠劍不隨君去江河還共恩深似爲孟才人發祜又有宮詞云故國三千里深宮二十年一聲何滿子

雙淚落君前其詳不可得而聞也

凌波神開元天寶遺事云帝在東都夢一女子高髻廣裳拜而言曰妾凌波池中龍女久護宮苑陛下知音乞賜一曲帝爲作凌波曲奏之池上神出波閒楊妃外傳云上夢豔女梳交心髻大袖寬衣曰妾是陛下凌波池中龍女衛宮護駕實有功陛下洞曉鈞天之音乞賜一曲夢中爲鼓胡琴作凌波曲後于凌波池奏新曲池中波濤湧起有神女出池心乃夢中所見女子因立廟池上歲祀之明皇雜錄云女伶謝阿蠻善舞凌波曲出入宮中及諸姨宅妃子待之甚厚賜以金粟妝臂環按理道要訣天寶諸樂曲名有凌波神二曲其一在林鍾宮云時號道調宮然今之林鍾宮即時號南呂宮而道調宮即古之仲呂宮也其一在南呂商云時號水調今南呂商則俗呼中管林鍾商也皆不傳予問諸樂工云舊見凌波曲譜不記何宮調也世傳用之歌吹而招來鬼神因是久廢豈以龍女見形之故相承爲能招來鬼神乎

荔枝香唐史禮樂志云帝幸驪山楊貴妃生日命小部張樂長生殿奏新曲未有名會南方進荔枝因名曰荔枝香脞說云太眞妃好食荔枝每歲忠州置急遞上進五日至都天寶四年夏荔枝滋甚比開籠時香滿一室供奉李龜年撰此曲進之宣賜甚厚楊妃外傳云明皇在驪山命小部音聲于長生殿奏新曲「音聲一作張樂」未有名會南海進荔枝因名荔枝香三說雖小異要是明皇時曲然史及楊妃外傳皆謂帝在驪山故杜牧之華淸絕句云長安回望繡成堆山頂千門次第開一騎紅塵妃子笑無人知道

荔枝來遯齋閒覽非之曰明皇每歲十月幸驪山至春乃還未嘗用六月詞意雖美『美一作好』而失事實予觀小杜華清長篇又有塵埃羯鼓索片段荔枝筐之語其後歐陽永叔詞亦云一從魂散馬嵬關只有紅塵無驛使滿眼驪山唐史既出永叔宜此詞亦僻也今歇指大石兩調『歇指一作歇拍』皆有近拍不知何者爲本曲阿濫堆中朝故事云驪山多飛禽名阿濫堆明皇御玉笛採其聲翻爲曲子名左右皆傳唱之播于遠近人競以笛效吹故張祜詩云紅樹蕭蕭閣半開玉皇曾幸此宮來『宮一作開』至今風俗驪山下村笛猶吹阿濫堆賀方回朝天子曲云待月上潮平波灩灩塞管孤吹新阿濫即謂阿濫堆江湖間尚有此聲予未之聞也嘗以問老樂工云屬夾鍾商按理道要訣天寶諸樂名堆作塠屬黃鍾羽夾鍾商俗呼雙調而黃鍾羽則俗呼般涉調然理道要訣稱黃鍾羽時號黃鍾商調皆不可曉也

碧雞漫志卷第五

念奴嬌元微之連昌宮詞云初過寒食一白六店舍無烟宮樹綠夜半月高弦索鳴賀老琵琶定場屋力士傳呼覓念奴念奴潛伴諸郎宿須臾覓得又連催特敕街中許然燭春嬌滿眼淚紅綃掠削雲鬟旋裝束飛上九天歌一聲二十五郎吹管逐自注云念奴天寶中名倡善歌每歲樓下酺宴萬衆喧溢嚴安之韋黃裳輩闢易不能禁衆樂爲之罷奏明皇遣高力士大呼樓上曰欲遣念奴唱歌邠二十五郎吹小管逐『邠元本作仰今從元氏長慶集校改』看人能聽否皆悄然奉詔然明皇不欲奪俠游之盛未嘗置

在宮禁歲幸温湯時巡東洛有司潛遣從行而已開元天寶遺事云念奴有色善歌宮伎中第一帝嘗曰此女眼色媚人又云念奴每執板當席聲出朝霞之上今大石調念奴嬌世以爲天寶間所製曲予固疑之然唐中葉漸有今體慢曲子而近世有填連昌詞入此曲者後復轉此曲入道調宮又轉入高宮大石調

雨淋鈴明皇雜錄及楊妃外傳云帝幸蜀初入斜谷霖雨彌旬『旬一作日』棧道中聞鈴聲帝方悼念貴妃採其聲爲雨淋鈴曲以寄恨時梨園弟子惟張野狐一人善篳篥『篳一作觱』因吹之遂傳于世予考史及諸家說明皇自陳倉入散關出河池初不由斜谷路今劍州梓桐縣地名上亭有古今詩刻記明皇聞鈴之地庶幾是也羅隱詩云細雨霏微宿上亭雨中因感雨淋鈴貴爲天子猶魂斷窮著荷衣好涕零劍水多端何處去巴猿無賴不堪聽少年辛苦今飄蕩空媿先生教聚螢『空一作深』世傳明皇宿上亭雨中聞牛鐸聲悵然而起問黃幡綽鈴作何語曰謂陛下特郎當特郎當俗稱不整治也明皇一笑遂作此曲楊妃外傳又載上皇還京後復幸華清從官嬪御多非舊人於望京樓下命張野狐奏雨淋鈴曲上四顧悽然自是聖懷耿耿但吟刻木牽絲作老翁雞皮鶴髮與眞同須臾弄罷寂無事還似人生一世中杜牧之詩云零葉翻紅萬樹霜玉蓮開蘂煖泉香行雲不下朝元閣一曲淋鈴淚數行張祜詩云雨淋鈴夜卻歸秦猶是張徽一曲新長說上皇和淚教月明南內更無人張徽即張野狐也或謂祜詩言

上皇出蜀時曲與明皇雜錄楊妃外傳不同祜意明皇入蜀時作此曲至雨淋鈴夜郤又歸秦猶是張野狐向來新曲非異說也元微之琵琶歌云淚垂捍撥朱弦澀冰泉嗚咽流鶯澀因茲彈作雨淋鈴風雨蕭條鬼神泣今雙調雨淋鈴慢頗極哀怨眞本曲遺聲

清平樂松窗錄云開元中禁中初重木芍藥得四本紅紫淺紅通白繁開上乘照夜白太眞妃以步輦從李龜年手捧檀板押衆樂前將欲歌之上曰焉用舊詞爲命龜年宣翰林學士李白立進清平調詞三章白承詔賦詞龜年以進上命梨園弟子約格調撫絲竹促龜年歌太眞妃笑領歌意甚厚張君房脞說指此爲清平樂曲按明皇宣白進清平調詞乃是令白于清平調中製詞蓋古樂取聲律高下合爲三曰清調平調側調此之謂三調明皇止令就擇上兩調偶不樂側調故也況白詞七字絶句與今曲不類而尊前集亦載此三絶句止目曰清平詞然唐人不深攷妄指此三絶句耳此曲在越調唐至今盛行今世又有黃鍾宮黃鍾商兩音者歐陽炯稱白有應制清平樂四首往往是也

春光好羯鼓錄云明皇尤愛羯鼓玉笛云八音之領袖時春雨始晴景色明麗帝曰對此豈可不與他判斷命取羯鼓臨軒縱擊曲名春光好回顧柳杏皆已微坼上曰此一事不喚我作天工可乎今夾鍾宮春光好唐以來多有此曲或曰夾鍾宮屬二月之律明皇依月用律故能判斷如神予曰二月柳杏坼久矣此必正月用二月律催之也春光好近世或易名愁倚闌

菩薩蠻南部新書及杜陽編云大中初女蠻國入貢危髻金冠纓絡被體號菩薩蠻隊遂製此曲當時倡優李可及作菩薩蠻隊舞文士亦往往聲其詞大中迺宣宗紀號也北夢瑣言云宣宗愛唱菩薩蠻詞令狐相國假溫飛卿新撰密進之戒以勿泄而遽言於人由是疎之溫詞十四首載花間集今曲是也李可及所製蓋止此則其舞隊不過如近世傳踏之類耳

望江南樂府雜錄云李衛公爲亡妓謝秋娘撰望江南亦名夢江南白樂天作憶江南三首第一江南好第二第三江南憶自注云此曲亦名謝秋娘每首五句予考此曲自唐至今皆南呂宮字句亦同止是今曲兩段蓋近世曲子無單遍者然衛公爲謝秋娘作此曲已出兩名樂天又名以憶江南又名以謝秋娘近世又取樂天首句名以江南好予嘗歎世間有改易錯亂誤人者是也

文漵子盧氏雜說云文宗善吹小管僧文漵爲入內大德得罪流之弟子收拾院中籍入家具猶作師講聲上採其聲製曲曰文漵子予考資治通鑑敬宗寶歷二年六月己卯幸興福寺觀沙門文漵俗講敬文相繼年祀極近豈有二文漵哉至所謂俗講則不可曉意此僧以俗談侮聖言誘聚羣小至使人主臨觀爲一笑之樂死尚晚也今黃鍾宮大石調林鍾商歇指調「指一作拍」皆有十拍令未知孰是而漵字或誤作序并緒

鹽角兒嘉祐雜誌云梅聖俞說始教坊家人市鹽於紙角中得一曲譜翻之遂以名今雙調鹽角兒令是

也歐陽永叔嘗製詞

喝馱子洞微志云屯田員外郎馮敢景德三年爲開封府界檢澇戶田『界一作丞』宿史胡店日落忽見三婦人過店前入西畔古佛堂敢料其鬼也攜僕王侃詣之延坐飲酒稱二十六舅母者請王侃歌送酒三女側聽十四姨者曰何名也侃對曰喝馱子十四姨曰非也此曲單州營妓敎頭葛大姊所撰新聲梁祖作四鎭時駐兵魚臺值十月二十一生日大姊獻之梁祖令李振塡詞付後騎唱之以押馬隊因謂之葛大姊及戰得勝回始流傳河北軍中競唱俗以押馬隊故訛曰喝馱子莊皇入洛亦愛此曲謂左右曰此亦古曲葛氏但更五七聲耳李珣瓊瑤集有鳳臺一曲注云俗謂之喝馱子不載何宮調今世道調宮有慢勾讀與古不類耳

後庭花南史云陳後主每引賓客對張貴妃等游宴使諸貴人及女學士與狎客共賦新詩相贈答采其尤麗者『一云采其尤豔麗者』爲曲調其曲有玉樹後庭花通典云玉樹後庭花堂堂黃鸝留金釵兩臂垂並陳後主造恆與宮女學士及朝臣相唱和爲詩太樂令何胥『一本太樂令上有時字』採其尤輕豔者爲此曲予因知後主詩胥以配聲律遂取一句爲曲名故前輩詩云玉樹歌翻王氣終『翻一作殘』景陽鐘動曉樓空又云後庭花一曲幽怨不堪聽又云萬戶千門成野草只緣一曲後庭花又云綵牋曾襞欺江總綺閣塵銷玉樹空又云商女不知亡國恨隔江猶唱後庭花又云玉樹歌闌海雲黑花庭

忽作靑無國又云後庭餘唱落船窗又云後庭新聲歎樵牧『歎一作笑』又云不知即入宮前井猶自聽吹玉樹花吳蜀雞冠花有一種小者高不過五六尺『尺一作寸』或紅或淺紅或白或淺白世目曰後庭花又按國史纂異雲陽縣多漢離宮故地有樹似槐而葉細土人謂之玉樹揚雄甘泉賦玉樹靑葱左思以爲假稱珍怪者實非也似之而已予謂雲陽既有玉樹即甘泉賦中未必假稱陳後主玉樹後庭花或者疑是兩曲謂詩家或稱玉樹或稱後庭花少有連稱者僞蜀時孫光憲毛熙震李珣有後庭花曲皆賦後主故事不著宮調兩段各四句似令也今曲在兩段各六句亦令也

西河長命女崔元範自越州幕府拜侍御史李訥尚書餞於鑑湖命盛小叢歌坐客各賦詩送之有云爲公唱作西河調日暮偏傷去住人理道要訣長命女西河在林鍾羽時號平調今俗呼高平調也脞說云張紅紅者大曆初隨父歌匃食過將軍韋靑所居靑納爲姬自傳其藝穎悟絕倫有樂工取古西河長命女加減節奏頗有新聲未進閒先歌於靑靑令紅紅潛聽以小豆數合記其拍給云女弟子久歌此非新曲也隔屏奏之一聲不失樂工大驚請與相見歎伏不已兼云有一聲不穩今已正矣尋達上聽召入宜春院寵澤隆異宮中號記曲小娘子尋爲才人按此曲起開元以前大曆閒樂工加減節奏紅紅又正一聲而已花閒集和凝有長命女曲僞蜀李珣瓊瑤集亦有之句讀各異然皆今曲子不知孰爲古製林鍾羽併大曆加減者近世有長命女令前七拍後九拍屬仙呂調宮調句讀並非舊曲又別出大石調西河

慢聲犯正平極奇古蓋西河長命女本林鍾羽而近世所分二曲在仙呂正平兩調亦羽調也

楊柳枝鑑戒錄云柳枝歌亡隋之曲也前輩詩云萬里長江一旦開岸邊楊柳幾千栽錦帆未落干戈起惆悵龍舟更不回又云樂苑隋堤事已空「樂苑鑑戒錄作梁苑」萬條猶舞舊春風皆指汴渠事而張祜折楊柳枝兩絕句其一云莫折宮前楊柳枝元宗曾向笛中吹「元宗一作當時」傷心日暮烟霞起無限春愁生翠眉則知隋有此曲傳至開元樂府雜錄云白傅作楊柳枝予考樂天晚年與劉夢得唱和此曲詞白云古歌舊曲君休聽聽取新翻楊柳枝又作楊柳枝二十韻云樂童翻怨調才子與妍詞注云洛下新聲也劉夢得亦云請君莫奏前朝曲聽唱新翻楊柳枝蓋後來始變新聲而所謂樂天作楊柳枝者稱其別創詞也今黃鍾商有楊柳枝曲仍是七字四句詩與劉白及五代諸子所製並同但每句下各增三字一句此乃唐時和聲如竹枝漁父今皆有和聲也舊詞多側字起頭平字起頭者十之一二今詞盡皆側字起頭第三句亦復側字起聲度差穩耳

麥秀兩岐文酒清話云唐封舜臣性輕佻德宗時使湖南道經金州守張樂燕之執盃索麥秀兩岐曲樂工不能封謂樂工曰汝山民亦合聞大朝音律守爲杖樂工復行酒封又索此曲樂工前乞侍郎舉一遍封爲唱徹衆已盡記於是終席動此曲封既行守密寫曲譜言封燕席事郵筒中送與潭州牧封至潭牧亦張樂燕之倡優作襤褸數婦人抱男女筐筥歌麥秀兩岐之曲敍其拾麥勤苦之由封面如死灰歸過

金州不復言矣今世所傳麥秀兩岐今在黄鍾宮唐尊前集載和凝一曲與今曲不類

樂府雜錄

唐　段安節

雅樂部

宮懸四面天子樂也軒懸三面諸侯樂也判懸二面大夫樂也特懸一面士樂也宮懸四面每面五架架即簨簴也其上安金銅仰陽以鸑鷟孔雀羽裝之兩面綴以流蘇以綵翠絲紱爲之也十二律上鐘九乳依月排之每面石磬及編鐘各一架每架列鐘十二所亦依律編之四角安鼓四座一曰應鼓『四旁有兩小鼓爲應鼓也』二曰腰鼓三曰警鼓四曰雷鼓皆彩畫上各安寶輪以珠翠粧之樂即有簫笙竽塤篪籥跋膝琴瑟筑將竽形似小鐘以手將之即鳴也次有登鼓皆奏法曲御殿即奏凱安廣　雍熙三曲宴羣臣即奏□□□鹿鳴三曲近代内宴即全不用法樂也郊天及諸壇祭祀即奏太和沖和舒和三曲凡奏曲登歌先引諸樂逐之其樂工皆戴平幘衣緋大袖每色十二在樂懸内已上謂之坐部伎八佾舞則六十四人文武各半皆著畫幘俱在樂懸之北文舞居東手執翟狀如鳳毛武舞居西手執戚文衣長大武衣短小其鐘師及磬師登鼓歌八佾舞幷諸色舞通謂之立部伎柷敔樂懸既陳太常卿押樂在樂懸之北面太樂令鼓吹令俱在太常卿之後太樂在東鼓吹居西協律郎二人皆執翬竿亦用綵翠粧之一人在殿上翬竿倒殿下亦倒遂奏樂協律郎皆綠衣大袖戴冠

雲韶樂

用玉磬四架樂即有琴瑟筑簫篪籥跋膝笙竽登歌拍板樂分堂上堂下登歌四人在堂下坐舞童五人衣繡衣各執金蓮花引舞者金蓮如仙家行道者也舞在階下設錦筵宮中有雲韶院

清樂部

樂即有琴瑟雲和箏其頭像雲笙竽箏簫方響篪跋膝拍板戲即有弄賈大獵兒也

鼓吹部

即有鹵簿鉦鼓及角樂用弦鼗笳簫又即用哀笳以羊角爲管蘆爲頭也警鼓二人執朱幡引樂衣文戴冠已上樂人皆騎馬樂即謂之騎吹俗樂亦有騎吹也天子鹵簿用大全仗鼓一百二十面金鉦七十面郊天謁廟吉禮即衣雲花黃衣鼓四鉦二下山陵凶禮即衣雲花白衣鼓二鉦二下冊太后皇后及太子用鼓七十面金鉦四十面謂之小全仗公主出降及冊三公幷祔廟禮葬並用大半仗鼓四十面鉦二十面諸侯用小半仗鼓鼓三十面鉦十四面吉凶如上自太子已下冊禮及葬祔廟並無警鼓

驅儺

用方相四人戴冠及面具黃金爲四目衣熊裘執戈揚盾口作儺儺之聲以除逐也右十二人皆朱髮衣白　畫衣各執麻鞭辮麻爲之長數尺振之聲甚厲乃呼神名其有甲作食凶者沸謂食夢者騰蘭食不

祥者覽諸食名者祖盟强食其磔死寄生者桃根食筅者等振子五百小兒爲之衣朱褶青襦戴面具以晦日於紫宸殿前儺張宮懸樂太常卿及少卿押樂正到西閤門丞并太樂署令鼓吹署令協律郎並押樂在殿前事前十日太常卿并諸官於本寺先閱儺并遍閱諸樂其日大宴三五署官其朝寮家皆上棚觀之百姓亦入看頗謂壯觀也太卿上此歲除前一日於右金吾龍尾道下重閱卽不用樂也御樓時於金雞竿下打赦鼓一面鉦一面以五十人唱色十下鼓一下鉦以千下

熊羆部

其熊羆者有十二皆有木雕之悉高丈餘其上安版床復施寶幰皆金彩粧之於其上奏雅樂含元殿方奏此樂也奏唐十二時萬宇清月重輪三曲亦謂之十二按樂具庫在望仙門內之東壁俗樂古都屬樂園新院院在太常寺內之西北也開元中始別署左右敎坊上都在延政里東都在明義里以內官掌之至元和中只署一所又於上都廣化里太平里兼各署樂官院一所

鼓架部

樂有笛拍板答鼓卽腰鼓也兩杖鼓戲有代面始自北齊神武弟有膽勇善鬭戰以其顔貌無威每入陣卽著面具後乃百戰百勝戲者衣紫腰金執鞭也鉢頭昔有人父爲虎所傷遂上山尋其父屍山有八灣故曲八疊戲者被髮素衣面使啼蓋遭喪之狀也蘇中郎後周士人蘇葩嗜酒落魄自號中郎每有歌場

輒入獨舞今爲戲者著緋戴幘面正赤蓋狀其醉也卽有踏搖娘羊頭渾脫九頭獅子弄白馬益錢以至尋橦跳丸吐火吞刀旋槃觔斗悉屬此部

龜茲部

樂有觱篥笛拍板四色鼓揩鼓雞樓鼓戲有五常獅子高丈餘各衣五色每一獅子有十二人戴紅抹額衣畫衣執紅拂子謂之獅子郎舞太平樂曲破陣樂曲亦屬此部秦王所制舞人皆衣畫甲執旗旆外藩鎮春冬犒軍亦舞此曲兼馬軍引入場尤甚壯觀也萬斯年曲是朱崖李太尉進此曲名卽天仙子是也

□部

樂有琵琶五絃箏箜篌觱篥笛方響拍板合曲時亦擊小鼓鈸子合曲後立唱歌涼府所進本在正宮調大遍小者至貞元初康崑崙翻入琵琶□□□□□□□玉宸殿故有此名合諸樂卽黃鐘宮調也奉聖樂曲是韋南康鎮蜀時南詔所進在宮調亦舞伎六十四人遇內宴卽於殿前立奏樂更番替換若宮中宴卽坐奏樂俗樂亦有坐部立部也

歌

歌者樂之聲也故絲不如竹竹不如肉迥居諸樂之上古之能者卽有韓娥李延年莫愁「樂府詩云莫

愁在何處住在石城西艇子折兩槳催送莫愁來曰善歌必先調其氣氤氳自臍出至喉乃意其詞即抗墜之音既得其術即可致遏雲響谷之妙也明皇朝有韋青本是士人嘗有詩三代主綸誥一身能唱歌官至將軍開元中內人有許和子者本吉州永新縣樂家女也開元末選入宮即以永新名之籍於宜春院既美且慧善歌能變新聲韓娥延年歿後千餘載曠無其人至永新始繼其能遇高秋朗月臺殿清虛喉囀一聲響傳九陌明皇嘗獨召李謨吹曲逐其歌曲終管裂其妙如此又一日賜大酺於勤政樓觀者數千萬衆諠譁聚語莫得魚龍百戲之音上怒欲罷宴中官高力士奏請命永新出樓歌一曲必可止諠上從之永新乃撩鬢舉袂直奏曼聲至是廣場寂寂若無一人喜者聞之氣勇愁者聞之腸絕洎漁陽之亂六宮星散永新爲一士人所得韋青避地廣陵日夜憑闌于上河之上忽聞舟中奏水調者曰此永新歌也乃登舟與永新對泣久之青始亦晦其事後士人卒與其母之京師竟歿於風塵及卒謂其母曰阿母錢樹子倒矣

大曆中有才人張紅紅者本與其父歌於衢路丐食過將軍韋青所居在昭國坊南門裏青於街牖中聞其歌者喉音寥亮仍有眉首即納爲姬其父舍於後戶優給之乃自傳其藝穎悟絕倫嘗有樂工自撰歌即古長命西河女也加減其節奏頗有新聲未進聞先侑歌於青青召紅紅於屏風後聽之紅紅乃以小豆數合記其拍樂工歌罷青入問紅紅如何云已得矣青出云有女弟子久曾歌此非新曲也即令隔屏

風歌之一聲不失樂工大驚異遂請相見欽伏不已再云此曲先有一聲不穩今已正矣尋達上聽翌日召入宜春院寵澤隆異宮中號記曲娘子尋爲才人一日內史奏章青卒上告紅紅乃上前嗚咽奏云妾本風塵丐者一旦老父死有所歸致身入內皆自韋青妾不忍忘其恩乃一慟而絕上嘉歎之即贈昭儀也貞元中有田順曾爲宮中御史娘子元和長慶以來有李貞信米嘉榮何戡陳意奴武宗已降有陳幼哥南不嫌羅龍咸通中有陳彥暉

舞工

舞者樂之容也有大垂手小垂手或如驚鴻或如飛燕婆娑舞態也蔓延舞綴也古之能者不可勝記即有健舞軟舞字舞花舞馬舞健舞曲有稜大阿連柘枝劍器胡旋胡騰軟舞曲有涼州綠腰蘇合香屈柘團圓旋甘州等『字舞以舞人亞身於地布成字也花舞著綠衣偃身合成花字也馬舞者櫳馬人著綵衣執鞭於牀上舞蹀躞蹄皆應節奏也開元中有公孫大娘善舞劍器僧懷素見之草書遂長蓋准其頓挫之勢也』

俳優

開元中黃幡綽張野狐弄參軍始自漢館陶令石耽耽有贓犯和帝惜其才免罪每宴樂即令衣白夾衫命優伶戲弄辱之經年乃放後爲參軍誤也

開元中有李仙鶴善此戲明皇特授韶州同正參　以食其祿是以陸鴻漸撰詞言韶州蓋由此也武宗朝有曹叔度劉泉水鹹淡最妙咸通以來即有范傳康上官唐卿呂敬遷等三人弄假婦人大中以來有孫乾劉璃鉼近有郭外春孫有熊僖宗幸蜀時戲中有劉眞者尤能後乃隨駕入京籍于教坊弄婆羅大中初有康迺李百魁石寶山大別有夷部樂即有扶南高麗高昌驃茲康國疎勒西涼安國樂即有單龜頭鼓及箏蛇皮琵琶蓋以蛇皮爲槽厚一寸餘鱗介具亦以楸木爲面其捍撥以象牙爲之畫其國王騎象極精妙也鳳頭箜篌臥箜篌其工頗奇巧三頭鼓鐵拍板葫蘆笙舞有骨鹿舞胡旋舞俱於一小圓球子上舞縱橫騰踏兩足終不離於球子上其妙如此也

琵琶

始自烏孫公主造馬上彈之有直項者曲項者便於急關中也古曲有陌上桑范曄石崇謝弈皆善此樂也開元中有賀懷智其樂器以石爲槽鵾鷄筋作絃鐵撥彈之貞元中有康崑崙第一手始遇長安大旱詔移南市祈雨及至天門街市人廣較勝負鬥聲樂即街東有康崑崙琵琶最上必謂街西無以敵也遂令崑崙登綵樓彈一曲新翻羽調錄腰其街西亦建一樓東市大誚之及崑崙度曲西市樓上出一女郎抱樂器先云我亦彈此曲兼移在楓香調中及下撥聲如雷其妙入神崑崙即驚駭乃拜請爲師女郎遂更衣出見乃僧也蓋西市豪族厚賂莊嚴寺僧善本姓段以定東鄽之聲翌日德宗召入令陳本藝異常

嘉獎乃令敎授崑崙段奏曰且請崑崙彈一調及彈師曰本領何雜兼帶邪聲崑崙驚曰段師神人也臣小年初學藝時偶於鄰舍女巫授一品絃調後乃易數師段師精鑒如此玄妙也段奏曰且遣崑崙不近樂器十年使忘其本領然後可敎詔許之後果盡段之藝

貞元中王芬曹保保子善才其孫曹綱皆襲所藝次有裴興奴與綱同時曹綱善運撥若風雨而不事扣絃興奴長於攏撚類時人謂曹綱有右手興奴有左手武宗初朱崖李太尉有樂吏廉郊者師於曹綱盡綱之能綱常曰敎人多矣未有此性靈弟子也郊嘗至平泉別墅值風清月朗攜琵琶池上彈蕤賓調忽聞芰荷間有物跳躍之聲必謂是魚及彈別調卽無所聞復彈舊調依舊有聲遂加意朗彈忽有一物鏘然躍出池岸之上視乃方響一片蓋蕤賓鐵也以指撥精妙律呂相應也

某門中有樂史楊志善琵琶其姑尤更妙絕姑本宣徽弟子後放出宮於永穆觀中住自惜其藝常畏人聞每至夜方彈楊志懇求敎授堅不允且曰誓死不傳於人也志乃賂其觀主求寄宿於觀竊聽其姑彈弄仍繫脂鞓帶以手畫帶記節奏遂得一兩曲調明日攜樂器詣姑姑大驚異志卽告其事姑意乃回盡傳其能矣

文宗朝有內人鄭中丞善胡琴『中丞卽宮官也』內庫二琵琶號大小忽雷鄭嘗彈小忽雷偶以匙頭脫送崇仁坊南趙家修理大約造樂器悉在此坊其中二趙家最妙時有權相舊吏梁厚本有別墅在昭

應之西正臨河岸垂鉤之際忽見一物浮過長五六尺許上以錦綺纏之令家僮接得就岸即秘器也及發開視之乃一女郎粧飾儼然以羅領巾繫其頸解其領巾伺之口鼻有餘息即移入室中將養經旬乃能言云是內弟子鄭中丞也昨以忤旨命內官縊殺投于河中錦綺即弟子相贈爾遂垂泣感謝厚本即納爲妻因言其藝及言所彈琵琶今在南趙家尋值訓注之亂人莫有知者厚本賂樂匠購得之每至夜分方敢輕彈後遇良夜飲於花下酒酣不覺朗彈數曲洎有黃門放鷂子過其門私於牆外聽之曰此鄭中丞琵琶聲也翌日達上聽文宗方追悔至是驚喜即命宣召乃赦厚本罪仍加錫賜焉咸通中即有米和即嘉榮子也申旋尤妙復有王連兒也前羽調綠腰注云本自樂工進曲上令錄其要者今以爲名設言綠腰也

箏

箏者蒙恬所造也元和至太和中李青青及龍佐大中以來有常述本亦妙手也史從李從周皆能者也從周即青孫亞其父之藝也

箜篌

箜篌乃鄭衛之音權輿也以其亡國之音故號空國之侯亦曰坎侯古樂府有公無渡河之曲昔有白首翁溺於河歌以哀之女麗玉善箜篌撰此曲以寄哀情咸通中第一部有張小子忘其名彈弄冠于今古

今在西蜀太和中有季齊皐者亦爲上手曾爲某門中樂史後有女亦善此伎爲先徐相姬大中末齊皐尚在有内官擬引入教方辭以衰老乃至胡部中此樂妙絕教坊雖有三十人能者一二人而已

笙

笙者女媧造也仙人王子晉於緱氏山月下吹之象鳳翼亦名參差自古能者固多矣太和中有尉遲章尤妙宣宗已降有范漢恭有子名寶師盡傳父藝今在陜州

笛

笛羌樂也古有落梅花曲開元中有李謨獨步於當時後祿山亂流落江東越州刺史皇甫政月夜泛鏡湖命謨吹笛謨爲之盡妙倏有一老父泛小舟來聽風骨冷秀政異之進而問焉老父曰某少善此今聞至音輒來聽耳政即以謨笛授之老父始奏一聲鏡湖波浪搖動數疊之後笛遂中裂即探懷中一笛以畢其曲政視舟下見二龍翼舟而聽老父曲終以笛付謨謨吹之竟不能聲即拜謝以求其法頃刻老父入小舟遂失所在

觱篥

大龜茲國樂也亦曰悲栗德宗朝有尉遲青官至將軍時青州有王麻奴者善此伎河北推爲第一手恃其藝倨傲自負戎帥外莫敢輕易請者從事臺拜入京臨岐把酒請吹一曲相送麻奴偃蹇大以爲不可

從事怒曰汝藝亦不足稱殊不知上國有尉遲將軍冠絕今古麻奴怒曰某此藝海內豈有及者也今卽往彼定其優劣不數月到京訪尉遲青所居在常樂坊乃側近僦居日夕加意吹之尉遲每經其門如不聞麻奴不平乃求謁見閽者不納厚賂之卽引見青青卽席地令坐因於高般涉調中吹勒部低曲曲終汗洽其背尉遲頷頤而已謂曰何必高般涉調也卽取　字管於平般涉調吹之麻奴涕泣愧謝曰　鄙微人偶學此藝實謂無敵今日忝聞天樂方悟前非乃碎樂器自是不復言音律也元和長慶中有黃日遷劉楚材尙陸陸皆能者大中以來有史敬約在汴州

五絃

貞元中有趙璧者妙於此伎也白傅諷諫有五絃彈近有馮季皐

方響

武宗朝郭道源後爲鳳翔府天興寺丞充太常寺調音律官亦善擊甌率以邢甌越甌去十二隻旋加減水於其中以筯擊之咸通中有異蠙洞曉音律亦爲鼓吹署丞充調音律官善於擊甌擊甌蓋出於擊缶

琴

古者能士固多矣貞元中成都雷生善斲琴至今尙有孫息不墜其業精妙天下無比也彈者亦衆焉太和中有賀若夷尤能後爲待詔對文宗彈一調上嘉賞之仍賜朱衣至今爲賜緋調後有甘黨亦爲上手

阮咸

大中初有待詔張隱聳者其妙絕倫蜀郡亦多能者

羯鼓

明皇好此伎有汝陽王花奴尤善擊鼓花奴時戴砑絹帽子上安葵花數曲曲終花不落蓋能定頭項爾黔帥南卓著羯鼓錄中具述其事咸通中有王文舉尤妙弄三杖打撩萬不失一懿皇師之

鼓

其聲坎坎然且衆樂之節奏也禰衡常衣綵衣擊鼓其妙入神武宗朝趙長史尤精

拍板

拍板本無譜明皇遣黃幡綽造譜乃於紙上畫兩耳以進上問其故對但有耳道無節奏也韓文曰樂句古樂工都計五千餘人內一千五百人俗樂係黎園新院於此旋抽入敎坊計司每月之精料於樂寺給散太樂署在寺院之東令一丞一鼓吹署在寺門之西令一丞一

安公子

隋煬皇游江都時有樂工笛中吹之其父老廢於臥內聞之問曰何得此曲子對曰宮中新翻也父乃謂其子曰宮曰君商曰臣此曲宮聲往而不返大駕東巡必不回矣汝可托疾勿去也精鑒如此

黃驄疊「急曲子」

太宗定中原時所乘戰馬也後征遼馬斃上歎惜乃命樂工撰此曲

離別難

天后朝有士人陷寃獄沒家族其妻配入掖庭本初善吹觱篥乃撰此曲以寄哀情始名大郎神蓋取良人行第也遂三易其名亦名切子終號愁迴鶻

夜半樂

明皇自潞州入平內難正夜半斬長樂門關領兵入宮剪逆人後撰此曲名還京樂

雨霖鈴

明皇自西蜀返樂人張野狐所製

康老子

康老子卽長安富家子落魄不事生計常與國樂游處一旦家產蕩盡偶一老嫗持舊錦褥貨鬻乃以半千獲之尋有波斯見大驚謂康曰何處得此是冰蠶絲所織若暑月陳於座可致一室淸涼卽酬千萬康得之還與國樂追歡不經年復盡尋卒後人嗟惜之遂製此曲亦名得至寶

明皇初納太眞妃喜謂後宮曰予得楊家女如得至寶也遂製曲名得寶子

文敍子

長慶中俗講僧文敍善吟經其聲宛暢感動里人樂工黃米飯狀其念四聲觀世音菩薩乃撰此曲

望江南

始自朱崖李太尉鎮浙日爲亡妓謝秋娘所撰本名謝秋娘後改此名亦曰夢江南

楊柳枝

白傅閑居洛陽邑時作後入教坊

傾盃樂

宣宗喜吹蘆管自製此曲初捻管令排兒辛骨𩩲拍不中上瞋目瞠視骨𩩲憂懼一日而殂

道調子

懿皇命樂工敬納吹觱篥初弄道調上謂是曲□□之敬納乃隨拍撰成曲子

傀儡子

自昔傳云起於漢祖在平城爲冒頓所圍其城一面即冒頓妻閼氏兵强於三面壘中絕食陳平訪知閼氏妬忌即造木偶人運機關舞於陴間閼氏望見謂是生人慮下其城冒頓必納妓女遂退軍史家但云陳平以祕計免蓋鄙其策下爾後樂家翻爲戲其引歌舞有郭郎者髮正禿善優笑閭里呼爲郭郎凡戲

場必在俳兒之首也

別樂識五音輪二十八調圖

舜時調八音用金石絲竹匏土革木計用八百般樂器至周時改用宮商角徵羽用製五音減樂器至五百般至唐朝又減樂器至三百般太宗朝三百般樂器內挑絲竹爲胡部用宮商角羽並分平上去入四聲其徵音有其聲無其調

平聲羽七調

第一運中呂調第二運正平調第三運高平調第四運仙呂調第五運黃鍾調第六運般涉調第七運高般涉調『雖去中呂調之運如車輪轉却去中呂一運聲也』

上聲角七調

第一運越角調第二運大石角調第三運高大石角調第四運雙角調第五運小石角調亦名正角調第六運歇指角調第七運林鍾角調

去聲宮七調

第一運正宮調第二運高宮調第三運中呂宮第四運道調宮第五運南呂宮第六運仙呂宮第七運黃鍾宮

入聲商七調

第一運越調第二運大石調第三運高大石調第四運雙調第五運小石調第六運歇指調第七運林鍾商調

上平聲調

爲徵聲　商角同用　宮逐羽音

右件二十八調琵琶八十四調方得是五絃五本共應二十八調本笙除二十八調本外別有二十八本中管調初製胡部樂無方響只有絲竹緣方響不應諸調有直拔聲太宗於內庫別收一片有聲以方響下於中呂調頭一韻聲名大呂應高般涉調頭方得應二十八調是箏只有宮商角羽四調臨時移柱應二十八調

羯鼓錄

唐　南卓

羯鼓出外夷樂以　之鼓故曰羯鼓其音主太簇一均『一作云』龜茲部高昌部疏勒部天竺部皆用之次在都曇鼓答臘鼓之下『都曇鼓似帶鼓而小答臘者即揩鼓也』雞婁鼓之上鍫如漆桶『山桑木爲之』下有小牙牀承之擊用兩杖其聲焦殺鳴烈尤宜促曲急破戰杖連碎之聲又宜高樓晚景明月清風破『一作淩』空透遠特異衆樂杖用黃檀『一作檀』狗骨花楸等木須至乾緊絕溼氣而復柔膩乾取發越響亮膩取戰褭健舉棬用剛鐵鐵當精鍊棬當至匀若不剛即應條高下摑捩不停不匀即鼓面緩急若琴徽之病矣諸曲調如太簇曲色俱騰乞婆婆曜日光等九十二曲名玄宗所製『其餘徵羽調曲皆與胡部同故不載』上洞曉音律由之天縱凡是絲管『一作管絃』必造其妙若制作曲調隨意即成不立章度取適短長應指散聲皆中點拍至於清濁變轉律呂呼召君臣事物迭相制使雖古之夔曠不能過也尤愛羯鼓玉笛『玉笛之說見遺事』常云八音之領袖不可無也『不可無也四字一作諸樂不可爲比』嘗遇二月初詰旦巾櫛方畢時當宿雨初晴景物『一作色』明麗小殿內庭柳杏將吐覩而歎曰對此景物豈得不與他判斷之乎左右相目將命備酒獨高力士遣取羯鼓上旋命之臨軒縱擊一曲曲名春光好『自製者也』神思自得及顧柳杏皆已發拆上指而笑謂嬪御曰

此一事不喚我作天公可乎嬪御侍官皆呼萬歲又製秋風高每至秋空迥徹纖翳不起卽奏之必遠風徐來庭葉隨下其曲絕妙入神例皆如此汝南王璡寧王『一本有長字』子也姿容妍靜『一作美』秀出藩邸玄宗特鍾愛焉自傳授之又以其聰悟敏慧妙達音旨每隨游幸頃刻不捨常戴砑絹『按壓史作砑綃』帽打曲上自摘紅槿花一朶置於帽上笪當是簷字處二物皆極滑久之方安遂奏舞山香一曲而花不墜落『本色所謂定頭項　在不動搖』上大喜笑賜璡金器一廚因誇曰眞『一本無眞字』花奴『蓋璡小字』姿質明瑩肌髮光細非人間人必神仙謫墮也寧王謙謝隨而短斥之上笑曰大哥不在過慮阿瞞自是相師『上於諸親常自稱此號』夫帝王之相須有英特越逸之氣不然有深沉包育之度『一作厚』若花奴但端秀過人悉無此相因無猜也而又舉止淹『一作閑』雅當更得公卿間令譽耳寧王又笑曰若如此臣乃輸之上曰若此一條阿瞞亦輸大哥矣寧王又謙謝上又笑曰阿瞞贏處多大哥亦不用撝挹衆皆歡賀上性俊邁酷不好琴曾聽彈琴正弄未及畢叱琴者曰待詔出去謂內官曰速召花奴將羯鼓來爲我解穢

黃幡綽亦知音上嘗使人召之不時至上怒絡繹遣使尋捕綽既至及殿側聞上理鼓固止謁者不令報俄頃上又問侍官奴來未綽又止之曲罷後改奏一曲纔三數十聲綽卽走入上問何處去來綽曰有親故遠適送至郊外上頷之鼓畢上謂曰賴稍遲我向來怒時至必撻焉適方思之長入供奉已五十餘日

暫一日出外不可不放『一作許』他東西過往綽拜謝訖內官有相偶語笑者上詰之具言綽尋至聽鼓聲候時以入上問綽綽語其方怒及解怒之際皆無少差上奇之復厲聲謂曰我心脾肉『一本無肉字』骨下事安有侍官奴聞小鼓能料之耶今且謂我如何綽走下階面北鞠躬大聲曰奉敕監金雞上大笑而止

宋開府璟雖耿介不羣亦深好色樂尤善羯鼓『樂部行王詢云南山起雲北山起雨即開府所爲也』始承恩顧與上論鼓事曰不是青州石末即是會山花甆撚小碧上掌下須有朋『去聲』肯之聲據此乃是漢震『一作娠』第二『一作三』鼓也且㨾用石末花甆固是腰鼓掌下朋肯聲是以手拍非羯鼓明矣『等二鼓者左以杖右以手指』又開府謂上曰頭如青山峯手如白雨點此即羯鼓之能事也山峯取不動雨點取碎急即上與開府兼善兩鼓也而羯鼓偏好以其比漢震稍雅細焉開府之家悉傳之東都留守鄭叔則『一作明』祖母即開府之女今尊賢里鄭氏第有小樓即宋夫人習鼓之所也開府孫沆亦工之并有音律之學貞元中進樂書三卷德宗覽而嘉之又知是開府之孫遂召對賜坐與論音樂喜甚數日又召至宣徽張樂使觀焉曰有舛誤乖濫悉可言之沆曰容臣與樂官商確講論其狀條奏上使宣徽使教坊使就教坊與樂官參議數月『一作日』然後進奏二使奏樂工多言沆不解聲律不審節拍兼有瞶疾不可議樂上頗異之又召宣徽使對且曰臣年老多病耳實失聽若迨於聲律不至

無業上又使作樂曲罷問其得失承稟舒遲衆工多笑之沇顧笑者忽忿怒作色奏曰曲雖妙其間有不可者上驚問之卽指一琵琶云此人大逆戕忍不日間兼卽抵法不宜在至尊前又指一笙云此人神魂已遊墟墓不可更留供奉上尤驚異令主者潛伺察之旋而琵琶者爲同輩告訐稱六七年前其父自縊不得端由卽令按鞫遂伏其罪笙者乃憂恐不食旬日而卒上益加知遇面賜章綬累召對每令察樂樂工見沇悉惴恐脅息不敢正視沇懼罹禍辭病而退

嗣曹王皐有巧思精曉器用爲荆南節度使有羇旅士人懷二棬欲求通謁先啓賓府府中觀者訝之曰豈足尙耶士曰但啓之尙書當解矣及皐見棬捧而嘆曰不意今日獲逢至寶指其剛勻之狀賓佐唯唯或腹非之皐曰諸公必未信命取食柈自選其極平者遂重二棬於柈心以油注之棬中滿而油不浸漏蓋相契無際也皐曰此必開元天寶中供御棬不然無以至此問其所自答曰某人在黔中得於高力士之家衆方深伏賓府又潛問客直償幾何客曰不過三百五緡及遺財帛器皿其値果稱焉

廣德中蜀　前雙流縣丞李琬者亦能之調集至長安僦居務本里夜聞羯鼓聲頗妙於月下步尋至一小宅門極卑隘叩門請謁謂鼓工曰君所擊者豈非耶婆色『一作沙』雞乎雖至精能而無尾何也工大異之曰君固知音者此事無人知某太常工人也祖父傳此藝尤能此曲近張通儒入長安某家事流散父沒河西此曲遂絕今但按舊譜數本尋之竟無結尾聲故夜夜求之琬曰曲下意盡乎工曰盡琬曰

意盡即曲盡又何索尾焉工曰奈聲不盡何琬曰可言矣夫曲有不盡者須以他曲解之可盡其聲也夫耶婆色雞當用楓柘急遍解之工如所教果相協聲意皆盡『如柘枝用渾解甘州用吉了解之類是也』工泣而謝之即立言於寺卿奏爲主簿後累至太常寺少卿『宗正卿』

宰相杜鴻漸亦能之永泰中爲三州副元帥西川節度使至成都有削杖者在蜀以二鼓杖獻鴻漸得之示於衆曰此尤物也當衣衾下收貯積時矣匠曰某於脊溝中養者十年及出蜀至利州西界望嘉陵入漢州矣自蜀南來始臨嘉陵江有山水境致其夜月色又佳乃與從事楊炎杜亞『一作悰孫源孝曰按代宗廣德二年崔旰反成都命鴻漸以宰相兼山南劍南副元帥往鎮 之鴻漸憚旰許以不死反委以政日與從事杜亞楊炎縱酒高會則此是亞無疑悰於武宗會昌間鎮東川非從事也』輩登驛樓望江月行觴讌話曰今日出艱危脫猜迫外則不辱命於朝廷內則免中禍於微質皆諸賢之力也既保此安步又瞰此殊景安得不自賀乎遂命家僮取鼓與板笛以前所得杖酣奏數曲四』一作西』山猿鳥皆驚飛鳴噭噭從事悉異之曰昔夔之搏拊百獸舞庭此豈遠耶鴻漸曰若某於此稍會致功未臻尤妙尚能及此況至聖御天賢臣考樂飛走之類何有不感因言此有別墅近華嚴閣每遇風景晴朗時或登閣奏此初見羣羊牧於山下忽數頭躑躅不已某不謂以鼓然也及止鼓羊亦止某復鼓羊亦復然遂以疾徐高下而節之無不應之而變旋有二犬自其家走而吠之及羣羊側遂漸止聲仰首『一作逐聲俯

仰』若有所聽少選即復宛頸搖尾亦從而變態是知率舞固不難矣其後乃不敢爲也『一本無此句』

近士林中無習之者唯僕射韓卓善亦不甚妙焉爲鄂州節度使時問於黃鶴樓一月兩習而已會昌元年卓因爲洛陽令數陪劉賓客白少傅宴游白有家僮多佐酒卓因談往前三數事二公亦應和之謂卓曰若吾友所談宜爲文紀不可令堙沒也時語而未錄及陝府盧尙書『孫源孝疑盧商』任河南尹又話之因遣爲紀即粗爲編次尙未脫稿至東陽因曝書見之乃詳列而竟焉雖不資儒者之博聞亦助賓筵之談話屬之好事庶或流傳

前錄大中二年所著四年春陽能免旋自海南路由廣陵崔司空『孫源孝曰崔鉉也』爲鎭司空過合素厚留止旬朔轍獻之過蒙奬飾因曰宋沇郎某之中外親丈人知音之異事非止於此也嘗謂太常丞每諸懸鐘磬亡墜主多亡者又乖律呂一日早於光宅佛寺待漏『貞元中爲未有待漏院朝士多止於門衢中或立近坊人家及光宅寺也』聞塔上風鐸聲傾聽久之朝迴復止寺舍問寺主僧曰上人塔上風鐸皆知所自乎曰不能知沇曰其間有一是古製某請一登塔循金索歷叩以辨之可乎僧初難後許乃叩而辨焉寺衆即言往往無風自搖洋洋有聞非此耶沇曰是耳必因祠祭考本懸鐘而應也固求摘取而觀之曰此姑洗之編鐘耳請且獨綴於僧庭歸太常令樂工與僧同『一本有臨之二字恐反誤』

約其時彼叩樂懸此果應之遂購而獲焉又曾送客出通化門路逢度支運承駐馬俄頃忽草草揖客別隨乘至左藏認一鈴言亦編鐘也他人但覺鎔鑄獨工不與衆者埒莫知其餘及配懸鐘音形皆合其度異乎此亦識微在金奏者與列於鼓錄則寖差矣以大君子所傳又精義入神豈客忽而不載遂附之于末

諸宮曲

太簇宮

色俱騰　耀日光　乞婆婆　大勿　大通

舞山香　羅梨羅　蘇莫賴耶　俱倫僕　阿箇盤陀

蘇合香　藏鉤樂　春光好　無首羅　鵪鴿鹽

踈勒女　要殺鹽　通天樂　萬歲樂　景雲

紫雲　承天樂　順天樂

太簇商

蘇羅　棕利梵　大借席　耶婆色雞　堂堂

半杜梁　君王盛神武赫赫君之明　大鉢樂背

大沙野婆 破陣樂 黃駿蹄 放鷹樂 英雄樂
思歸 憶新院 西樓送落月 攝霜風 九成樂
傾盃樂 還成樂 打球樂 百歲老壽 舞厥歷賦
太平樂 飲酒樂 大寶樂 聖明樂 大酺樂
崱加那 萬歲樂 婆羅門 回婆樂 夜半聲羌兵
秋風高 優婆師 匝天樂 香山 渡積破虜回
五更囀 禪曲 大定樂 越殿 黃鶯囀
鉢羅背 大秋秋鹽 須婆 突厥鹽 踏蹄長
栗時

太簇角

火蘇賴耶 大春楊柳 大東祇羅 大郎賴耶 即渠沙魚
大達麼友 俱倫毗 悉利都 移都師 阿鵠鸝鳥歌
飛仙 涼下採桑 西河師子三臺舞石州 破勃律

徵羽調與胡部不載

諸佛曲調

九仙道曲　盧舍那仙曲　御製三元道曲　四天王　半閣麼奴
失波羅辭見柞　草堂富羅　于門燒香寶頭伽　菩薩阿羅地舞曲陀阿彌大師曲

食曲

雲居曲　九巴鹿　阿彌羅衆僧曲　無量壽　眞安曲
雲星曲　羅利兒　芥老雞　散花　大燃燈
多羅頭尼摩訶鉢婆娑阿彌陀　悉馱低　大統　蔓度大利香積
佛帝利　龜茲大武　僧箇支婆羅樹　觀世音　居麽尼
眞陀利　大與　永寧賢者　恒河沙　江盤無始
具作　悉家牟尼　大乘　毗沙門　渴農之文德
菩薩緱利陀　聖主與　地婆拔羅伽

序

賢愚壽夭死生禍福之理固兼乎氣數而言聖賢未嘗不論也蓋陰陽之詘伸卽人鬼之生死之而知夫生死之道順受其正又豈有巖牆桎梏之厄哉雖然人之生斯世也但以已死者爲鬼而不知未死者亦鬼也酒罋飯囊或醉或夢塊然泥土者則其人與已死之鬼何異此固未暇論也其或稍知義理口發善言而於學問之道甘於暴棄臨終之後漠然無聞則又不若塊然之鬼爲愈也予嘗見未死之鬼弔已死之鬼未之思也特一間耳獨不知天地開闢亘古及今自有不死之鬼在何則聖賢之君臣忠孝之士子小善大功著在方冊者日月炳煥山川流峙及乎千萬刧無窮已是則雖鬼而不鬼者也余因暇日緬懷故人門第卑微職位不振高才博識俱有可錄歲月彌久湮沒無聞遂傳其本末弔以樂章復以前乎此者敍其姓名述其所作冀乎初學之士刻意詞章使冰寒於水青勝於藍則亦幸矣名之曰錄鬼簿嗟乎余亦鬼也使已死未死之鬼作不死之鬼得以傳遠余又何幸焉若夫高尚之士性理之學以爲得罪於聖門者吾黨且噉蛤蜊別與知味者道

至順元年龍集庚午月建甲申二十二日辛未古汴鍾嗣成序

後序

文以紀傳曲以弔古使往者復生來者力學鬼簿之作非無用之事也大梁鍾君名嗣成字繼先號醜齋善之鄧祭酒克明曹尚書之高弟累試於有司命不克遇從吏則有司不能辟亦不屑就故其胸中耿耿者借此爲喻實爲巳而發也樂府小曲大篇長什傳之於人每不遺藁故未能就編焉如馮諼收券詐遊雲夢錢神論斬陳餘章臺柳鄭莊公蟠桃會等皆在他處按行故近者不知人皆易之君之德業輝光文行浥潤後輩之士奚能及焉噫後之視今亦猶今之視昔也日居月諸可不勉旃

至順元年九月吉日朱士凱序

余僻居慈谿小縣每歎孤陋側聆繼先鍾先生大名久矣莫遂荆識丁丑孟秋一日邂逅於東皋精舍忽忽東之鄧城至中秋復回谿上示予以親編錄鬼簿皆本朝顯宦名公詞章行於世者恐後湮沒姓名故編排類集記其出處才能於其前度以音律樂章於其後千萬載之下知其爲何人直欲俾其爲不死之鬼也先生之用心誠可嘉尚於其行遂歌湘妃曲以贈

高山流水少人知機擬黃金鑄子期繼先既解其中意恨相逢何太遲示佳篇古怪新奇想達士無他事錄名公半邑鬼歎人生不死何歸

慈谿邵元長德善頓首

想開元朝士無多觸目江山日月如梭上苑繁華西湖富貴總付高歌麒麟塚衣冠坎坷鳳凰臺人物蹉跎生待如何死待如何紙上淸名萬古難磨

右折桂令　　周誥題

何人千古馬騷如意珊瑚弱水鯨鰲紙上功名曲中恩怨話裏漁樵歎霧閣雲窗夢杳想風魂月魄誰招裏驪珠淚冷鮫綃續鵾絃指凍鸞膠傳芳名玉兎揮毫譜遺音彩鳳銜簫

至正庚子七月八日西清道士朱經仲義題

余自幼性好抄錄書字雖不端楷然見一奇書異典務必求假而錄之雖大寒暑中亦不憚勞此本昔見於核菴王老先生處即就假錄焉藏之書篋以見前輩之風流雅趣耳近一友人借去至於取索則再四不肯相復余謂斯行實非君子之所爲其得罪於聖賢玷累於德行多矣第不欲顯其姓字耳今偶得鄉人太常陳生藏本又重錄之假書君子當以顏氏家訓爲戒毋學斯人之行也歟

洪武戊寅歲端陽越三日吳門生識

余雅欲覩元人傳奇詞曲偶得是帙中多載其名目不計妍醜聊爲錄之間有不成語處幾欲輟筆爲所錄且半遂卒業焉牛溲馬浡醫者不棄亦竊附此義云

萬曆甲申陽月甲子夢覺子漫識

新編錄鬼簿 卷上

古汴鍾嗣成編

海寧王國維校注

前輩已死名公有樂府行於世者

董解元『大金章宗時人以其創始故列諸首』

太保劉公秉忠

商政叔學士『案學士名道字正叔見元遺山集三十九卷千秋錄』

杜善夫散人『案杜仁傑字仲梁又字善夫濟南長清人』

閻仲章學士『案白蘭谷天籟集附載僧仲璋九日述懷念奴嬌一闋注云仲璋俗姓閻法諱志璉號山衆道人』

張子益平章

王和卿學士『案胡元瑞筆叢疑和卿即實父非是和卿大名人實父大都人也』

盍志學學士『案太和正音譜有闕志學又有盍西村』

楊西菴參政『案參政名果字正卿蒲陰人元史有傳』

胡紫山宣慰『少凱案宣慰名祇遹元史有傳』

盧疎齋學士『處道案學士名摯涿州人胡元瑞云永嘉人』
姚牧菴參政『案參政名燧元史有傳』
徐子方憲名『案憲使名琰字子方號容齋又自號汝叟東平人至元初薦爲陝西行省郎中官至翰林學士承旨謚文獻』
不忽木平章『案平章一名時用字用臣元史有傳』
史中丞
張九元帥『案元帥名弘範』
荊灤臣參政『案太和正音譜作荊幹臣』
陳草菴中丞
張夢符憲使
陳國賓憲使
劉中菴承旨『案承旨名敏中元史有傳』
馬彥良都事
趙子昂承旨
閻彥舉學士『案學士名復蔣正子山房隨筆云閻子靜復至元間翰林學士後廉訪浙西』
白無咎學士『案學士名賁白珽子』
滕玉霄應奉『案應奉名賓一名斌黃岡人或云睢陽人』
鄧玉賓同知
馮海粟待制『案待制名子振攸州人』
貫酸齋學士『案學士名小雲石海涯元史有傳』
曹光輔學士
張洪範宣慰

方今名公

郝新菴左丞『案左丞名天挺字繼先元史有傳太和正音譜作郝新齋』

曹以齋尙書『克明案尙書名鑑宛平人元史有傳』

劉時中待制『案楊朝英陽春白雪劉時中號逋齋又云古洪劉時中則南昌人也　元又有二劉時中一見世祖本紀一見遂昌雜錄均非此人』

薩天錫然磨『案照磨名都剌』

李溉之學士『案學士名泂元史有傳』

曹子貞學士『案學士名元用元史有傳』

馬昂夫總管『案元草堂詩餘有九臯司馬昂父』

班恕齋知州『彥功案知州名惟志』

馮雪芳府判

王繼學中丞『案中丞名士熙東平人王構之子』

右前輩公卿居要路者皆高才重名亦於樂府留心蓋文章政事一代典型乃平日之所學而歌曲詞章由於和順積中英華自然發外自有樂章以來得其名者於止此蓋風流蘊藉自天性中來若夫村樸鄙陋固不必論也

前輩已死名公才人有所編傳奇行於世者

關漢卿『大都人太醫院尹號已齋叟』

關張雙赴西蜀夢

董解元醉走柳絲亭

丙吉教子立宣帝

薄太后走馬救周勃

太常公主認先皇

曹太后死哭劉夫人
荒墳梅竹鬼團圓
閨怨佳人拜月庭『案也是園書目作王瑞蘭私禱拜月亭太和正音譜亦作拜月亭』
風月狀元三負心
沒興風雪瘸馬記
金銀交鈔三告狀
蘇氏造織綿回紋『原本造作進從鈔本』
介休縣敬德降唐
昇仙橋相如題柱
金谷園綠珠墜樓
漢匡衡鑿壁偷光
劉夫人寫恨萬花堂『寫恨原本作書寫從鈔本』

◯呂蒙正風雪破窰記
晏叔元風月鷓鴣天『案晏叔元當作叔原』
錢大尹智寵謝天香
姑蘇臺范蠡進西施
開封府蕭王勘龍衣
杜蕊娘智賞金線池
柳花亭李婉復落娼
望江亭中秋切鱠旦
甲馬營降生趙太祖
賢孝婦風雪雙駕車
雙提屍冤報汴河冤
老女婿金馬玉堂春
宋上皇御斷鴛鴦簿『鴛鴦原本作姻緣從鈔本』

崔玉簫攢水澆花旦
晉國公裴度還帶『案也是園書目作山神廟裴度還帶』
隋煬帝牽龍舟
風雪狄梁公
屈勘宣華妃
月落江梅怨
煙月舊風塵『案也是園書目元曲選均作趙盼兒風月救風塵太和正音譜作救風塵』
管甯割席
白衣相高鳳漂麥
孫康映雪
唐明皇哭香囊
唐太宗哭魏徵

鄧夫人哭存孝
關大王單刀會
溫太眞玉鏡臺
武則天肉醉王皇后
翠華妃對玉釵『案太和正音譜作對玉釧』
漢元帝哭昭君
劉夫人救啞子
劉盼盼鬧衡州『案太和正音譜作鬧邢州』
呂無雙銅瓦記『瓦一作丸』
風流孔目春衫記
萱草堂玉簪記
錢大尹鬼報緋衣夢『案也是園書目作錢大尹智勘緋衣夢』
楚雲公主酹江月

魯元公主三噉赦
醉娘子三撇嵌
詐妮子調風月
高文秀「東平人府學早卒」
黑旋風詩酒麗春園
黑旋風大鬧牡丹園
黑旋風敷演劉耍和
老郎君養子不及父
黑旋風鬬雞會
黑旋風窮風月
黑旋風喬教學
黑旋風雙獻頭
黑旋風借屍還魂
禹王廟霸王舉鼎

忠義士班超投筆
五鳳樓潘安擲果
好酒趙元遇上皇
木义行者鎖水母
豹子尚書謊秀才
豹子秀才不當差
豹子令史自請俸「自原作干鈔本及太和正音譜均作自」
病樊噲打呂青「案太和正音譜作打呂胥史記樊噲傳以呂后女弟呂須爲婦須胥由音同而誤又由胥而誤爲青耳」
劉先主襄陽會
窮秀才雙棄瓢
煙月門神訴冤

須賈誶范雎
周瑜謁魯肅
風月害夫人
伍子胥棄子走樊城
太液池兒女並頭蓮
鄭元和風雪打瓦罐
醉秀才戒酒論杜康
相府門廉頗負荊
御史臺趙堯辭金
志公和尚開啞禪
宣帝問張敞畫眉

鄭廷玉「彰德人」

楚昭王疎者下船
齊景公駟馬奔陣「案太和正音譜作驛馬奔陳」
采石渡漁父辭劍
冷臉劉斌料到底
布袋和尚忍字記
孟縣宰因禍致福
風月郎君雙教化
冤報冤貨兒乍富
宋上皇御斷金鳳釵
包待制智勘後庭花
吹簫女悔教鳳皇兒
尉遲公鞭打李道煥
子父夢秋夜欒城驛
賣兒女沒興王公綽
一百二十行販揚州

看錢奴寃家債主
奴殺主因禍折福
曹伯明復勘贓
漢高祖哭韓信
蕭丞相復勘贓
孟姜女送寒衣
風月七眞堂
孫恪遇援
白仁甫『文舉之子名樸眞定人號蘭谷先生贈
嘉議大夫掌禮儀院太卿』
秋江風月鳳皇船『太和正音譜作燈月鳳皇
船』
鴛鴦簡牆頭馬上『案元曲選也是園均作裴
少俊墻頭馬上』

蕭翼智賺蘭亭記
唐明皇秋夜梧桐雨
韓翠蘋御水流紅葉
董秀英花月東牆記
祝英臺死嫁梁山伯
楚莊王夜宴絕纓會
蘇小小月夜錢塘夢
薛瓊瓊月夜銀箏怨『原本脫一瓊字據鈔本
增』
唐明皇游月宮『案太和正音譜作幸月宮』
漢高祖斬白蛇
閻師道趕江
泗上亭長『案太和正音譜作高祖歸莊』
崔護謁漿

庾吉甫『名天錫大都人中書省掾除員外郎中山府判』
隋煬帝江月錦帆舟
孟嘗君雞鳴度關
會稽山買臣負薪
薛昭誤入蘭昌宮
封陟先生罵上元
英烈士周處三害
楊太眞霓裳怨
楊太眞華清宮
常何薦馬周
裴航過雲英
列女青綾臺
玉女琵琶怨

秋夜凌波夢
秋月蘂珠宮
蘇小卿麗春園『卿原本作春從鈔本』
馬致遠『大都人號東籬任江浙行省務官』
劉阮誤入桃源洞
江州司馬青衫淚
風雪騎驢孟浩然
太華山陳摶高臥
凍吟詩踏雪尋梅
大人先生酒德頌
呂太后人彘戚夫人
呂洞賓三醉岳陽樓
王祖師三度馬丹陽
孟朝雲風雪歲寒亭

呂蒙正風雪齋後鐘「齋原本作飯從鈔本」
孤雁漢宮秋
李文蔚「眞定人江州路瑞昌縣尹」
漢武帝死哭李夫人
蔡逍遙醉寫石州慢「案太和正音譜作蔡蕭
宗當作蕭閑」
盧亭亭擔水澆花旦
張子房圯橋進履
報冤臺燕青撲魚
濯錦江魚雁傳情
謝安東山高臥「趙公輔次本鹽咸韻」
謝玄破苻堅
金水題紅怨
秋夜芭蕉雨

風雪推車記「案太和正音譜作風月推車旦」
燕青射雁
李直夫「女直人德興府任即蒲察李五」
念奴教樂府
武元皇帝虎頭牌「案元由選作便宜行事虎
頭牌」
穎考叔孝諫莊公
鄧伯道棄子留姪
風月郎君怕媳婦
尾生期女渰藍橋
宦門子弟錯立身
歹鬬娘子勸丈夫
俏郎君占斷風光好
謊郎君敗盡壞風光好

晏叔原風月夕陽樓
吳昌齡「西京人」
唐三藏西天取經
張天師夜祭辰鉤月
浣花女抱石投江
那吒太子眼睛記
浪子回回賞黃花
鬼子母揭鉢記
月夜走昭君
狄青撲馬
貨郎末泥
實甫「大都人」
東海郡于公高門
孝父母明達賣子

曹子建七步成章
才子佳人拜月亭「亭原本作庭從鈔本」
韓彩雲絲竹芙蓉亭
崔鶯鶯待月西廂記
蘇小卿月夜販茶船「卿原本作郎從鈔本」
四大王歌舞麗春堂「案元曲選作四丞相歌舞麗春堂原本作臺從鈔本」
呂蒙正風雪破窰記
趙先普進梅諫
詩酒麗春園
陸績懷橘
雙渠怨「案都穆南濠詩話引此書作雙蕖怨太和正音譜作雙題怨誤」
嬌紅記

武漢臣「濟南府人」
抱姪攜男魯義姑
虎牢關三戰呂布「鄭德輝次本」
女元帥挂甲朝天
曹伯明錯勘贓「次本」
窮韓信登壇拜將
趙太子掓立天子班
鄭瓊娥梅雪玉堂春
謝瓊雙千里關山怨
散家財天賜老生兒
四哥哥神助
王仲文「大都人」
淮陰縣韓信乞食
洛陽令董宣強項
感天地王祥臥冰

七星壇諸葛祭風
漢張良辭朝歸山
齊賢母三教王孫賈
諸葛亮秋風五丈原
趙太祖夜斬石守信
救孝子賢母不認屍
孟月梅寫恨錦江亭
李壽卿「太原人將仕郎除縣丞除原作徐從鈔本改」
說專諸伍員吹簫
月明三度臨岐柳
船子和尚秋蓮夢
呂太后定計斬韓信
呂太后夜鎮鑑湖亭

司風昭復奪受禪臺

鼓盆歌莊子歎骷髏

呂太后祭滻水

呂無雙遠波亭

辜負呂無雙「與遠波亭關目同」

尙仲賢「眞定人江浙行省務官」

張生煮海

崔護謁漿「十六曲次本」

尉遲恭三奪搠

陶淵明歸去來辭「案太和正音譜作歸去來兮」

鳳皇坡越娘背燈「坡原本作波從鈔本」

洞庭湖柳毅傳書

沒興花前東燭旦

武成廟諸葛論功

海神廟王魁負桂英

漢高祖濯足氣英布

石君寶「平陽人案寶正音譜作寶」

士女秋香怨

呂太后醢彭越

柳眉兒金錢記「記原作花從鈔本改」

窮解子紅綃驛

魯大夫秋胡戲妻

東吳小喬哭周瑜

李亞仙詩酒曲江地

趙二世醉走雪香亭

張天師斷歲寒三友

諸宮調風月紫雲亭

楊顯之「大都人與漢卿莫逆交凡有珠玉與公較之」

劉泉進瓜

黑旋風喬斷案

醜駙馬射金錢

臨江驛瀟湘夜雨

蕭縣君風雪酷寒亭「案元曲選作鄭孔目風雪酷寒亭」

蒲魯忽劉屠大拜門

大報寃兩世辨劉屠「案正音譜作小劉屠」

借通縣跳神師婆旦

紀天祥「大都人與李壽卿鄭廷玉同時案太和正音譜作紀君祥」

驢皮記

曹伯明錯勘贓

李元真松陰記

趙氏孤兒寃報寃

韓湘子三度韓退之

信安王斷復販茶船

于伯淵「平陽人」

白門斬呂布

呂太后餓劉友

丁香回回鬼風月

莽和尚復奪珍珠船「船原作旗從鈔本正音譜亦作旗」

尉遲公病立小秦王

狄梁公智斬武三思

戴善甫「真定人江浙行省務官」

伯兪泣杖
宮調風月紫雲亭
關大王三足紅衣怪
陶秀實醉寫風光好『案實當作實元曲選作
陶學士醉寫風光好』
柳耆卿詩酒翫江樓
王廷秀『山東益都人淘金千戶』
鹽客三告狀『案太和正音譜三作雙』
秦始皇坑儒焚典
周亞夫屯細柳營
石頭和就草菴歌
張時起『字才英東平府學生居長蘆』
昭君出塞
賽花月秋千記『六折案太和正音譜作鞦韆

怨』
霸王垓下別虞姬
沈香太子劈華山
費唐臣『大都人君祥之子』
斬鄧通
漢丞相韋賢籯金
蘇子瞻風雪貶黃州
趙子祥
崔和擔土
風月害夫人『次本案太和正音譜作瞽夫人』
太祖夜斬石守信『次本』
姚守中『洛陽人牧菴學士姪平江路吏』
漢太守郝廉留錢『廉原作連從鈔本改』
神武門逢萌挂冠

褚遂良扯詔立東宮
李好古『保定人或云西平人』
張生煮海
巨靈劈華嶽
趙太祖鎮凶宅
趙文殷『彰德人教坊色長案太和正音譜作趙文敬』
渡孟津武王伐紂
宦門子弟錯立身『次本』
張果者度脫啞觀音
張國賓『大都人卽喜時營教坊勾管案元曲選太和正音譜均作張國賓』
漢高祖衣錦還鄉
薛仁貴衣錦還鄉

相國寺公孫汗衫記
紅字李二『京兆人教坊劉耍和壻』
病揚雄
板踏兒黑旋風
折擔兒武松打虎
李郎『劉耍和壻或云張國賓作案元曲選太和正音譜均作花李郎』
𢡟懆判官釘一釘
莽張飛大鬧相府院
趙天錫『汴梁人鎮江府判』
試湯餅何郎傅粉
賈愛卿金錢剪燭『案太和正音譜作金釵剪燭』
梁進之『大都人警巡院判除縣尹又除大興府

判次除知和州與漢卿世交」
交趙光普進梅諫
東海郡于公高門「旦本」
王伯成「涿州人有天寶遺事諸宮調行於世」
張騫泛浮槎
李太白貶夜郎
孫仲章「大都人或云李仲章」
卓文君白頭吟
金章宗斷遺留文書
趙明道「大都人案太和正音譜作趙明遠」
淘朱公范蠡歸湖
韓湘子三赴牡丹亭
趙公輔「平陽人儒學提舉」
晉謝安東山高臥「汴本」

棲鳳堂倩女離魂
李子中「大都人知事除縣尹」
崔子弒齊君
賈充宅韓壽偷香
李進取「大名人官醫大夫案太和正音譜作李
取進」
窮解子破傘雨
神龍殿欒巴噀酒
司馬昭復奪受禪臺
岳伯川「濟南人或云鎮江人」
羅光遠夢斷楊貴妃
呂洞賓度鐵拐李岳
康進之「律州人一云陳進之」
黑旋風老收心

梁山泊黑旋風負荊
顧仲清「東平人清泉楊司令」
陵母伏劍
滎陽城火燒紀信
石子章「大都人」
秦脩然竹塢聽琴
黃貴娘秋夜竹窗雨
侯正卿「眞定人號艮齋先生」
關盼盼春風燕子樓
史九散人「眞定人武昌萬戶案太和正音譜作史九敬先」
花間四友莊周夢
孟漢卿「亳州人」
張鼎智勘魔合羅

李寬甫「大都人刑部令史除廬州合淝縣尹」
漢丞相丙吉問牛喘
李行甫「絳州人案太和正音譜元曲選均作李行道」
包待制智賺灰闌記
費君祥「大都人唐臣父與漢卿交有愛女論行於世」
才子佳人菊花會
江澤民「眞定人案太和正音譜作汪澤民誤」
糊突包待制
陳寧甫「大名人案太和正音譜作陳定夫」
風月兩無功
陸顯之「汴梁人有好兒趙正話本」
未上皇碎冬凌

狄君厚『平陽人』
晉文公火燒介子推
孔文卿『平陽人』
秦太師東窗事犯『一云楊駒兒作』
張壽卿『東平人浙江省掾吏』
謝金蓮詩酒紅梨花
劉唐卿『太原人皮貨所提舉在王彥博左丞席上曾詠博山銅細裊香風者』
蔡順摘椹養母
李三娘麻地捧印
彭伯成『保定人案太和正音譜作彭伯城』
四不知月夜京娘怨『又云郭安道作』
李時中『大人中書省掾除工部主事』
開壇闡教黃粱夢『第一折馬致遠第二折李時中第三折花李郎學士第四折紅字李二』

右前輩編撰傳奇名公僅止於此才難之云不其然乎余僻處一隅聞見淺陋散在天下何地無才蓋聞則必達見則必知姑敍其姓名於右其所編撰余友陸君仲良得之於克齋先生吳公然亦未盡其詳余生也晚不得預几席之末不知出處故不敢作傳以弔云

新編錄鬼簿卷下

方今已亡名公才人余相知者爲之作傳以淩波曲弔之

宮天挺

天挺字大用大名開州人歷學官除釣臺書院山長爲權豪所中事獲辨明亦不見用卒於常州先君與之莫逆交故余常得侍坐見其吟咏

文章筆力人莫能敵樂章歌曲特餘事耳
嚴子陵釣魚臺
會稽山越王嘗膽
死生交范張雞黍
濟飢民汲黯開倉
宋仁宗御覽托公書
宋上皇御賞鳳凰樓
豁然胸次掃塵埃久矣聲名播省臺先生志在乾坤外敢嫌天地窄更詞章壓倒元白憑公『原作心據鈔本改』地據手策數當今無此『原作比據鈔本改』英才

鄭光祖

光祖字德輝平陽襄陵人以儒補杭州路吏爲人方直不妄與人交故諸公多鄙之久則見其情厚而他人莫之及也病卒火葬於西湖之靈芝寺諸弔送客『原作各據抄本改』有詩文公之所作不待備述名聞『原作香據鈔本改』天下聲振閨閣伶倫輩稱鄭老先生皆知其爲德輝也惜乎所作貪於俳諧未免多於斧鑿此又別論焉
紫雲娘
齊景公哭晏嬰
周亞夫細柳營
李太白醉寫秦樓月
醜齊后無鹽破連環
陳後主玉樹後庭花
三落水鬼泛采蓮船
王太后摔印哭孺子

放太甲伊尹扶湯
秦趙高指鹿爲馬
㑳梅香翰林風月
醉思鄉王粲登樓
周公輔成王攝政
迷靑瑣倩女離魂
虎牢關三戰呂布『末旦頭折次本』
謅阿鸞梨園樂府『案太和正音譜作梁園樂府』
崔懷寶月夜聞箏

乾坤膏馥潤肌膚錦繡文章湖肺腑筆端寫出驚人句解『原無解字從鈔本增』番騰今共古占詞場老將伏輸翰林風月梨園樂府端的是曾下工夫

金仁傑

仁傑字志甫杭州人余自幼時聞公之名未得與之見也公小試錢穀給由江浙遂一見如平生歡交往二十年如一日天曆元戊年冬辰授建康崇寧務官明年己巳正月敍別三月其二子護柩來杭知公氣中而卒嗚呼惜哉所述雖不駢麗而其大概多有可取焉

蔡琰還朝『次本』
秦太師東窗事犯
周公旦抱子設朝『喜春來按』
蕭何月夜追韓信
長孫皇后鼎鑊諫
玉津園智斬韓太師
蘇東坡夜宴西湖夢

心交元不問親疎契飲那能較有無誰知
一上金陵路歎亡之命矣夫夢西湖何不
歸歟魂來處返故居比梅花想更清癯

范康

康字子安杭州人明性理善講解能詞章通音律因王伯成有李太白貶夜郎乃編杜子美遊曲江一下筆即新奇蓋天資卓異人不可及也

曲江池杜甫遊春

陳季卿悟道竹葉舟

詩題雁塔寫秋空酒滿觥船棹晚風詩籌
酒令閑吟詠占文場第一功掃千軍筆陣
元戎龍蛇夢狐兎蹤半生來彈指聲中

曾瑞

瑞字瑞卿大興人自北來南喜江浙人才之多羨錢塘景物之盛因而家焉神采卓異衣冠整肅優游於市井灑然如神仙中人志不屈物故不願仕自號褐夫江淮之達者歲時餽送不絕遂得以徜徉歲臨終之日詣門弔者以千數余嘗接音容獲承言話勉勵之語潤益良多善丹青能隱語小曲有詩酒餘音行於世

才子佳人誤元宵

江湖儒士慕高名市井兒童誦瑞卿衣冠
濟楚人欽敬更心無寵辱驚樂幽閑不解
趨承身如在死若生想音容猶見丹青

沈和

和字和甫杭州人能詞翰善談謔天性風流兼明音律以南北調合腔自和甫始如瀟湘八景歡喜寃家等曲極爲工巧後居江州近年方卒

江西稱爲蠻子關漢卿者是也

祈甘雨貨郎朱蛇記

徐駙馬樂昌分鏡記

鄭玉娥燕山逢故人

鬧法場郭興阿揚『原作何揚太和正音譜與鈔本均作阿揚』

歡喜寃家『鈔本無』

五言嘗寫和陶詩一曲能傳冠柳詞半生書法欺顏字占風流獨我師是梨園南北分司當時事子細思細思量不似當時

鮑天祐

天祐字吉甫杭州人初業儒長事吏簿書之役非其志也跬步之間惟務搜奇索古而已故其編撰多使人感動咏歎余與之談論節要至今得其良法才高命薄今猶古也竟止崑山州吏而卒『卒原本作止從鈔本』

王妙妙死哭秦少游

史魚屍諫衛靈公

忠義士班超投筆

貪財漢爲富不仁

摘星樓比干剖腹

英雄士楊震辭金

漢丞相宋弘不諧

孝烈女曹娥泣江

平生詞翰在宮商兩字推敲付錦囊聳吟肩有似風魔狀苦勞心嘔斷腸視榮華總是乾忙談音律論教坊唯先生占斷排場

陳以仁

以仁字存甫杭州人以家務雍容不求聞達日與南北士大夫交遊僮僕輩以茶湯酒果爲厭公未嘗有難色然其名因是而愈重能博古善謳歌其樂章間出一二俱有駢麗之句

錦堂風月

十八騎誤入長安

錢塘風物盡飄零賴有斯人尙老成爲朝元恐負虛皇命鳳簫寒鶴夢驚鸞天風直上蓬瀛芝堂靜蕙帳清照梁虛梁落月空明

范居中

居中字子正冰壺其號也杭州人父玉壺前輩名儒假卜術爲業居杭之三元樓前每歲元夕必以時事題於紙燈之上杭人聚觀遠近皆知父子之名公精神秀異學問該博嘗出大言矜肆以爲筆不停思文不閣筆諸公知其有才不敢難也善操琴能書法其妹亦有文名大德年間被旨赴都公亦北行以才高不見遇卒於家有樂府及南北腔行於世

向歆傳業振家聲義獻臨池播令名操焦桐只許知音聽售千金價未輕有誰如父子才能冰如玉玉似冰瑛壺天表裏澄清

施惠『一云姓沈』

惠字居美杭州人居吳山城隍廟前以坐賈爲業公巨目美髯好談笑余嘗與趙君卿陳彥實『原作實據鈔本改』顏君常至其家每承接款多有高論詩酒之暇惟以塡詞和曲爲事有古今砌話亦成一集其好事也如此

道心清淨絕無塵和氣雍容自有春吳山風月收拾盡一篇篇字字新但思君賦盡停雲三生夢百歲身到頭來衰草荒墳

黄天澤

天澤字德潤杭州人和甫沈公同母弟也風流醞藉不減其兄幼年屑就簿書先在漕司後居省府鬱鬱不得志崑山聽補州吏又不獲用咄咄書空而已然亦竟不歸而終公有樂府播於世人耳目無賢愚皆稱賞焉

一心似水道爲鄰四體如春德潤身風流才調眞英俊軼前車繼後塵謾蒼天委任斯文岐山鳳晉甸麟時有亨屯

沈拱

拱字拱之杭州人天資穎悟文質彬彬然惟不能俯仰故不願仕所編樂府最多以老無後病無所歸存甫館於家不旬日而亡存甫殯送之重友誼也

掀髯得句細推敲舉筆爲文善解嘲天生才藝藏懷抱奈玉石相混淆更多逢世事巇巇『原作咬嗃據鈔本改』蜂爲市燕有巢弔斜陽緩走西郊

趙良弼

良弼字君卿東平人總角時與余同里閈同發蒙同師鄧善之曹克明劉聲之三先生又於省府同筆硯公經史問難詩文酬唱及樂章小曲隱語傳奇無不究竟所編梨花雨其辭甚麗後補嘉興路吏遷調杭州天曆元年冬卒於家公之風流醞藉開懷待客人所不及然亦以此見

廢能裁字善丹青但以末技故不備錄

春夜梨花雨

閒中袖手刻新詞醉後揮毫寫舊詩兩般總是龍蛇字不風流難會此更文才宿世天資感夜雨梨花夢歎秋風兩鬢絲住人間能有多時

陳無妄

無妄字彥實東平人與余及君卿同舍性資沈重事不苟簡以苛刻爲務訐直爲忠與人寡合人亦難之公於樂府隱語無不用心補衢州路吏後遷婺州陞浙東憲吏調福建道天曆二年三月以憂卒其弟彥正殯葬之樂府甚多惜乎其不甚傳也

府垣幾月露忠肝憲幕氷霜豈汗『原作汙據鈔本改』顏蓋苡生議間甘心願就閒轉回頭夢入槐安後會何時再英靈甚日還望東南翹首三山

廖毅

毅字弘道建康人泰定三年丙寅春因余友周仲彬與之會卽敍平生慊時出一二舊作皆不凡俗如越調一點靈光借燈爲喻仙呂賺煞曰因王魁淺情將桂英薄倖致令得潑煙花不重俺俏書生發越新鮮皆非蹈襲天曆二年春抱疾喪於友人江漢卿家漢卿與黃煥章買棺具殮召其親來火葬城外寺中公能書善行文不幸早卒『原誤作草率據鈔本改』題伍王廟壁有折桂令一曲及絕句云『原作及有絕句據鈔本改』浩浩淩雲志巍巍報國心忠魂與

潮汐萬古不稍沉其感慨激烈徒憎恨怏噫天之生物也栽成輔相以左右民奈何如是之偏戾也人猶有所憾者良以此夫

人間未得注金甌天上先教記玉樓恨蒼穹不與斯人壽未成名一土丘歎平生壯志難酬朝還暮春又秋爲思君淚滿鸖裘

喬吉甫

吉甫字夢符太原人號笙鶴翁又號惺惺道人美容儀能詞章以威嚴自飭人敬畏之居杭州太乙宮前有題西湖梧葉兒百篇名公爲之序江湖間四十年欲刊所作竟無成事者至正五年二月病卒於家

怨風月嬌雲認玉釵

杜牧之詩酒揚州夢

玉簫女兩世姻緣

死生交托妻寄子

馬光祖勘風塵「案太和正音譜作勘風情」

荆公遺妾

唐明皇御斷金錢記

節婦牌

賢孝婦

九龍廟

燕樂毅黃金臺

平生湖海少知音幾曲宮商大用心百年光景還爭甚空贏得雪鬢侵跨仙禽路遠雲深欲挂墳前劍重聽膝上琴漫攜琴載酒相尋

睢景臣

景臣後字景賢大德七年公自維揚來杭州余與之識自幼讀書以水沃面雙眸紅赤不能遠視心性聰明酷嗜音律維揚諸公俱作高祖還鄉套數惟公哨遍製作新奇皆出其下又有南呂一枝花題情云人間燕子樓被冷鴛鴦錦酒空鸚鵡盞釵折鳳凰金亦爲工巧人所不及也

千里投人

鴛鴦牡丹記

楚大夫屈原投江

吟髭撚斷爲詩魔醉眼慵開爲酒酡半生才便作三閭些歎沓成薤露歌等閒間蒼鬢成『鈔本無成字』皤功名事歲月過又待如何

吳本世

本世字中立爲杭州人『人字原脫據鈔本補』天資明敏好爲詞章隱語樂府有本道齋樂府小藁及詩謎數千篇以貧病不得志而卒嗚呼惜哉

語言辯利掃千兵心性聰明誤半生來無窮又染維摩病想天公忒世『世字原脫據鈔本補』情使英雄遺恨難平寒泉淨碧馨敢薦幽冥

周文質

文質字仲彬其先建德人後居杭州因而家焉『焉字原脫據鈔本補』體貌淸癯學問該博資性工巧文筆新奇家世儒業俯就路吏善丹靑能歌舞明曲調諧音律性尙豪俠好事敬客余與之交二十年未嘗跬步離也元統二年六

月余自吳江回公已抱病盛暑中止以爲癰瘍之毒而不經意也醫足踵門病及五月而無瞑眩之藥十一月五日卒於正寢嗚呼痛『痛字原脫據鈔本補』哉始余編此集公及見之題其姓名於未死鬼之列嘗與論及亡友未嘗不握手痛惋而公亦中年而歿則余輩衰老委爐者又可『又可二字原脫據鈔本補』以久於人世也歟噫往者不可追來者不可期已而已而此余深有感於公也

孫武子教女兵

春風杜韋娘

持漢節蘇武還鄉

敬新磨戲諫唐莊宗

丹墀未叩玉樓宣黃土應埋白骨冤羊腸曲折雲千變料人生亦惘然歎孤墳落日寒煙竹下泉聲細梅邊月影圓因思君歌舞十全

己死才人不相知者

胡正臣

正臣杭州人『人字原脫據鈔本補』與志甫存甫及諸公交遊董解元西廂記自吾皇德化至於終篇悉能歌之至於古之樂府慢詞李霜涯賺令無不周知辭世已三十年矣士大夫想其風流醞藉尚在目前其子存善能繼其志小山樂府仁卿金縷新聲瑞卿詩酒餘音至於拳玉叢珠裒集諸公所作編次有倫及將古本口口直取潭州易氏印行元文口讀無訛盡於書坊刊行亦士林之翹楚也余嘗言之人孰無死

死而有子人孰無子如胡公之嗣若敖氏之鬼
不餒矣

李顯卿

顯卿東平人以父爲浙省掾因居杭焉自幼粗涉書史酷嗜隱語遂通詞章作賺煞成□□篇總而計之四百樂章稱是至正辛巳以蔭父職錢穀官由台州經慶元會余別後遂無聞久之不祿矣

王思順

思順有題包巾及鏡兒褸帶等套數

蘇彥文

彥文有地冷天寒越調及諸樂府

屈彥英

彥英字英甫編一百二十行及看錢奴院本等

李齊賢

齊賢與余同窗友後不相聞亦有樂府

李用之

用之淞江人有戲謔樂府極多

劉宣子

宣子字叔昭與余同窗後不相會故不知其詳所編樂府甚多補淮東憲司書吏卒

顧廷玉

廷玉淞江人有樂府

俞仁夫

仁夫杭州人有樂府

張以仁

以仁湖州人有樂府

右所錄若以讀書萬卷作三場文占奪魁科

首登甲第者世不乏人其或甘心岩壑樂道守志者亦多有之但於學問之餘事務之暇心機靈變世法通疏移宮換羽搜奇索怪而以文章爲戲玩者誠絕無而僅有者也此哀誄之所以不得不作也觀者幸無誚焉方今才人相知者紀其姓名行實并所編

黃公望

公望字子久乃陸神堂『堂原作童據鈔本改』之次弟也係姑蘇琴川子游巷居髫齔時螟蛉溫州黃氏爲嗣因而姓焉其父年九旬時方立嗣見子久乃云黃公望子久矣先充浙西憲令以事論經理田糧獲直後在京爲權豪所中改號一峯原居淞江以卜術開居自命『自命原作目今據鈔本改』棄人間事易姓名爲苦行淨堅又號大癡翁公望之學問不待文飾至於天下之事無所不知下至薄技小藝無所不能長詞短曲落筆即成人皆師尊之尤能作畫

吳仁卿

仁卿字弘道號克齋先生歷仕府判致仕有金縷新聲行於世亦有所編傳奇

子房貨劍

火燒正陽門

醉遊阿房宮

楚大夫屈原投江

秦簡夫

見在都下擅名近歲來杭回

東堂老勸破家子弟

天壽太子邢臺記

玉溪館
義士死趙禮讓肥
陶賢母剪髮待賓
趙善慶
善慶字文賢饒州樂平人善卜術任陰陽學正
又別作趙文寶名孟慶
孫武子敎女兵
唐太宗驪山七德舞
醉寫滿庭芳
村學堂
燒樊城糜竺收資
張可久
可久字小山慶元人以路吏轉首領官有樂府
盛行於世又有吳鹽蘇堤漁唱等曲編於隱語

中
錢霖
霖字子雲淞江人棄俗爲黃冠更名抱素號素
菴類諸公所作曰江湖清思集其自作樂府有
醉邊餘興詞語極工巧
徐再思
再思字德可嘉興人好食甘飴故號甜齋有樂
府行於世其子善長頗能繼其家聲
顧德潤
德潤字君澤道號九山淞江人以杭州路吏遷
平江自刊九山樂府詩隱二集售於市肆
曹明善
明善衢州路吏甘於自適今在都下有樂府華
麗自然不在小山之下即賦長門柳二詞者

汪勉之
勉之慶元人由學宮歷浙東帥府令史鮑吉甫所編曹娥泣江公作二折樂府亦多

屈子敬
子敬英甫之姪與余同窗有樂府所編有田單復齊等套數以學官除路教而卒樂章華麗不亞於小山

田單復齊
孟宗哭竹
敬德撲馬
昇仙橋相如題柱
宋上皇三恨李師師

高克禮
克禮字敬德號秋泉見任縣尹小曲樂府極爲工巧人所不及

王庸
庸字守中歷蘆花場司令其製作清雅不俗難以形容其妙趣知音者服其才焉

蕭德祥
德祥杭州人以醫爲業號復齋凡古文俱檃括爲南曲街市盛行又有南曲戲文等

四春園
小孫屠
王脩然斷殺狗勸夫「原本無然字據鈔本增」
四大王歌舞麗春園
包待制三勘蝴蝶夢

陸登善「一云姓陳」

登善字仲良祖父維揚人江淮改浙江其父以
典掾來杭因而家焉爲人沉重簡默能詞能謳
有樂府隱語

鬧倉糴米

張鼎勘頭巾

朱凱

凱字士凱自幼孑立不俗與人寡合小曲極多
所編昇平樂府及隱語包羅天地謎韻皆余作
序

孟良盜骨殖

黄鶴樓

王曄

曄字日華杭州人體豐肥而善滑稽能詞章樂
府臨風對月之際所製工巧有與朱士凱題雙
漸小卿問答人多稱賞

臥龍岡

雙賣華

破陰陽八卦桃花女

王仲元

仲元杭州人與余交有年矣所編于公高門等

東海郡于公高門

袁盎却坐

私下三關

吳朴

朴字純卿平江人余至枯蘇與公相識所作工
巧平江之自是者好貶人故不多出恐受小人
之謗也

孫子羽

子羽儀眞人

杜秋娘月夜紫鸞簫

張鳴善

鳴善揚州人宣慰司令史

包待制判斷煙花鬼

黨金蓮夜月瑤琴怨

右當今名公才調製作不相上下蓋纔乎前輩者半爲地下修文郎矣其聲名籍籍乎當今者後學之士可不斂衽而敬慕焉歲不我與急爲勉旃雖然其或詞藻雖工而不欲出示或妄意穿鑿而亟欲傳梓政猶匿稅之物不經批驗者其何以行之哉故有名而不錄

方今才人聞名而不相知者

高可通

有小曲行於世者極多

董君瑞

眞定冀州人隱語樂府多傳於江南

李邦傑

有隱語樂府人多傳之

高安道

有御史歸莊南呂小曲

已上有聞者止如此蓋有一鄉之士一國之士天下之士名譽昭然者自鄉及國可及天下矣故無聞者不及錄

錄下

宣統改元冬十二月小除夕明季精鈔本對勘一過國維

鈔本亦有夢覺子跋與此本同出一源二本各

有佳處鈔本上卷有脫落然此本下卷已改易
體例字之異同亦以鈔本爲長校勘旣竟並以
太和正音譜元曲選覆校一過居然善本矣除
夕又記

宣統二年八月復影鈔得江陰繆氏藏國初尤
貞起手鈔本知此本卽從尤鈔出而易其行款
殊非佳刻若尤鈔與明李鈔本則各有佳處不
能相掩也冬十一月病眼無聊記此

衡曲塵譚

塡詞訓

古士大夫聽琴瑟之音弗離於前性情之通絃歌而治吟詠可已歟客曰詞餘之興也多以情辯大抵皆深閨永巷春傷秋怨之語豈鬚眉學士所宜有况文辭之貴期於渾涵若夫雕心琢句柔脆纖巧披靡淫蕩非鼓吹之盛事曲固可廢也騷隱生曰嘻子陋矣尼山說詩不廢鄭衛聖世采風必及下里古之亂天下者必起於情種先壞而慘刻不衷之禍興使人而有情則士愛其緣女守其介而天下治矣且子亦知夫曲之道乎心之精微人不可知靈竅隱深忽忽欲動名曰心曲曲也者達其心而爲言者也思致貴於綿渺辭語貴於迫切長門之詠宜於官樣而帶岑寂香閨之語宜于閨藏而饒綺麗倚門嚬笑之聲務求纖媚而顧盼生姿學士騷人之賦須期慷慨而嘯歌不俗故詠春花勿牽秋月吟朝雨莫涸夜潮瑤臺玉砌要知雪部之套辭芳草輕烟總是郊原之泛句又如命題雜詠而直道本色則何取于寓言觸物興懷而雜景揣摹則安在其即事甚且士女之吻無辨睽合之意多乖文情斷續而忽入俚言筆致拘違生吞成語又曲之最病者也乃若傳奇之曲與散套異傳奇有答白可以轉換而清曲則一線到底傳奇有介頭可以變調而清曲則一韻到底人第知傳奇中有嬉笑怒罵而不知散曲中亦有離合悲歡古傷逝惜別之詞一披咏之愀然欲淚者其情眞也故曲不貴撫實而貴流麗不貴酸尖而貴博雅不貴剽襲而貴

冶擬不貴熟爛而貴新生不貴文飾而貴眞率肖吻不貴平敷而貴選句走險有作者起必首肯吾言矣客曰子之爲辭未必其無弊也乃執月旦以平章曲府司三寸管而低昂之得無過當乎居士曰人之妍、媸人也不必其已之妍也雙眸具在存其論而已矣今日者之評亥雖謂作豕之豕史亦誰曰不可

□□□

騷賦者三百篇之變也騷賦難入樂而後有古樂府古樂府不入俗而後以唐絕句爲樂府絕句少宛轉而後有詞自金元入中國所用胡樂嘈雜緩急之間詞不能按乃更爲新聲以媚之作家如貫酸齋馬東籬輩咸富于學兼喜聲律擅一代之長昔稱宋詞元曲非虛語也大江以北漸染胡語而東南之士稍稍變體別爲南曲高則誠氏赤幟一時以後南詞漸廣二家鼎峙大抵北主勁切雄壯南主淸峭柔脆北字多而調促促處見筋南字少而調緩緩處見眼各有三昧難以淺窺譬之同一師承而頓漸分受不可同日語也乃製曲者往往南襲北辭殊爲可笑今麗曲之最勝者以王實甫西廂壓卷日華翻之爲南時論頗弗取不知其翻變之巧頓能洗盡北習調協自然筆墨中之鑪冶非人官所易及北國初作者王子一輩十六人僅傳其名詞未及見後起如楊升庵頗有才情所著有洞天玄記陶情樂府流膾人口但楊本蜀人調不甚諧而摘句多佳楊夫人亦饒才學最佳者如黃鶯兒積雨釀輕寒一曲字字絕佳楊別和三詞俱不能勝固奇品也北人如王渼陂康對山翩翩佳致其後推山東李伯華伯華以傍妝臺百闋爲對

山所欣賞今其詞尚在不足道所爲寶劍登壇記亦是改其鄉先輩之作固自平平而自負不淺弇州嘗識其腔律未協非苛求也大聲金陵將家子所爲散套尚多借襲而才情亦淺然句字流可入絃索如三弄梅花一闋頗稱作家固知好句不在多得王舜耕西樓樂府較爲警健題贈亦善調謔而少風人之蘊藉常樓居自有樂府詞氣豪逸亦未當行谷繼宗謝茂秦輩皆有逸韻尚居諸君之下徐髯仙所爲樂府不能如大聲穩協而情思過之吳中以南曲名者祝希哲唐伯虎鄭若庸三人媲美京兆能爲大套富艷而多駁雜解元小詞纖雅絕倫鄭所爲玉玦記見其一斑它未足道明珠記乃陸天池采所成者其兄浚明給事助之非一手之烈張伯起素喜梁伯龍博雅擅場吳越春秋善述史學而不平實且賓白工緻具見名筆第其失在冗長若江東白苧一辭讀之有學士風張伯起識以鄉地金聲殆非虛語與伯龍相後先者吾鄉之沈靑門峻志未就託迹醉鄉其辭冶豔出俗韻致諧和入南聲之奧室矣伯起好古文辭尤一時名宿所爲紅拂傳奇俠逸秀朗雖論者有輕弱之嫌孰知意態修美如翔禽之羽毛正自難得陸南門張少谷語亦雋冷悠然入音中之有笙竽又何可少臨川學士旗鼓詞壇今玉茗堂諸曲爭膾人口其最者杜麗娘一劇上薄風騷下奪屈宋可與實甫西廂交勝獨其宮商半拗得再調協一番辭調兩到詎非盛事與惜乎其難之也越之屠赤水爲辭古鬱曇花一記憤懣淒爽寓言立教具見婆心史叔考亦起越中心手精湛集中句多佳勝再得洗刷一開生面幾幾乎大雅矣至沈寧庵則究心精微羽翼譜法後

學之南車也茗中吳載伯淩初成詞林之彥清言楚楚頗爲斂衽載伯與吳門王伯穀姻契雅善往還酬和成都雅可觀近之佳者如龍子猶王伯良卜大荒諸君皆生動圓轉領異取新脈接金荃聲傳三籟而袁凫公奉譜嚴整辭韻恬和西樓一帙即能引用譜書以暢已欲言筆端之有慧識者九宮詞譜爲聲音滯義藉作者流通之凫公與有力焉近之奇崛者有范香令結搆玄暢可追元人步武惜乎不永一時絕嘆邇來作手輩出雖未必盡稱擅場要多才藻新聲葩爛映發奈何傳誦未徧不能擇其尤者被諸聲歌茲拈論亦弗概及第舉諸所見者偶一評騭焉爾

曲譜辯

心感物而成聲聲逐方而生變音之所以分南北也君子審聲以知音而律呂辨矣古律數九九八十一以爲宮三分而損益之以爲徵商羽角此律呂之大較也復之一陽始生律應黃鐘遞而推之爲大呂太蔟夾鐘姑洗仲呂蕤賓林鐘夷則南呂無射應鐘凡十有二律所謂氣始于長至周而復生聖人合符節調鐘律造度數繇此其選也樂府之制字辨陰陽調協平仄然未有舍十二律而自爲神明者今按之曲譜抵譸張附會者什之八九夷攷其調僅有黃鐘南呂二家諸如仙呂大石越調雙調之名不知從何根據而如謂舍十二律別有流暢則此黃鐘南呂猶然十二律中之名義也而曲譜竟別創爲仙呂諸調又何說耶如仍出諸十二律則宮調之首當敍自黃鐘始今南曲譜獨首仙呂又何說耶且也黃鐘爲宮不

必更有正宮之名矣夾鐘姑洗無射應鐘爲羽不必更有羽調之名矣夷則爲商不必更有商調之名矣今譜之有宮商羽三調而又無角徵二聲獨何歟說者曰軒轅之法及今淼矣此流傳者之殘闕也但不知仙呂大石越調雙調究竟自誰伊始余竊揣之意者十二律之仲呂或因仲字與中字仙字相肖遂誤傳爲中呂仙呂乎又或呂字與石字相似遂誤傳大呂爲大石乎善讀書者盡信不如其無則九宮譜之謂矣然則何以處曲乎曰曲者末世之音也必執古以泥今迂矣曲者俳優之事也因戲以爲戲得矣然則譜可廢乎曰因其道而治之適于自然亦已無憾何必不譜也蓋九九者天地自然之數也律呂因此諸腔調繇此出譬如今日此曲之腔唱爲彼曲聽者笑之謂其失於自然也然則按譜而作之亦按譜而唱和之期暢血氣心知之性而發喜怒哀樂之常斯已矣況譜法之妙專在平仄間究心乃學之而陋焉者僅如其字數逐句櫛比而所以平仄之故卒置弗講似此者如土偶人止還其頭面手足而心靈變動毫弗之有於譜奚當焉及學之而失焉者每一套中以此調之過曲忽接他調譬諸冬行夏令南走北轅即名家大手往往有之於譜又奚裨焉昔人歌蕤賓之聲而景風至震易水之響而白虹貫所云動已而天地應焉聲音之感豈其微哉古之譚曲者曰曲如折止如槀木曲之道思過半矣客曰今子伯仲之選本其于譜書固兢兢矣而重翻此義可謂世行世法我行我法者夫余然其言遂併識之

情癡寤言

今之所稱名情皆其匿情而獵名者也悲憤調笑慰勞寒喧若伶人之搬演落場即已掉臂去之轉眼秦越聚散搏沙耳膠漆戈矛耳其爲辭也浮游不衷必多雕琢虛僞之氣欲自掩飾之而不能心之與聲有異致乎人之有生也眉宇現乎外血性注乎內情緣煎其中豈惟兒女子雖彼豪傑通儒豁達自負者無所感則已一涉此途行且靡心就其維繫誰能漠然而遊於漭瀁之鄉哉說者曰至人處靜不枯處動不喧居塵出塵無縛無解而且柳生其肘右鳥巢其頂門此亦冥忘泬寥之極矣今乃以萍蹤浪迹愁病銷磨痴矣哉噫彼之忘情割河而斬筏者人而至焉者也我非至人第求其至於人夫人情種也人而無情不至於人矣曷望其至人乎情之爲物也役耳目易神理忘晦明廢饑寒窮九州越八荒穿金石動天地率百物生可以生死可以死死可以生生可以死死又可以不死生又可以忘生遠遠近近悠悠漾漾杳弗知其所之而處此者之無聊也借詩書以閑攝之筆墨磬瀉之歌詠條暢之按拍紓遲之律呂鎮定之俾飄飄者返其居鬱沉者達其志漸而濃郁者幾於淡豈非宅神育性之術歟余于情識淡然矣挾一眞率有情之侶與俱不勝其嚮往也間一拂情又不能違心以就世法人亦多笑之弗顧也自率其情已矣世路之間有疑吾情者緣之艱也吾無庸疆其信斯情者我輩亦能癡焉但問一腔熱血所當酬者幾人耳信乎意氣之感也卒然中之形影皆憐靜焉思之夢魂亦淚鍾情也夫傷心也夫此其所以癡也如是以爲情而情止矣如是之情以爲歌詠聲音而歌詠聲音止矣

顧曲雜言

秀水沈德符景倩著

蔡中郎贅入牛府一事知賢者受冤但其被誣之故始終未明或以爲牛思黯之女或以爲鄧生事附會如王弇州胡元瑞輩皆有說甚辨而實未必然又傳聞元人實有是事蓋不花丞相逼狀元入贅作此以譏之因元人語以牛馬爲不花也此說似近理但予觀陸務觀詩云斜陽古道柳家莊負鼓盲翁正作場死後是非誰管得滿村聽說蔡中郎則伯喈受謗在宋時已不能雪不始於高則誠造口業也弇州諸公辨證徒詞費耳　陸詩有云劉後村作者誤

元人周德清評西廂云六字中三用韻如玉字無塵内忽聽一聲猛驚及玉驄嬌馬内自古相女配夫此皆三韻爲難予謂古女仄聲夫字平聲未爲奇也不如雲斂晴空内本宮始終不同俱平聲乃佳耳然此類凡元人皆能之不獨西廂爲然如春景時曲云柳綿滿天舞旋冬景云臂中緊封守宮又云醉烘玉容微紅重會時曲云女郎兩相對當私情時曲云玉娘妝生香傍梅香雜劇云不妨莫慌我當兩世姻緣云怎麽性大便罵歌舞麗春堂云四方八荒萬邦俱六字三韻穩貼圓美他尚未易枚舉蓋勝國詞家高處自有在此特其剩技耳我朝周憲王牡丹仙雜劇云意專向前謝天等句亦元人之亞

元人如喬夢符鄭德輝輩俱以四折雜劇擅名其餘技則工小令爲多若散套雖諸人皆有之惟馬東籬百歲光陰張小山長天落彩霞爲一時絕唱其餘俱不及也元人俱嫻北調而不及南音今南曲如四時歡窺青眼人別後諸套最古或以爲元人筆亦未必然即沈青門陳大聲輩南詞宗匠皆本朝化治間人又同時如康對山王渼陂二太史俱以北擅場並不染指於南渼陂初學塡詞先延名師閉門學唱三年而後出手其專精不泛及如此章邱李中麓太常亦以塡詞名與康王俱■■■友而不嫻度曲即如所作寶劍記生硬不諧且不知南曲之有入聲自以中原音韻叶之以致吳儂見誚同時惟臨朐馮海樓差爲當行亦以不作南詞耳南詞自陳沈諸公外如樓閣重重因他消瘦風兒疎剌剌等套尚是化治遺音此外吳中詞人如唐伯虎祝枝山後爲梁伯龍張伯起輩縱有才情俱非本色矣　今傳誦南曲如東風轉歲華云是元人高則誠不知乃陳大聲與徐髯仙聯句也又東野翠煙銷乃元人子母寃家戲文中曲今亦屬之高筆訛以傳至此且今人但知陳大聲南調之工耳其北一枝花天空碧水澄全套與馬致遠百歲光陰皆咏秋景眞堪伯仲又題情新水令碧桃花外一聲鐘全套亦綿麗不減元人本朝詞手似無勝之者陳名鐸號秋碧大聲其字也金陵人官指揮使者今皆不知其爲何代何方人矣

近代南詞散套盛行者如張伯起燈兒下乃依幽窗下舊腔贈一孌童即席取辦宜其用韻之雜如梁少白貂裘染乃一揚州鹽客眷舊院妓楊小環求其題咏曲成以百金爲壽今無論其

雜用庚清眞文僊尋諸韻卽語意亦俚拙可笑眞不值一文
邱文莊濬博本朝鮮儷而行文拖沓不爲後學所式至塡詞尤非當行今五倫全備是其手筆亦俚淺甚矣初與王端毅同朝王謂理學大儒不宜留心詞曲邱大恨之因南太宰王與爲端毅作王大司馬生傳稱許太過遂云若有豪杰駁之禍且不測又端毅所刻疏稿凡成化間留中之疏俱書不報邱又謂王故彰先帝拒諫之失御醫劉文泰得邱語因挾仇特疏而王遂去位所以報五倫之怨也五倫記至今行人間眞所謂不幸而傳矣又聞邱少年作鍾情麗集以寄身之桑濮奇遇爲時所薄故又作五倫以掩之未知果否但麗集亦學究腐談無一俊語卽不掩亦可
嘉隆間度曲知音者有松江何元朗蓄家僮習唱一時優人俱避舍以所唱俱北詞尙得金元遺風予幼時猶見老樂工二三人其歌童也俱善絃索今絕響矣何又教女鬟數人俱善北曲爲南敎坊頓仁所賞頓曾隨武宗入京盡傳北方遺音獨步東南暮年流落無復知其技者正如李龜年江南晚景其論曲謂南曲簫管謂之唱調不入絃索不可入譜近日沈吏部所訂南九宮譜盛行而北九宮譜反無人問亦無人知矣頓老又云絃索九宮或用滾絃或用花和大和釤絃皆有定制若南九宮無定則可依且笛管稍長短其聲便可就板絃索若多一彈少一彈卽愆『音款』板矣此說眞不易之論今吳下皆以三絃合南曲而又以簫管叶之此唐人所云錦襖上著蓑衣金粟道人小像詩所云儒衣僧帽道

人鞋也　簫管可入北詞而絃索不入南詞蓋南曲不仗絃索爲節奏也況北詞亦有不叶絃索者如鄭德輝王實甫間亦不免今人一例通用遂入笑海嘗見友人以漢隸自誇余誚之曰此不過於眞字上加一二筆飛擨遂枉其名曰隸此名隸楷非漢隸也今南腔北曲瓦缶亂鳴此名北南非北曲也只如時所爭尚者望蒲東一套其引子望字北音作旺葉字北音作夜急字北音作紀疊字北音作爹今之學者頗能談之但一啟口便成南腔正如鸚鵡效人言非不近似而禽吭終不脫盡奈何強名曰北老樂工云凡學唱從絃索入者遇清唱則字窒而喉劣此亦至言今學南曲者亦然初按板時即以簫管爲輔則其正音反爲所遏久而習成遂如蛩蚷相倚不可暫撇若單喉獨唱非音律長短而不諧則腔調矜持而走板蓋由初入門時不能盡其才也曾見一二大家歌姬輩甫啟朱唇即有簫管夾其左右好腔妙囀反被拖帶不能施展此乃以邯鄲細步行荊榛泥淖中欲如古所云高不揭低不咽難矣若吾輩知音者稍待學唱將成即取其中一二人教以簫管既諳疾徐之節且助傳換之勞宛轉高低無不如意矣今有以吹唱兩師並教者尤舛

我朝塡詞高手如陳大聲沈靑門之屬俱南北散套不作傳奇惟周憲王所作雜劇最夥其刻本名誠齋樂府至今行世雖警拔稍遜古人而調入絃索穩叶流麗猶有金元風範曲則四節連環綉襦之屬出於化治間稍爲時所稱其後則嘉靖間陸天池名采者吳中陸貞山黄門之弟也所撰有王仙客明珠

記韓壽偷香記陳同甫椒觴記程德遠分鞋記諸劇今惟明珠盛行又鄭山人若庸玉玦記使事穩帖用韻亦諧內游西湖一套尤爲時所膾炙所乏者生動之色耳近年則梁伯龍張伯起俱吳人所作盛行於世若以中原音韻律之俱門外漢也惟沈寧庵吏部後起獨恪守詞家三尺如庚淸眞文桓歡寒山先天諸韻最易互用者斤斤力持不少假借可稱度曲申韓然入之堪詞選者殊尠梅雨金玉合記最爲時所尙然賓白盡用駢語餖飣太繁其曲半使故事及成語正如設色骷髏粉捏化生欲博人寵愛難矣湯儀仍牡丹亭夢一出家傳戶誦幾令西廂減價奈不諳曲譜用韻多任意處乃才情自足不朽也年來俚儒之稍通音律者伶人之稍習文墨者動輒編一傳奇自謂得沈吏部九宮正音之秘然悠謬粗淺登場聞之穢溢廣坐亦傳奇之一厄也　沈寧庵自號詞隱生按北宋万俟雅言在徽宗朝直大晟府亦自稱詞隱豈偶合耶抑慕而效之也

向年曾見刻本太和記按二十四氣每季塡六折用六古人故事每事必具始終每人必有本末齣既蔓衍詞復冗長若當場演之一折可了一更漏雖似出博洽人手然非本色當行又南曲居十之八不可入絃索後聞之一先輩云是升庵太史筆未知然否翊國公郭勛亦刻有太和傳郭以科道聚劾下鎮撫司究問尋奉世宗聖旨勛曾贊大禮幷刻大傳奇可知然余未見郭書不敢臆斷且北詞九宮譜本名太和正音又似與音律相關未可曉也楊升庵生平塡詞甚工遠出太和之上今所傳俱小令而大

套則失之矣曾見楊親筆改定祝枝山咏月玉盤金餅一套竄易甚多如西廂待月斷送鶯鶯改爲成就鶯鶯餘不盡記矣

塡詞出才人餘技本游戲筆墨間耳然亦有寓意譏訕者如王渼陂之杜甫游春則指李西涯及湯石齋賈南塢三相康對山之中山狼則指李崆峒李中麓之寶劍記則指分宜父子近日王辰玉之哭倒長安街則指建言諸公是也又聞湯義仍之紫簫亦指當時秉國首揆纔成其半即爲人所議因改爲紫釵而屠長卿之彩毫記則竟以李靑蓮自命第未知果愜物情耳否

張伯起少年作紅拂記演習之者徧國中後以丙戌上太夫人壽作祝髮記則母已八旬而身亦耳順矣其繼之者則有竊符灌園扊扅虎符共刻函爲陽春六集盛傳於世可以止矣暮年値播事奏功大將楚人李應祥者求作傳奇以侈其勳潤筆稍溢不免過於張大似多此一段蛇足其曲今亦不行同時沈寧菴璟吏部自號詞隱生亦酷愛塡詞至作三十餘種其盛行者惟義俠桃符紅蕖之屬沈工韻譜每製曲必遵中原音韻太和正音諸書欲與金元名家爭長張則以意用韻便俗唱而已余每問之答云子見高則誠琵琶記否余用此例奈何訝之

同時崑山梁伯龍辰魚亦稱詞家有盛名所作浣紗記至傳海外然止此不復續筆其大套小令則有江東白苧之刻尙有傳之者浣紗初出時梁遊靑浦屠緯眞爲令以上客禮之卽命優人演其新劇爲壽

每遇佳句輒浮大白酬之梁亦豪飲自快演至出獵有所謂擺開擺開者屠厲聲曰此惡語當受罰蓋已預儲洿水以酒海灌三大盂梁氣索强盡之大吐委頓次日不别竟去屠每言及必大笑以爲得意事

甲申歲刑部主事俞識軒顯卿論劾禮部主事屠長卿隆得旨兩人俱革職爲民俞松江之上海人爲孝廉時適屠令青浦以事干謁之屠不聽且加侮慢俞心恨甚至是具疏指屠淫縱且云與西寧侯宋世恩夫人有私并及屠帷簿至云日中爲市交易而退又有翠館侯門青樓郎署諸媟語上覽之大怒遂並斥之屠自邑令内召甫年餘俞第後授官祗數月耳睚眦之忿兩人俱敗終身不復振人亦有惜屠之才然終不以登啓事也西寧夫人有才色工音律屠亦能新聲頗以自炫每劇場輒闌入群優中作技夫人從簾箔見之或勞以香茗因以外傳至於通家往還亦有之何至如俞疏云云也近年屠作曇花記忽以木清泰爲主嘗怪其無謂一日遇屠於武林命其家僮演此曲指揮四顧如辛幼安之歌千古江山自鳴得意余於席間私問馮開之祭酒云屠年伯此記出何典故馮笑曰子不知耶木字增一蓋成宋字清字與西爲對泰即甯之義也屠晚年自恨往時孟浪致累宋夫人被醜聲侯方嚮用亦因以坐廢此懺悔文也時虞德園吏部在坐亦聞之笑曰故不如余所作曇花序云此乃大雅目連傳兎涉閒閣葛藤語差爲得之余應曰此乃著色西遊記何必詰其眞僞今馮年伯歿矣其言必有所本恨

不細叩之

何元朗謂拜月亭勝琵琶記而王弇州力爭以爲不然此是王識見未到處琵琶無論襲舊太多與西廂同病且其曲無一句可入絃索者拜月則字字穩帖與彈搊膠黏蓋南詞全本可上絃索者惟此耳至於走雨錯認拜月諸折俱問答往來不用賓白固爲高手即旦兒髻雲堆小曲模擬閨秀嬌憨情態活托逼眞琵琶咽糠描眞亦佳終不及也向曾與王房仲談此曲渠亦謂乃翁持論未確且云不特別詞之佳即如聶古陀滿爭遷都俱是兩人胸臆見解絕無奏疏套子亦非今人所解余深服其言若西廂才華富贍詞大本未有能繼之者終是肉勝於骨所以讓拜月一頭地元人以鄭馬關白爲四大家而不及王實甫有以也拜月亭後小半已爲俗工刪改非復舊本矣今細閱拜新月以後無一詞可入選者便知此語非謬拜月亭之外余最愛綉襦記中鵝毛雪一折皆乞兒家常口頭話鎔鑄渾成不見斧鑿痕跡可與古詩孔雀東南飛唧唧復唧唧並驅余謂此必元人筆非化治間人所能辦也後問沈甯菴吏部云果曾於元雜劇中見之恨其時不曾問得出是何詞余所見鄭元和雜劇凡三本俱無此曲

往年癸巳吳中諸公子習武爲江南撫臣朱鑑塘所訐謂諸公子且反以其贈客詩云君實有心追季布蓬門無計托朱家爲謀反確証給事中趙完璧因據以上聞時三相皆吳越人恐上遂信爲眞急疏請行撫按會勘庶實會朱已去任有代爲解者曰此拜月亭曲中陀滿興福投蔣世隆蔣因有此

句答贈非創作者因取坊間刻本証之果然諸公子獄始漸解王房仲亦諸公子中一人也今細閱新舊刻本俱無此一聯豈大獄興時憎其連累削去此二句耶或云拜月初無是詩特解紛者詭爲此說以代聊城矢耳豈其然乎

頃歲丁酉馮開之年伯爲南祭酒東南名士雲集金陵時屠長卿年伯久廢新奉恩詔復冠帶亦寓此公慕狹邪寇四兒名文華者先以纏頭往至日具袍服頭踏呵殿而至踞廳事南面呼嫗出拜命寇姬傍侍行酒更作才語相向次日六院喧傳以爲談柄有江右孝廉鄭豹先名之文者素以才自命遂作一傳奇名曰白練裙摹寫屠憨狀曲盡時吳下王百穀亦在留都其少時曾眷名妓馬湘蘭名守眞者馬年已將耳順王則望七矣兩人尙講衾裯之好鄭亦串入其中備列醜態一時爲之紙貴次年李九我署南禮部追書肆刻本毀其板然已傳播遠近無算矣余後於都下遇鄭君譽其塡詞之妙鄭面發赤囑余勿再告人

自吳人重南曲皆祖崑山魏良輔而北詞幾廢今惟金陵尙存此調然北派亦不同有金陵有汴梁有雲中而吳中以北曲擅場者僅見張野塘一人故壽州產也亦與金陵小有異同處頃甲辰年馬四娘以生平不識金閶爲恨因挈其家女郎十五六人來吳中唱北西廂全本其中有巧孫者故馬氏粗婢貌甚醜而聲遏雲於北詞關捩竅妙處備得眞傳爲一時獨步他姬曾不得其十一也四娘還曲中即病

亡諸妓星散巧孫亦去爲市嫗不理歌譜矣今南敎坊有傳壽者字靈脩工北曲其親生父家傳習不敎一人壽亦豪爽談笑傾坐若壽復嫁去北曲眞同廣陵散矣

元人小令行於燕趙、後浸淫日盛自宣正至化治後、中原又行瑣南枝、傍妝臺、山坡羊之屬李崆峒先生初自慶陽徙居汴梁、聞之以爲可繼國風之後、何大復繼至亦酷愛之、今所傳泥捏人、及鞋打卦、熬鬏髻三闋爲三牌名之冠故不虛也。自茲以後又有耍孩兒、駐雲飛、醉太平諸曲然不如三曲之盛。嘉隆間乃興鬧五更、寄生草、羅江怨、哭皇天、乾荷葉、粉紅蓮、桐城歌、銀紐絲之屬、自兩淮以至江南漸與詞曲相遠、不過寫淫媟情態、略具抑揚而已。比年以來又有打棗乾、掛枝兒二曲、其腔調約略相似則不問南北、不問男女、不問老幼良賤、人人習之、亦人人喜聽之、以至刊布成帙、舉世傳誦、沁人心腑、其譜不知從何來眞可駭歎又山坡羊者李何二公所喜今南北詞俱有此名但北方惟盛愛數落羊坡羊其曲自宣大遼東三鎭傳來今京師妓女慣以此充弦索北調其語穢褻鄙賤幷桑濮之音亦離去已遠而羈人游壻嗜之獨深丙夜開尊爭先招致而敎坊所隸箏纂等色及九宮十二則皆不知爲何物矣俗樂中之雅樂尙不諧里耳如此況眞雅樂乎

北雜劇已爲金元大手擅勝場今人不復能措手曾見汪太函四作爲宋玉高唐夢唐明皇七夕長生殿范少伯西子五湖陳思王遇洛神都非當行惟徐文長渭四聲猿盛行然以詞家三尺律之猶河漢也

梁伯龍有紅線紅綃二雜劇頗稱諧穩今被俗優合爲一大本南曲遂成惡趣近年獨王辰玉太史衡所作眞傀儡沒奈何諸劇大得金元本色可稱一時獨步然此劇但四折用四人各唱一折或一人共唱四折故作者得逞其長歌者亦盡其技王初作鬱輪袍乃多至七折其眞傀儡諸劇又只以一大折了之似尙隔一塵頃黃貞甫汝亭以進賢令內召還貽湯義仍新作牡丹亭記眞是一種奇文未知於王實甫施君美如何恐斷非近時諸賢所辦也湯詞係南曲因論北詞附及之

涵虛子所記雜劇名家凡五百餘本通行人間者不及百種然更不止此今教坊雜劇約有千本然率多俚淺其可閱者十之三耳元人未滅南宋時以此定士子優劣每出一題任人塡曲如宋宣和畫學出唐詩一句恣其渲染選其能得畫外趣者登高第以故宋畫元曲千古無匹元曲有一題而傳至四五本者余皆見之總只四折蓋才情有限北調又無多且登場雖數人而唱曲秖一人作者與扮者力量俱盡現矣自北有西廂南有拜月雜劇變爲戲文以至琵琶遂演爲四十餘唱幾十倍雜劇然西廂到底不過描寫情感余觀北劇儘有高出其上者世人未曾遍觀逐隊吠聲咤爲絕唱眞井蛙之見耳本朝能雜劇者不數人自周憲王以至關中康王諸公稍稍當行其後則山東馮李亦近之然如小尼下山園林午夢皮匠參禪等劇俱太單薄僅可供笑謔亦教坊耍樂院本之類耳　雜劇如王粲登樓韓信胯下關大王單刀會趙太祖風雲會之屬不特命詞之高秀而意象悲壯自足籠蓋一時至若僞梅

香倩女離魂牆頭馬上等曲非不輕俊然不出房幃窠臼以西廂例之可也他如千里送荊娘元夜鬧東京之屬則近粗莽華光顯聖目蓮入冥大聖收魔之屬則太妖誕以至三星下界天官賜福種種喜慶傳奇皆係供奉御前呼嵩獻壽但宜教坊及鐘鼓司肄習之并勛戚貴璫輩贊賞之耳　若所謂院本者本北宋徽宗時五花爨弄之遺有散說有道念有筋斗有科汎初與雜劇本一種至元始分爲兩迨本朝則院本不傳久矣今稱院本猶沿宋金之舊也金章宗時董解元西廂尚是院本模範在元末已無人能按譜唱演者況後世乎

自北劇興名男爲正末女曰旦兒相傳入於南劇雖稍有更易而旦之名不改竟不曉何義今觀遼史樂志大樂有七聲謂之七旦凡一旦管一調如正宮越調大食中呂之屬此外又有四旦二十八調不用黍律以琵琶叶之按此即今九宮譜之始所謂旦乃司樂之總名以故金元相傳遂命歌妓領之因以作雜劇流傳至今旦皆以娼女充之無則以優之少者假扮漸遠而失其眞耳大食今曲譜中訛作大石因有小石調配之非其初矣　元人云雜劇中用四人曰末泥色主引戲分付曰副淨色發喬曰副末色主打諢又或一人裝孤老而旦獨無管色益知旦爲管調如教坊之部頭色長矣

今按樂者必先學笛曲如五凡工尺上一之屬世以爲俗工俚習不知其來舊矣宋樂書云黃鐘用合字大呂太簇用四字夾鍾姑洗用一字夷則南呂用工字無射應鍾用凡字中呂用上字蕤賓用勾字林

鍾用尺字黃鍾清用六字大呂夾鍾清用五字又有陰陽及半陰半陽之分而遼世大樂各詞之中度曲協律其聲凡十曰五凡工尺上一四六勾合近十二雅律於律呂各缺其一以爲猶之雅音之不及商也可見宋遼以來此調已爲之祖今樂家傳習數字如律詩之有四韻八句時藝之有四股八比普天下不能越獨昧其本始耳

都下貴璫家作劇所用童子名倒刺小厮者有敲水盞一戲甚爲無謂然唐李琬已造此但用九甌盛水擊之合五聲四清之音謂之水盞與今稍不同耳又吳下向來有婦人打三捧鼓乞錢者余幼時尚見之亦起唐咸通中王文通好用三杖打撩萬不失一但其器有三等一曰頭鼓形類鼗二曰聒鼓三曰和鼓今則一鼓三槌耳即今串板亦古之拍板大者九板小者六板以韋編之本北地樂蓋以代抃因古人以抃節舞而此用板代之唐人謂之樂句宋朝止用六板余向亦曾見今則四板又有所謂十樣錦者鼓笛螺板大小鈸鉦之屬齊聲振響亦起近年吳人尤尚之然不知亦沿正德之舊武宗南巡自造靖邊樂有笙有笛有鼓有歇落吹打諸雜樂傳授南敎坊今吳兒遂引而伸之眞所謂今之樂猶古之樂

今樂器中有四絃長項圓鼙者北人最善彈之俗名琥珀槌而京師及邊塞人又呼胡博詞余心疑其非後與敎坊老妓談及則曰此名渾不是蓋以狀似箜篌似三絃似琵琶似阮似胡琴而實皆非故以爲

名本馬上所彈者余乃信以爲然及在正統年間賜迤北瓦剌可汗諸物中有所謂虎撥思者蓋卽此物而元史中又稱火不思始知渾不是之說亦訛耳又有緊急鼓者訛爲錦雞鼓總皆北地樂也又北人詈婦人之下劣者曰歪剌骨詢其故則云牛身自毛骨皮肉以至徧體無一棄物惟兩角內有天頂肉少許其穢逼人最爲賤惡以此比之粗婢後又問京師之熟諳市語者則又不然云往時宣德間瓦剌爲中國頻征衰弱貧苦以其婦女售與邊人每口不過酬幾百錢名曰瓦剌姑以其貌寢而價廉也二說未知孰是　京師人呼婦人所帶冠爲提地蓋鬏髻二字俱入聲北音無入聲者遂訛至此又呼組織爲趨趨亦入聲之訛今南客聞之習久不察亦襲其名誤矣　元人呼命婦所戴笄曰罟罟蓋其土語也今貢夷男子所戴亦名罟罟帽不知何所取義罟字作平聲

頃在梁溪鄒彥吉家觀舞因論此婦人盤中掌上之遺耳乃古人之舞不傳久矣古有鞞舞鞶舞鐸舞笛舞固絕不知何狀卽最後如唐太宗七德舞明皇之龍池舞及霓裳羽衣之舞在宋已亡然古人酒酣起舞多男子如唐楊再思之高麗舞祝欽明之八風舞則大臣亦爲之安祿山之胡旋舞僕固懷恩爲宦官駱奉仙舞則邊帥亦爲之若和哥起舞與張存業求纏頭則儲君亦爲之矣唐開成間樂人崇胡子能軟舞其舞容有大垂手小垂手驚鴻飛燕婆娑之屬其腰肢不異女郎則知唐末已全重婦人而唐時教坊樂又有垂手羅迴波樂蘭陵王春鶯囀半社渠借席烏夜啼之屬謂之軟舞阿遼柘枝黃麞

拂菻大渭州達摩叉之屬謂之健舞叉不專用女郎也宋時宗廟朝享之外亦用婦人其所謂女童隊小兒隊教坊隊者已彷彿今世至金元益不可問今之學舞者俱作汴梁與金陵大抵俱軟舞雖有南舞北舞之異然皆女妓爲之即不然亦男子女裝以悅客古法澌滅非始本朝也至若舞用婦人實勝男子彼劉項何等帝王尙戀戚虞之舞唐人謂教坊雷大使舞極盡工巧終非本色蓋本色者婦人態也鄙深是余言

袁中郎觴政以金瓶梅配水游傳爲外典余恨未得見丙午遇中郎京邸曾有全帙否曰第睹數卷甚奇怪今惟麻城劉延白承禧家有全本蓋從其妻家徐文貞錄得者又三年小脩上公車已攜有其書因與借抄挈歸吳友馮猶龍見之驚喜慫恿書坊以重價購刻馬仲良時摧吳關亦勸余應梓人之求可以療饑余曰此等書必遂有人板行但一出則家傳戶到懷人心術他日閻羅究詰始禍何辭以對吾豈以刀錐博泥犁哉仲良大以爲然遂固篋之未幾時而吳中懸之國門矣然原本實少五十三四至五十七回徧覓不得有陋儒補以入刻無論膚淺鄙俚時作吳語即前後血脈亦絕不貫串一見知其贋作矣聞此爲嘉靖間大名士手筆指斥時事如蔡京父子則指分宜林靈素則指陶仲文朱勔則指陸炳其他各有所屬云中郎又云尙有名玉嬌李者亦出此名士手與前書各設報應因果武大後世化爲淫夫上烝下報潘金蓮亦作河間婦終以極刑西門慶則一騃憨男子坐視妻妾外遇以見輪迴

不爽中郎亦耳剽未之見也去年抵輦下從邱工部六區志充得寓目焉僅首卷耳而穢蹟百端背倫滅理已不忍讀其帝則稱完顏大定而貴溪分宜相構亦暗寓焉至嘉靖辛丑庶常諸公則直書姓名尤可駭怪因棄置不復再展然筆鋒恣橫酣暢似尤勝金瓶梅邱旋出守去此書不知落何所

正音學會校本

增補曲苑石集

◎徐渭 等

南詞敘錄

南曲音節譜　新傳奇品

舊編南九宮　曲品

曲目韻編

曲苑石集

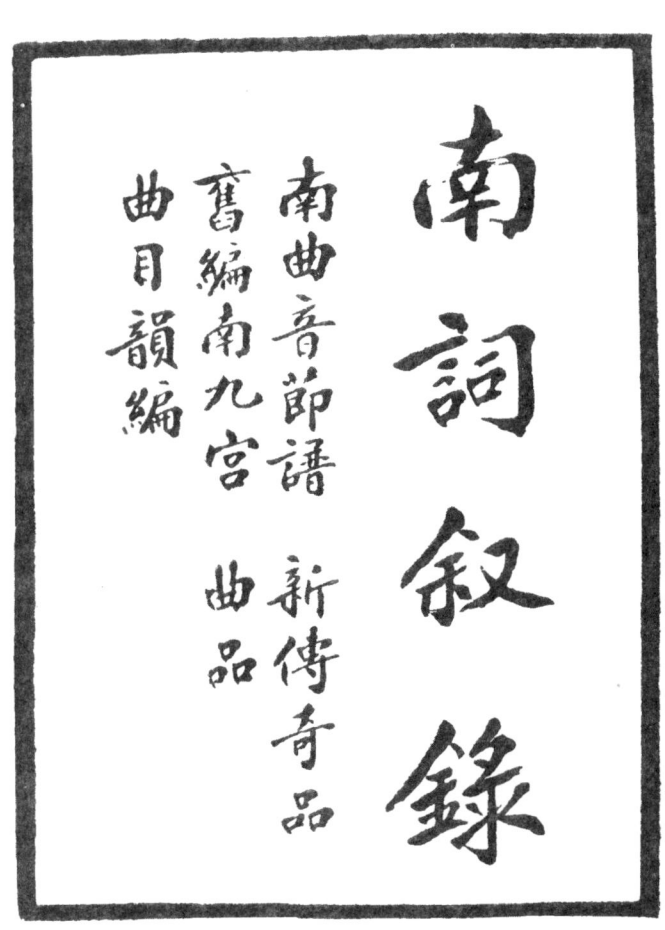

南詞叙錄

北雜劇有點鬼簿院本有樂府雜錄曲選有太平樂府記載詳矣惟南戲無人選集亦無表其名目者予嘗惜之客閩多病咄咄無可與語遂錄諸戲文名附以鄙見豈曰成書聊以消永日忘歊蒸而已嘉靖己未夏六月望天池道人志

南戲始於宋光宗朝永嘉人所作趙貞女王魁二種實首之故劉后村有死後是非誰管得滿村聽唱蔡中郎之句或云宣和間已濫觴其盛行則自南渡號曰永嘉雜劇又曰鶻伶聲嗽其曲則宋人詞而益以里巷歌謠不叶宮調故士夫罕有留意者元初北方雜劇流入南徼一時靡然向風□□□辭遂絕而南戲亦衰順帝朝忽又親南而疎北作者蝟興語多□□□下不若北之有名人題詠也永嘉高經歷明避亂四明之櫟□□□之被誘乃作琵琶記雪之用□□麗之詞一洗作者之陋於是村坊小伎進與古法部相參卓乎不可及已相傳則誠坐臥一小樓三年而後成其足按拍處板皆為穿嘗夜坐自歌二燭忽合而為一交輝久之乃解好事者以其妙感鬼神為搆瑞光樓旌之我高皇帝即位聞其名使徵之則誠佯狂不出高皇不復強亡何卒時有琵琶記進呈者高皇笑曰五經四書布帛菽粟也家家皆有高明琵琶記如山珍海錯貴富家不可無既而曰惜哉以宮錦而製鞵也由是日令優人進演尋患其不可入絃索命教坊奉鑾史忠計之色長劉杲者遂撰腔以獻南曲北調可於箏琶被之

然終柔緩散戾不若北之鏗鏘入耳也

今南九宮不知出於何人意亦國初教坊人所爲最爲無稽可笑夫古之樂府皆叶宮調唐之律詩絕句悉可絃詠如渭城朝雨演爲三疊是也至唐末患其間有虛聲難尋遂實之以字號長短句如李太白憶秦娥清平樂白樂天長想思已開其端矣五代轉繁考之尊前花間諸集可見逮宋則又引而伸之至一腔數十百字而古意頗微徽宗朝周柳諸子以此貫彼號曰側犯二犯三犯四犯轉輾波蕩非復唐人之舊晚宋而時文叫吼盡入宮調益爲可厭永嘉雜劇興則又卽村坊小曲而爲之本無宮調亦罕節奏徒取其畸農市女順口可歌而已諺所謂隨心令者卽其枝歟間有一二叶音律終不可以例其餘烏有所謂九宮必欲窮其宮調則當自唐宋詞中別出十二律二十一調方合古意是九宮者亦烏足以盡之多見其無知妄作也

今之北曲蓋遼金北鄙殺代之音壯偉很戾武夫馬上之歌流入中原遂爲民間之日用宋詞既不可被絃管其人亦遂尚此上下風靡淺俗可嗤然甚間九宮二十一調猶唐宋之遺也特南止於三聲而四聲亡滅耳至南曲又出北曲下一等彼以宮調限之吾不知甚何取也

或以則誠也不尋宮數調之句爲不知律非也此正見高公之識夫南曲本市里之談卽如今吳下山歌北方山坡羊何處求取宮調必欲宮調則當取宋之絕妙詞選逐一按出宮商乃是高見彼既不能盡

亦姑安於淺近大家胡説可也奚必南九宮爲

南曲固無宮調然曲之次第須用聲相隣以爲一套其間亦自有類輩不可亂也如黃鶯兒則繼之以簇御林畫眉序則繼之以滴溜子之類自有一定之序作者觀於舊曲而遵之可也

南之不如北有宮調固也然南有高處四聲是也北雖合律而止於三聲非復中原先代之正周德淸區區詳訂不過爲胡人傳譜乃曰中原音韻夏蟲井蛙之見耳

胡部自來高於漢音在唐龜茲樂譜已出開元梨園之上今日北曲宜其高於南曲

有人酷信北曲至以伎女南歌爲犯禁愚或是子北曲豈誠唐宋名家之遺不過出於邊鄙裔夷之僞造耳夷狄之音可唱中國村坊之音獨不可唱原其意欲强與知音之列而不探其本故大言以欺人也

中原自金元二虜猾亂之後胡曲盛行今惟琴譜僅存古曲餘若琵琶箏笛阮咸响䤨之屬其曲但有迎仙客朝天子之類無一器能存其舊者至於喇叭嗩吶之流并其器皆金元遺物矣樂之不講至是哉

今崑山以笛管笙琵按節而唱南曲者字雖不應頗相諧和殊爲可聽亦吳俗敏妙之事或者非之以爲妄作請問點絳唇新水令是何聖人著作

今唱家稱弋陽腔則出於江西兩京湖南閩廣用之稱餘姚腔者出於會稽常潤池太楊徐用之稱海鹽腔者嘉湖溫台用之惟崑山腔止行於吳中流麗悠遠出乎三腔之上聽之最足蕩人妓女尤妙此如

宋之嘌唱郎舊聲而加以泛豔者也『今宿倡曰嘌宜用此予』隋唐正雅樂詔取吳人充弟子習之則知吳之善謳其來久矣

詞調兩半篇乃合一闋今南曲健便多用前半篇故曰一隻猶物之雙者止其一半不全舉也如梁州序四字起乃上篇也第三隻七字起是後半篇雖曰四隻實爲兩闋如八聲甘州亦然故頭隻四字次隻七字起也南九宮全不解此意兩隻不同處便下過篇二字或妄加一么字可鄙么字非么字也大抵古人作事不苟唱前篇了恐人不知聯牽唱去故加一空字別之么乃空字之省文如今點書曰乃非字之省又乃更書一字之省漢書元『二』之民本元元也后世不知■■■作元二之民亦是此類

南易製罕妙曲北難製乃有佳者何也宋時名家未肯留心入元又尚北如馬貫王白虞宋諸公皆北詞手國朝雖尚南而學者方陋是以南不逮北然南戲要是國初得體

南曲固是末技然作者未易臻其妙琵琶尚矣其次則翫江樓江流兒鶯燕爭春荊釵拜月數種稍有可觀其餘皆俚俗語也然有一高處句句是本色語無今人時文氣

以時文爲南曲元末國初未有也其弊起於香囊記香囊乃宜興老生員文邵明作習詩經專學杜詩遂以二書語句勻入曲中賓白亦是文語又好用故事作對子最爲害事夫曲本取於感發人心歌之使奴童婦女皆喻乃爲得體經子之談以之爲詩且不可況此等耶直以才情欠少未免輳補成篇吾意

與其文而晦曷若俗而鄙之易曉也

香囊如教坊雷大使舞終非本色然有一二套可取者以其人博記又得錢西清杭道卿諸子幫貼未至瀾倒至於效顰香囊而作者一味孜孜汲汲無一句非前場語無一處無故事無復毛髮宋元之舊三吳俗子以爲文雅翕然以教其奴婢遂至盛行南戲之厄莫甚於今

塡詞如作唐詩文既不可俗又不可自有一種妙處要在人領解妙悟未可言傳名士中有作者爲予誦之予曰齊梁長短句詩非曲子何也其詞麗而晦

或言琵琶記高處在慶壽成婚彈琴賞月諸大套此猶有規模可尋惟食糠嘗藥築墳寫眞諸作從人心流出嚴滄浪言水中之月空中之影最不可到如十八答句句是常言俗語扭作曲子點鐵成金信是妙手

本朝北曲推周憲王谷子敬劉東生近有王檢討康狀元餘如史癡翁陳大聲輩皆可觀惟南曲絕少名家枝山先生頗留意於此其新機錦亦冠絕一時流麗處不如則誠而森整過之殆勁敵也

最喜用事當家最忌用事重沓及不著題枝山燕曲云蘇小道伊不管流年把春色銜將去了郤飛入昭陽姓趙兩事相聯殊不覺其重複此豈尋常所及末趙字非靈丹在握未易鎔液予竊愛而效之宮詞云羅浮少箇人兒趙恨不及也

晚唐五代塡詞最高宋人不及何也詞須淺近晚唐詩文最淺鄰于詞調故稱上品宋人開口便學杜詩格高氣粗出語便自生硬終是不合格其間若淮海耆卿叔原輩一二語入唐者有之通篇則無有元人學唐詩亦淺近婉媚去詞不甚遠故曲子絕妙四朝元祝英臺之在琵琶者唐人語也使杜子撰一句曲不可用况用其語乎

散套中佳者尤少如燕翅南飛「此一套相傳爲鐵布政作」爲人莫作弓弓鳳鞋之類俗而可厭惟窺青眼簫聲喚起羣芳綻綿四五套可觀然大歌占尾用事重沓亦太滯

凡唱最忌鄉音吳人不辨清親侵三韻松江支朱知金陵街該生僧揚州百卜常州卓作中宗皆先正之而後唱可也

曲有本平韻者亦可作入韻高陽臺黃鶯兒畫眉序蝦蟇序之類是也有本入韻不可作平者四邊靜是也其他平韻不可作入者甚多

今曲用宋詞者尾犯序滿庭芳滿江紅鷓鴣天謁金門風入松卜算子一翦梅賀新郎高陽臺憶秦娥餘皆與古人異矣

凡曲引子皆自有腔今世失其傳授往往作一腔直唱非也若畫錦堂與好事近引子同何以爲清濁高下然不復可考惜哉

聽北曲使人神氣鷹揚毛髮洒淅足以作人勇往之志信胡人之善於鼓怒也所謂其聲噍殺以立怨是已南曲則紆徐綿眇流麗婉轉使人飄飄然喪其所守而不自覺信南方之柔媚也所謂亡國之音哀以思是已夫二音鄙俚之極尙足感人如此不知正音之感何如也

生　卽男子之稱史有董生魯兩生樂府有劉生之屬

旦　宋伎上塲皆以樂器之類置籃中擔之以出號曰花擔今陝西猶然後省文爲旦或曰小獸能殺虎如伎以小物害人也未必然

外　生之外又一生也或謂之小生外旦小外後人益之

貼　旦之外貼一旦也

丑　以墨粉塗面其形甚醜今省文作丑

淨　此字不可解或曰其面不淨故反言之予意卽古參軍二字合而訛之耳優中最尊其手皮帽有兩手形因明皇奉黄旛綽首而起

末　優中之少者爲之故居其末手執磕爪起於後唐莊宗古謂之蒼鶻言能擊物也

北劇不然生日末泥亦曰正末外曰孛老末曰外淨曰倈『律蛇切小兒也』亦曰淨亦曰邦老老旦曰卜兒『外兒或省文作卜』其他也直稱名

傳奇　裴鉶乃呂用之之客用之以道術愚弄高駢鉶作傳奇多言仙鬼事諂之詞多對偶借以爲戲文之號非唐之舊矣

題目　開塲下白詩四句以總一故事之大綱今人內房念誦以應副末非也

賓白　唱爲主白爲賓故曰賓白言其明白易曉也

科　相見作揖進拜舞蹈坐跪之類身之所行皆謂之科今人不知以諢爲科非也

介　今戲文於科處皆作介蓋書坊省文以科字作介字非科介有異也

諢　於唱白之際出一可笑之語以誘坐客如水之渾渾也切忌鄉音

打箱　以別技求賞也

開塲　宋人凡句欄未出一老者先出夸說大意以求賞謂之開呵今戲文首一出謂之開塲亦遺意也

曲中常用方言字義今解於此庶作者不誤用

員外　宋富翁皆買郞外散官如朝散朝議將仕之類

謝娘　本謂文女如謝道蘊是也今以指妓

勤兒　言其勤於悅色不憚煩也亦曰刷子言其亂也

行首　妓之貴稱居班行之首也

小玉　霍小玉妓女也今以指女妓

薄暮　毋也薄音博磨上聲薄民綿毋以切脚言

九百　風魔也宋人云九百尚在六十猶癡

相公　唐宋謂執政日相公最古今人改日大人已俗矣

下官　六朝以來仕者見上皆稱下官或曰小官最古

奴家　婦人自稱今閩人猶然

使長　金元謂主日使長今世已乎公侯子王姬

包彈　包拯爲中丞善彈劾故世謂物有可議者日包彈

虛脾　虛情也五臟惟脾最虛

掗擺　把持也今人云掗擺不下卽此二字

動使　什物器皿也見東京夢華錄

嗹嚛　能而大也或作鑫轟皆俗字

傻角　上溫假切下急了切癡人也吳謂獃子

評跋　以言論人曰評以文論人曰跋

波查　猶言口舌北音凡語畢必以波查助詞故云

入跋　入門也倡家謂門曰跋限

妝么　猶做模樣也古云作態

妝局　宋有吉慶事則聚人治之謂之結局誆人者亦曰騙局

忐忑　上叩　切下吞勒切心不定貌俗字也

遮莫　儘教也亦曰折莫杜詩遮莫鄰雞下五更

行徑　門牆也猶言家風也

摟羅　矯絕也唐人語曰欺客打客當摟羅今以目綠林之從卒

尷尬　難進難退也一作間架

端相　細看也唐人曰端相良久作端詳者非

若爲　怎麽也李太白桃李今若爲

打脊　古人鞭背故詈人曰打脊唐之遺言也

恁的　猶言如此也吳人曰更個

交加　紛亂也唐人云交交加加誰能得會

鏵鑼　唐人以麪爲湯餅之名今謂整治酒肴
胡柴　亂說也被人云今我柴倒卽此字
畢竟　到底也唐人云畢竟不成眠鵶啼金井寒
爭得　怎得也唐無怎字借爭爲怎
支吾　一作枝梧猶言遮欄也或云鼯鼠五枝技之淺也
您　你每二字合呼爲您
掌事　今之主管
頂老　伎之諱名
俏俏　美俊也
辣浪　風流爽快也
入馬　進步也倡家語
僝僽　憂懷也
世不　誓不也
喒　咱門二字合呼爲喒

解庫　今之典鋪
龐兒　貌也
喬才　狙詐也狡獪也
奚落　遺棄也當作遺
唧溜　精細也
技擫　本事也
籌兒　根株也

宋元舊篇

趙貞女蔡二郎「即舊伯喈弃親背婦爲暴雷震死里俗妄作也實爲戲文之首」
王魁負桂英「王魁名俊民以狀元及第亦里俗妄作也周密齊東野語辨之甚詳」
陳巡檢梅嶺失妻　　鬼元宵
王祥臥冰　　王十朋荊釵記
殺狗勸夫　　朱買臣休妻記
鴛鴦西廂記　　司馬相如題橋記

陳光蕊江流和尚
裴少俊牆頭馬上
劉錫沈香太子
史弘肇故鄉宴
陳叔萬三負心
歡喜冤家
呂洞賓三醉岳陽樓
王月英月下留鞋
趙氏孤兒
趙普進梅諫
宋子京鷓鴣天
蔣世隆拜月亭
王公綽
秋夜鑾城驛
孟姜女送寒衣
柳耆卿花柳翫江樓
賀怜怜烟花怨
蘇小卿月下販茶船
京娘怨燕子傳書
樂昌公主破鏡重圓
周處風雲記
劉知遠白兎記
蘇秦衣錦還鄉
董秀英花月東牆記
詐妮子鶯燕爭春
崔君瑞江天暮雪
柳文直正旦賀昇平
秦檜東窗事犯

王孝子尋母
馮京三元記
朱文太平錢
薛雲卿鬼做媒
呂洞賓黃粱夢
賈似道木棉菴記
何推官錯勘屍
柳毅洞庭龍女
呂蒙正破窰記
蘇武牧羊記
孟月梅錦香亭
張孜鴛鴦燈
林招得三負心
唐伯亭八不知音
百花亭
冤家債主
劉文龍菱花鏡
劉盼盼
生死夫妻
賽妝亭
教子尋親
劉孝女金釵記
借燭尋珠
多月亭
閔子騫單衣記「高則誠作」
蔡伯喈琵琶記
王俊民休書記

本朝

崔鶯鶯西廂記「李景雲編」

王十朋荊釵記「李景雲編」

天賜溫涼盞「教坊本」

賈雲華還魂記「溧陽人作」

蘭蕙聯芳樓記「教坊本」

瓊奴傳「教坊本」

陳可中剔目記

玉簫兩世姻緣

岳飛東窗事記「用禮重編」

商輅三元記

馮京三元記「多市井語」

鄒知縣湘湖記「多實事」

馮國珍衣錦還鄉

高漢卿羅囊記

裴度還帶記

韓信築壇拜將

張良圯橋進履

八不知犀合記

桂英誣王魁

姜詩得鯉

張許雙忠記

孟宗泣竹

繡鞋記

芙蓉屏記

花園記

銀瓶記

鄧攸弃子抱姪
羅帶記
羅帕記
鴛鴦度
龍泉記
洪皓使虜記
嬌紅記
文林四景
忠孝義節「方諭生作」
玉玦記「鄭若庸作故事太多」
中山狼白猿

金錢記
高文舉
五倫全備「邱文莊作」
香囊記「邵文明作」
三益記
李白宮錦袍記
破鏡重圓
麗情四景
百行傳
王陽明平逆記
唐僧西遊記

右徐文長南詞敍錄十一頁

舊編南九宮目錄

仙呂引子
探春令　　　　鷓鴣天　　奉時春
金雞叫　　　　小蓬萊　　醉落魄
劍器令　　　　似娘兒　　卜算子
糖多令　　　　紫蘇丸　　望遠行
梅子黃時雨　　鵲橋仙　　天下樂

仙呂過曲
甘州歌　　　　八聲甘州　羽調排歌
三疊排歌　　　十五郎　　一盆花
喜還京　　　　桂枝香　　美中美
么　　　　　　油核桃　　木丫义
望梅花　　　　醉扶歸　　侍香金童

春從天上來　胡女怨　五方鬼
聚八仙　么篇　拗芝蔴
撼亭秋　尾聲　皂羅袍犯
一封書犯　勝葫蘆犯　樂安神犯
鐵騎兒『又名簇前馬』　青歌兒　大齋郎
光光乍　上馬踢　攤破月兒高
蠻江令　涼草蟲　臘梅花
月兒高　月雲高　西河柳
淨唱附後
古皂羅袍　碧牡丹　惜黃花
別本附入
八聲甘州過　甘州歌過　解連環『見南呂』
醉羅袍　香歸羅袖　番鼓兒
傍妝臺『尾音皆與前同』　望吾鄉　解三醒『調角兒序』

舊編南九宮

正宮引子
大河蟹
齊天樂　　　　破陣子　　　　　　　　破齊陣
梁州令　　　　瑩山月
喜遷鶯　　　　七娘子　　　　　　　　瑞鶴仙
別本附入
燕歸梁　　　　新荷葉

正宮過曲
玉芙蓉　　　　鵲子序
朱奴兒　　　　雁過聲
福馬郎　　　　普天樂『又入中宮』　錦纏道
不同』　　　　綠欄蹃　　　　　　　　風淘沙
一撮棹　　　　陽關三疊『與雁過聲稍同』　小桃紅『此曲與越調小桃紅
傾杯序　　　　　　　　　　　　　　　三字令
　　　　　　　　長生道引　　　　　　泣秦娥
　　　　　　　　　　　　　　　　　　錦庭樂『錦纏道頭滿庭芳中

三

普天樂尾亦入中呂』　錦庭芳『錦纏道頭滿庭芳尾亦入正宮又入中呂』
四邊靜　彩旗兒　滿江紅急
白練序　醉太平　雙鸂鶒
洞仙歌　雁魚錦『雁過聲二犯漁家傲錦纏道二犯漁家燈喜漁燈』
三字令過十二橋『四邊靜錦庭香同』　薔薇花
醜奴兒
別本附入
傾盃序過　雁來紅『前雁過聲後紅娘子』雁過燈『前雁過聲後漁家燈』
花藥闌　么篇　賺
怕春歸　春歸犯
中呂引子
粉蝶兒　四園香　思園春
醉中歸　滿庭芳　行香子
菊花新　青玉案　尾犯引

遶紅樓

中呂過曲

泣顏回　石榴花　泣榴花

古輪臺　撲燈蛾　念佛子

大和佛　鶻打兔　大影戲

兩休休　好孩兒　耍孩兒

會河陽　漁家傲　剔銀燈

攤破地錦沙　麻婆子　尾犯序

永團圓「與鮑老催同」　丹鳳吟　十破四

鮑老兒「同前」　瓦盆兒　喜漁燈

茶蘼香傍拍　舞霓裳　山花子

駐馬聽　駐雲飛　番馬舞秋風　水車歌

別本附入

□□□

中呂引子

剔錄銀引	金菊對芙蓉	

中呂過曲

撲燈蛾過	紅芍藥	縷縷金
漁家燈	本宮賺	大環著
喬合笙	馬蹄兒	好事近
千秋歲	越恁好	風蟬兒

南呂引子

大勝樂	金蓮子	戀芳春
小女冠子	女臨江『女冠子頭臨江仙尾』	一枝花
薄媚	虞美人	意難忘
稱人心	三登樂	轉山子
薄倖	生查子	哭相思
于飛樂	一剪梅	臨江仙

臨江梅　步蟾宮　滿江紅

別本附入

上林春　滿園春　折腰一枝花
挂眞兒　破挂眞

南呂過曲

梁州序　梁州小序　梁州賺
竹馬兒　賀新郎　節節高「即生姜芽」
大勝樂　奈子花　紅衲襖
一江風　香柳娘　古女冠子
孤雁飛　石竹花　石竹子　解連環
風檢才　大迓鼓　呼喚子
引駕行　薄媚袞　番竹馬
賀新郎袞　纏枝花　綉帶兒
阮郎歸　綉衣郎　宜春令

鑼鼓令　刮古令　三學士
鎖寒窗　鎖窗郎「鎖寒窗頭阮郎歸尾」太師引
癡冤家　金蓮子　三換頭「五韻美臘梅花梧葉兒」
五樣錦「臘梅花香羅帶刮古令梧葉兒好姐姐」
香羅帶　羅帶兒「香羅帶頭梧葉兒尾」　香風俏臉兒「卽二犯香羅帶」
綉帶宜春令「十樣錦過白練序轉調黃鍾」
太平白練序「醉太平頭白練序尾」　浣溪啄木兒「浣溪沙頭啄木兒尾」
三段鮑老催「三段子頭鮑老催尾」
金索挂梧桐　浣溪沙　劉潑帽犯
秋夜月　東甌令　金錢花
五更轉　梅花糖　劉袞
紅衫兒
別本附入「無詞」
南呂賺　靑衲襖　賀新郎袞「重」

紅芍藥「與中呂腔不同」　八寶妝「羅江怨梧桐樹香羅帶皂羅袍五更轉東甌令懶畫眉梁州序」

針線箱兒　羅江怨「香羅帶一江風」

金絡索「金梧桐東甌令針線箱兒解二醒畫眉序寄生草」　古針線箱「四字起」

劉潑帽犯　滿園春　擊梧桐「亦入商調」

飽老催尾「重」　西江月「重」

黃鍾引字

絳都春　疎影　瑞雲濃

女冠子　點絳唇　傳言玉女

翫仙燈　西地錦　玉漏遲

别本附入

鳳皇閣「見商調」

黃鍾過曲

絳都春　出隊子慢　蠻牌嵌寶蟾「蠻牌令頭鬭寶蟾尾」

鬭蛤蟆犯

商調引子		
鳳皇閣	鳳馬兒	高陽臺
慶青春	憶秦娥	逍遙樂
遶地遊	三臺令	二郎神
十二時		
商調過曲		
字字錦	滿園春「郎遍地錦」	高陽臺
山坡羊	水紅花	梧桐花
六么梧桐「六么令頭梧葉兒尾」		梧葉兒
金梧桐	喜梧桐	金水梧桐花皂羅「江兒水水
紅花皂羅袍」	金絡索「前見南呂」	鶯集御柳春「鶯啼序集賢賓
簇御林三春柳」	鶯啼序	集賢賓
四犯黃鶯兒	轉林鶯	黃鶯兒
簇御林	琥珀貓兒墜	二郎神

五團花　吳小四

別本附入

梧桐樹　梧半折芙蓉花　西河柳「見仙呂」

梧桐挂羊尾「金梧桐頭山坡羊尾」

大石調引子「此下疑錯簡」

越調過曲

小桃紅　下山虎　二犯排歌

五般宜　本宮賺　鬬蛤蟆

五韻美　羅帳裏坐　江頭送別

章臺柳　醉娘子「一名似娘兒」　雁過南樓

山桃紅「下山虎頭小桃紅尾」花兒　鏵鍬兒

繫人心　道和　么篇

鮑子令　梅花酒　亭前柳

一疋布　博頭錢　梨花兒

水底魚兒　吒精令　引軍旗
丞相賢　趙皮鞋　鏟鍬兒
禿廝兒　喬八分　綉停針
祝英臺　望歌兒　鬬寶蟾
四般宜　山麻客　憶多嬌
江神子　餘音　蠻牌令
別本附入
園林杵歌　憶花兒「憶多嬌頭梨花兒尾」鬧攀樓
滴滴金　畫眉尾　啄木兒
三段子　雙聲疊韻「又名鬬雙雞」　下小樓
耍鮑老　神仗兒　滴溜子
雙聲子　歸朝歡　鮑老催
水仙子　刮地風　春雲怨
三春柳　降黃龍　黃龍袞

賞宮花　獅子序　太平歌
天仙子　出隊子　玉漏遲
恨簫郎　燈月交輝
別本附入
恨更長　月裏嫦娥　傳言玉女
侍香金童『見仙呂』
越調引子
浪淘沙　霜天曉角　金蕉葉
霜蕉葉『霜天曉角頭金蕉葉尾』　杏花天
祝英臺慢　桃柳爭春　東風第一枝
碧玉令　少年遊　念奴嬌
別本附入
燭影搖紅
大石調過曲

賽沙子嬌　念奴慢　催拍「一名急板令」

賽觀音　人月圓　長壽仙

別本附入

本宮賺　賽沙子急

雙調引子

珍珠簾　珍珠馬「珍珠簾頭風馬兒尾」花心動

謁金門　惜奴嬌　寶鼎現

金瓏璁　胡搗練　搗練子

風入松　海棠春　夜行船「一名日停舟」

四國朝　玉井蓮　新水令

五供養　賀聖朝　秋葉香

別本附入

船入荷水蓮「夜行船頭花心動尾」　梅花引

曉行序

雙調過曲

錦堂月　僥僥令　畫錦堂

紅林擒　醉翁子　孝順歌

鎖南枝　孝南枝「孝順歌頭鎖南枝尾」沙雁揀南枝「雁過沙頭鎖南枝尾」

仙呂入雙調

桂花遍南枝「桂枝香頭鎖南枝尾」　四朝元

朝元令　朝元歌　攤破金字令

夜雨打梧桐　柳搖金　柳梢青

淘金令　嬌鶯兒　二犯江兒水

古江兒水　銷金帳　四塊金

錦法經　灞陵橋　疊字錦

山東劉袞　雌雄畫眉　夜行船序

鬭蝦蟆　嘉慶子　尹令

品令　荳葉黃　五供養
六么序　醧青歌　惜奴嬌
蝦蟆序　三月海棠　月上海棠
傘地錦當　雙勸酒　哭岐婆
字字雙　三棒鼓　破金歌
普賢歌　打毬場　柳絮飛
雁兒舞　倒拖船　風入松
沉醉東風　忒忒令　好姐姐
桃紅菊

別本附入

淘金令　朝元歌　金水令
江兒水　玉交枝　玉胞肚
玉山供　玉鴈子　鴈過沙「重」
一機錦　錦上花　蛤蟆序

十三調南呂音節譜

仙呂「與羽調互用出入道宮高平南呂俱無詞」

賺犯　攤破　二犯　三犯　四犯　五犯　六犯　七犯　賺　道和　傍拍

右已上十一則係六攝每調皆有因

河傳　小蓬萊　聲聲慢

鵲橋仙　點絳唇　薄倖

聚八仙　天下樂　八聲甘州

轉山子「亦在南呂」　杜韋娘　大勝樂慢「亦在南呂道宮」

臨江仙「亦在南呂」　疎簾淡月「即桂枝香亦在羽調」

右已上俱係慢詞

賺「一名惜花賺與婆羅門薄眉賺同」

入聲甘州「亦在道宮」　天下樂「亦在中呂」　勝葫蘆「即大河蟹亦在羽」

青歌　三祝付　六么序「一作六么令」

醉扶歸「亦在羽」　大迓鼓「卽村裏迓鼓亦在羽」光光乍
聚八仙近　三學士　美中美「亦在越小石」
針線箱「亦在南呂道宮」　大勝樂「亦在南呂道宮　「油核桃
木丫叉　解三醒「亦在南呂道宮」　告雁兒
人月圓「亦在南呂」　拗芝蔴「亦在道宮」　喜還京「與高平雙調出入」
　右巳上俱係近詞

羽調
　六攝十一則見前仙呂調下
燕歸梁「卽風馬兒在越調不同」　醉落魄
望遠行　金蓮子　桂枝香「卽疎簾淡月亦在仙
呂」　小蓬萊「亦在仙呂」
　右巳上俱係慢詞
賺「名本調賺」
一封書「卽秋江送別」　金鳳釵　撼亭秋

排歌　桂枝香「即月中花」　一盆花
馬鞍兒　浪淘沙「即賣花聲」　惜黃花
櫻桃花「亦在雙調」　皂羅袍　錢担兒
樂安神　掉角兒序　大迓鼓「即村裏迓鼓亦在仙
呂」　道和排歌　傍妝臺
望吾鄉　慶時豐　醉扶歸「亦在仙呂」
勝葫蘆「即大河蟹亦在仙呂」刮鼓令　玉胞肚「亦在雙調」
耍鮑老「即永團圓亦在黃鍾」
右已上俱係近詞
黃鍾「與商調羽調出入」
六攝十一則見前仙呂調下
喜遷鶯「亦在南呂」　瑞雲濃　傳言玉女「即涉虛聲」
女冠子「即雙鳳翹與道宮般涉不同」　快活年
絳都春慢　巫山十二峯　生查子「亦在雙調」

疎影　探春令　刮地風『在正宮中呂謂之綠

右巳上俱係慢詞

賺『名連枝賺』

出隊子『在大石正宮謂之風淘沙俱字同句同音調不同』

禰踢惟商調及此名刮地風出入』　神仗兒

啄木兒　滴滴金　鮑老催『亦在仙呂』

歸朝歡　降黃龍　黃龍袞

胡女怨　玉漏遲　三段子

宜春令　賞宮花　賞宮花序

太平令『亦在道宮』　連理枝　排遍第五『餘在徵調無考』

天下同　燈月交輝　畫眉序

絳都春近『有二樣』　鬧樊樓　玉翼蟬

下小樓　滴溜子『商調名門雙雞』　耍鮑老『一名永團圓亦在羽

雙聲疊韻　團圓旋　古水仙子

右已上俱係近詞

商調『與仙呂羽調黃鍾皆出入』

六攝十一則見前仙呂調下

集賢賓　逍遙樂　永遇樂

二郎神　伊州三臺　解連環

高陽臺『即慶靑春慢』　鳳皇閣　遶地遊

十二時　三登樂

右已上俱係慢詞

賺『名二郎賺』

集賢賓　黃鶯兒　鶯啼序

二郎神近　高陽臺近『即慶靑春序』　山坡羊

水紅花『一名折紅蓮』　簇御林『有二樣』　梧葉兒『一名知秋令』

琥珀猫兒墜　鬥雙雞『即滴溜子亦在黃鍾』漁父第一

刮地風『亦在黃鍾』　金字令『即淘金令亦在雙調』

右巳上俱係近詞

商黃調

此係合犯乃商調黃鍾各半隻或各一隻合成者皆是也但不許黃鍾居商調之前由無前高後低之理古人無此式也

正宮調『與大石中呂出入』

六攝十一則見前仙呂調下

梁州令『與道宮不同』　尾犯慢　安公子
齊天樂　緱山月　粉蝶兒『與中呂音異字同』
滿堂春『亦在大石』

右巳上俱係慢詞

賺『名傾杯賺』
梁州令近『卽小梁州』　忉忉令　刬鍬兒『與越調不同』
普天樂『與中呂不同』　催拍『亦在大石』　雁過聲『一名大擺袖卽塞鴻秋』
湘浦雲『卽刷子序』　尾犯序『一作近』

玉芙蓉　漁家傲『亦在中呂』　丹鳳吟
朱奴兒『亦在中呂』　長壽仙三臺　小桃紅『一作山桃紅與越調
不同』　傾盃序　風淘沙『字雖與綠襴踏同而
調則不同也』　梁州第七『亦在南呂道宮中呂又名梁州小序與小梁州不同』
四邊靜『亦在中呂此曲自大石調來故音高刮地風同而腔調則不同也』
綠襴踏『此曲自中呂來故音低見上』　雙鸂鶒
玉濠寨　僥僥令『與雙調不同　福馬郎『亦在大石本在中呂』
地錦花『亦在中呂』　麻婆子『亦在中呂』
右已上俱係近詞

大石調『與正宮出入』

六攝十一則見前仙呂調下
念奴嬌慢『卽百字令一名酹江月』　夜合花
新荷葉　金菊對芙蓉『一名東風第一枝』
鷓鴣天　驀山溪　燭影搖紅

滿堂春『亦在正宮』　醜奴兒　西地錦

右已上俱係慢詞

賺『一名太平賺』

念奴嬌『即酹江月』　紅羅襖　新荷葉近

金殿喜重重　小秀才　還京樂

伊州令　西地錦近　插花三臺

花壓欄　怕春歸　歇滿『一名煞』

催拍『亦在正宮』　風淘沙『亦在正宮』　福馬郎

醮奴兒近　一撮棹

右已上俱係近詞

中呂調『與正宮道宮出入』

六攝十一則見前仙呂調下

粉蝶兒『與正宮句同音異』　醉春風『作醉中天者非』　滿庭芳

賀聖朝　沁園春　菊花新

柳稍青　奉時春　紫蘇丸
破陣子　七娘子
　右巳上俱係慢詞
賺「名鼓板賺」
普天樂「與正宮不同」　滚綉毬　迎仙客
天下樂「亦在仙呂」　石榴花　泣顏回「即好事近一名杏壇
三操」　剔銀燈　凭欄人
紅綉鞋「名朱履曲亦在雙調名羊頭靴」　大環著
山花子　紅衫兒「與南呂不同」　鮑老催「亦在黃鍾」
梁州大序「即梁州第七亦在正宮南呂道宮」　千秋歲
柳稍青　錦纏道「亦出入正宮」　大影戲
大夫娘　喬合笙　福馬郎「亦在正宮大石」
瓦盆兒　杵歌　粉蝶兒近
好孩兒「與耍孩兒不同」　紅芍藥「與南呂不同」　阿好悶

呼喚子　會河陽「有二樣」　舞霓裳
和佛兒「比霓裳多四句」　縷縷金　古輪臺
茶蘼香「又名絞茶蘼」　朱奴兒「亦在正宮」　剪梨花「即梨花頭」
番鼓兒　耍孩兒「本在般涉」　太平令「與黃鍾不同」
四邊靜「亦在正宮」　三字令　麻婆子「亦在正宮」
越恁好　撲燈蛾「與雙調不同」　鶻打兎
綠襴踢「亦在正宮」　兩休休　漁家傲「亦在正宮」
　右已上俱係近詞
般涉調「與中呂出入無曲」
　六攝十一則見前仙呂調下
哨遍
　右係慢調
賺「名煞賺即太平賺」
耍孩兒　女冠子「一名孤雁飛呂與道黃鍾不同」

右巳上俱係近詞

道宮調「與南宮仙呂高平出入」

六攝十一則見前仙呂調下

女冠子「與黃鍾般沙不同一名蓬萊仙」　梅子黃時雨「即黃梅雨」

應時明　四國朝仐　大勝樂「亦在南呂」

右巳上俱係慢詞

賺「名漁兒賺」

八聲甘州「亦在仙呂」　玉山槐　魚兒耍

太平令「亦在黃鍾」　大勝樂近「亦在仙呂南呂」　針線箱「亦在仙呂南呂」

解三醒「亦在仙呂南呂」　芳韋渡序　應時明近

解紅　謝秋風　梁州第七「即梁州小序亦在

正宮南呂中呂」　黃梅雨近　抝芝蔴「亦在仙呂」

右巳上俱係近調

南呂調「與道宮仙呂出入」

六攝十一則見前仙呂調下

一枝花「即滿路花」　滿江紅　卜算子
瑤臺月　賀新郎慢　臨江仙「亦在仙呂」
喜遷鶯「亦在黃鍾」　憶秦娥「即秦樓月」　大勝樂慢「亦在道宮」
戀芳春「亦在道宮」　一剪梅　挂眞兒
稱人心　轉山子「亦在仙呂」　薄媚令
似娘兒　金雞叫　胡搗練
金蓮子慢「亦在羽調」　糖多令　行香子「亦在雙調」

右已上俱係慢詞

賺「名婆羅門賺又名薄媚賺」
梁州第七「即梁州小序與小梁州不同亦在正宮仙呂道呂」　浪淘沙「亦在羽調」
牧羊關　賀新郎近　感皇恩
浣沙溪「草堂詩餘作浣溪沙者非」　望江南
梧桐樹　大勝樂近　紅芍藥「與中呂不同」

人月圓　紅衲襖　青衲襖
香羅帶　寄生子　洞中仙「即洞仙歌」
石竹花　春色滿皇州　金落索
上馬踢　月兒高「即候佳期」　簇仗
懶畫眉　銷金帳　瑣窗寒「作寒窗非」
太師引　搗白練「即搗練子」　恨蕭郎
五更轉　香遍滿　西河柳
獅子序　秋夜月　劉潑帽
東甌令　蠻江令　望梅花
白練序　醉太平　綉帶兒「即癡冤家」
金蓮子　香柳娘「亦在雙調」　紅衫兒「與中呂不同」
少不得　十五郎　柰子花「一名玉梅花」
針線箱「亦在道宮仙呂」　生姜芽「即節節高」　解三酲「亦在道宮仙呂」
大金錢「即金錢花」　吳小四

右已上俱係近詞

高平調

與諸調皆可出入其調曲名皆就引各調曲名合入不再錄出其六攝十一則皆與諸調同用賺以取引曲爲血脈而用也其通劄搭頭圓混自有妙處試觀畫眉人遠夢回風遶圍屏二套可見

越調『與小石調高平調出入』

六攝十一則見前仙呂調下

金蕉葉　梅花引『即江城子』　夜行船『本在小石』

霜天曉角　杏花天　枕屏兒

風馬兒『與羽調燕歸梁不同』

右已上俱係慢詞

賺『名竹馬兒賺』

小桃紅『與正宮不同』　玉簫兮『即玉簫亦在雙調』　鬬蝦蟇

章臺柳　雁過南樓　醉娘子

鏵鍬兒　綉停針　下山虎

三換頭　吒精令　係人心
山麻客「即麻郎兒」　綿打絮「作綿搭序非」　亭前柳
五韻美　望歌兒　四國朝序
蠻牌令「即四般宜」　憶多嬌　更時令
江頭送別　羅帳裏坐　竹馬兒
雁過沙　雁兒舞　入破「一至九」
出破「一至七」　歇滿「又名煞」
　右已上俱係近詞
行香子「亦在南呂」
　右已上俱係慢詞
賺『名海棠賺』
駐馬聽『夾鍾宮』　沉醉東風　步步嬌『即潘妃曲』
金娥神『即好姐姐』　風入松近『亦在小石夾鍾宮』碧玉簫『亦在越調』
岷江綠『即江兒水與小石四犯不同又有入夾鐘宮者與此亦不同』

月上海棠　川撥棹　梅花酒「亦在小石」
荳葉黃　嘉慶子　五供養
水仙子「亦在黃鍾」　孝順歌　孝南歌「此鍾南枝句字少不同音調則一正猶中呂正宮中之普□□之類也一名操南枝其實一也」
鎖南枝「卽娑羅枝孝南歌下」淘金令「卽金字令夾鍾宮」　二犯江兒水「夾鍾宮」
玉交枝　畫錦堂　燕穿簾
紅林檎　忒忒令　鶯踏花「卽桃花菊」
兩蝴蝶「卽雙蝴蝶」　園林好　喜還京「與仙呂高平出入」
鶯桃花「亦在羽調」　香柳娘「亦在南呂」　醉翁子
海榴花「夾鍾宮」　朝元歌「夾鍾宮」　柳搖金
五韻美　泛蘭舟　駐雲飛「夾鍾宮」
一江風「夾鍾宮卽渦團兒」　品令　尹令
琴家弄「卽錦衣香」　漿水令　花犯撲燈蛾「卽海棠枝上撲燈蛾一名麥裏蛾與中呂不同」　吃時令

帳兒裏燈　雙韻子　十六娘
哭岐婆　窣地錦襠『一作綿當』　打毬場
一泓兒水　趙皮鞋　柳絮飛『夾鍾宮』
羊頭靴『即紅綉鞋』　三月桃　阿家嬌
綉鴛鴦　步蹙堤　熙熙令
攤金沙　尉遲杯　彩旗兒『即僥僥令』
大齋郎　臘梅花　賽紅娘
一機錦　武陵春

右已上俱係近詞

尾聲格調

情未斷煞『仙呂羽調同此尾』衷腸悶損尾文是也
三句兒煞『黃鍾尾』春容漸老尾文是也
尚輕圓煞『正宮大石同尾』祝融南度尾文是也
尚遶梁煞『商調尾』那日忽覩多情尾文是也

倘如縷煞『中呂有二樣此係低一格尾』料峭東風尾文是也『般涉同』

喜無窮煞『中呂高一格尾』子規聲裏尾文是也

倘按節拍煞『道宮尾』九十春光新篁池閣尾文是也

不絕令煞『南呂尾』明月雙溪尾文是也　有餘情煞『越調尾』炎光謝了尾文是也

收好因煞『小石尾』花底黃鸝尾文是也　有結果煞『雙調尾』簫聲喚起尾文是也

又有本音就煞謂之隨煞　又有雙煞

又有借音煞　又有和煞

曲品序

予舞象時即嗜曲弱冠好塡詞每入市見傳奇必挾之歸笥漸滿初欲建一曲藏上自前輩才人之結撰下自腐儒教習之攢簇悉搜共貯作江海大觀既而謂多不勝收彼攢簇者收之汚吾篋稍稍散失矣壬寅歲曾著曲品然惟於各傳奇下著評語意未盡亦多未得當尋弁之十餘年來頗爲此道所誤深悔之謝絕詞曲技不復癢今年春與吾友方諸生劇談詞學窮工極變予興復不淺遂趣生撰曲律既成功令條教臚列具備眞可謂起八代之衰厥功偉矣予謂曰曷不擧今昔傳奇而甲乙焉生曰褒之則吾愛吾寶貶之則府怨且時俗好憎難齊吾懼以不當之故而累全律故今曲律中略擧一二而已予曰傳奇侈盛作者爭衡從無操柄而進退之者矧今詞學大明妍媸畢照黃鐘瓦缶不容並陳白雪巴人奈何混進子愼名器予且作糊塗試官冬烘頭腦於曲場張曲榜以快予意何如生笑曰此段科場讓子作主司也歸檢舊稿猶在冢更定之倣鍾嶸詩品庾肩吾書品謝赫畫品例各著論評析爲上下二卷上卷品作舊傳奇者及作新傳奇者下卷品各傳奇其未致姓字者且以傳奇附其不入格者擯不錄世有知我按品取閱亦已富矣如有罪我甘受金谷之罰雖然古本多湮時作紛出管窺蠡測可能周知所望同調者出家藏示茂製以啟予是亦詞社之幸也

萬曆庚戌嘉平望日東海鬱藍生書於山陰樛木園之烟鬟閣

餘姚呂天成著有越園記

曲品序　二

曲品 卷上

東海鬱藍生撰
瑯琊方諸生閱

自昔伶人傳習樂府遞興爨段初翻院本繼出金元創名雜劇國初演作傳奇雜劇北音傳奇南調雜劇折惟四唱止一人傳奇折數多唱必匀派雜劇但撫一事顛末其境促傳奇備述一人始終其味長無雜劇則孰開傳奇之門非傳奇則未暢雜劇之趣也傳奇既盛雜劇寖衰北里之管絃播而不遠南方之鼓吹簇而彌喧國初名流曲識甚高作手獨異造曲腔之名目不下數百定曲板之長短不淆二三乍見甯不駭疑習久自當遵服所謂規矩設矣方員因之數其人有大家名家之別按其帙有極老半舊之分賞其絕技則描畫世情或悲或笑存其古風則湊拍常語易曉易聞有意駕虛不必與實事合有意近俗不必作綺麗觀不尋宮數調而自解其弢不就拍選聲而自鳴其籟質樸而不以爲俚膚淺而不以爲疎商彝周鼎古色照人元酒太羹眞味沁齒先輩鉅公多能諷詠吳下俳優尤喜搬串予雖不尊古而卑今然須溯源而得委倣之詩品略加詮次作舊傳奇品古帙雖多作者泯沒略舉三四以概其餘

東嘉高則誠能作爲聖莫知乃神特創調名功同倉頡之造字細編曲拍才如后夔之與音志在筆先片

言宛然代舌情從境轉一段眞堪斷腸化工之肖物無心大冶之鑄金有式關風敎特其粗耳諷友人夫豈信然勿亞於北劇之西廂且壓乎南聲之拜月

右神品

常州邵給諫既屬青瑣名臣乃習紅牙曲技調防近俚局忌入酸選聲儘工宜騷人之傾耳採事尤正亦嘉客所賞心存之可師學焉則套

烏鎭王雨舟人以曲稱曲緣事重頗知鍊局之法半寂半喧更通琢句之方或莊或逸我欽高手世想令名

右妙品

沈練川名重五陵才傾萬斛紀游適則逸趣寄於山水表勳猶則熱心暢於干戈元老解頤而進危詞豪擺指而擱筆

武康姚靜山僅存一帙惟覩雙忠筆能寫義烈之剛腸詞亦達事情之悲憤求人於古足重於今

右能品

李開先銓部貴人葵邱隱吏孰膾北曲悲傳塞下之吹間著南詞生扭吳中之拍才原敏贍寫寃憤而如生志亦飛揚賦逋囚而自暢此詞壇之飛將曲部之美才也

堂沈壽卿蔚以名流雄乎老學語或嫌於湊插事每近於迂拘然吳優多肯演行吾輩亦不厭弄

邱瓊山大老雖尊鴻儒近腐間情賦罷元亮原是趣人雙文句删微之且爲薄倖乍辭講幄亟譜家詞造揑不新知老輩之多鈍　庶末俗之可風

右具品

博觀傳奇近時爲盛大江左右騷雅沸騰吳浙之間風流掩映第當行之手不多遇本色之義未講明當行兼論作法本色只指塡詞當行不在組織餖飣學問此中自有關節局概一毫增損不得若組織正以蠹當行本色不在摹勤家常語言此中別有機神情趣一毫粧點不來若摹勒正以蝕本色今人不能融會此旨傳奇之派遂判而爲二一則工藻繢少擬當行一則襲樸澹以充本色甲鄙乙爲寡文此嗤彼爲喪質殊不知果屬當行則句調必多本色果其本色則境態必是當行今人竊其似而相敵也而吾則兩收之卽不當行其華可擷卽不本色其樸可風進而有宮詞之學類以相從聲中緩急之節紛以錯出詞多激戾之音難欺師曠之聽莫招公瑾之顧按譜取給故自無難逐套註明方爲有緒又進而韻音平仄之學句必一韻而始協聲必迭置而後諧響落梁塵歌翻扇底味者不少解者漸多又進而有八聲陰陽之學吹以天籟協乎元聲律呂所以相宣神人用以允翕抑揚高下發調俱圓清濁宮商辨音最妙此韻學之鉅典曲部之秘傳柳城啓其端方諸闡其致必究斯義厥道乃精攷之今人褎如充耳廣陵散已落

人間霓裳曲重翻天上後有作者不易吾言矣嗟乎才豪如雨持論不得太苛曲廣如林掄收何忍過隘僭分九等開列左方入吾品者可許流傳軼吾品者自慚腐穢作新傳奇品

沈璟『甯庵吳江人』　湯顯祖『海若臨川人』

右二人上之上

沈光祿金張世裔王謝家風生長三吳歌舞之鄉沈酣勝國管絃之籍妙解音律花月總堪主持雅好詞章僧妓時招佐酒束髮入朝而忠鯁壯年解組而孤高卜業郊居遯名詞隱嗟曲流之汎濫表音韻以立防痛詞法之蓁蕪訂全譜以闢路紅牙館內謄套數者百十章屬玉堂中演傳奇者十七種顧盼而烟雲滿座咳唾而珠玉在豪運斤成風游刃餘地詞壇之庖丁此道賴以中興吾黨甘爲北面

湯奉常絕代奇才冠世博學周旋狂社坎坷宦途當陽之謫初還彭澤之腰乍折情癡一種固屬天生才思萬端以挾靈氣搜奇八索字抽鬼泣之文摘豔六朝句疊花翻之韻紅泉秘館春風檀板敲聲玉茗華夜月湖艭飄馥麗藻憑巧腸而濬發幽情逐彩筆以紛飛蘧然破噩夢於仙禪皭矣銷塵情於酒色熟拈元劇故琢調之妍媚賞心妙選生題致賦景之新奇悅目不事刁斗飛將軍之用兵亂墜天花老生公之說法原非學力所及洵是天資不凡

此二公者懶作一代之詩豪竟成千秋之詞匠蓋震澤所涵秀而彭蠡所毓精者也吾友方諸生曰松

陵具詞法而讓詞致臨川妙詞情而越詞檢善夫可謂定品矣乃光祿嘗曰宜協律而詞不工讀之不成句而謳之始叶是曲中之工巧奉常聞之曰彼惡知曲意哉予意所至不妨拗折天下人嗓此可以觀兩賢之志趣矣予謂二公譬如狂狷天壤間應有此兩項人物不有光祿詞硎不新不有奉常詞髓孰抉倘能守詞隱先生之矩矱而運以清遠道人之才情豈非合之雙美者乎而吾猶未見其人東南風雅蔚然予且旦暮遇之矣予之首沈而次湯者挽時之念方殷悅耳之教寧緩也略具後先初無軒輊允爲上之上

陸　釆「天池江都人」　張鳳翼「靈墟長洲人」　顧大典「道行吳江人」

梁辰魚「伯龍崑山人」　鄭若庸「虛舟」　卜世臣「藍水秀水人」

梅鼎祚「禹金宣城人」　葉祖憲「桐柏餘姚人」

天池湖海豪才烟霞仙品壯託元龍之傲老同正平之狂著書而問字旗亭度曲而振聲林木

靈墟烈腸慕俠雅志釆眞汪洋挹叔度之波軒爽驚孟公之座稽古搜奇於洞壑養親絕意於公車

道行俊度獨超逸才早貴菁華綴元白之豔瀟灑挾蘇黃之風曲房姬侍如雲清閣宮商和雪

伯龍負薪吳市傭史仇池相如之病茂陵王粲之客荊楚麗調喧傳於白苧新歌分詠於靑樓

虛舟流拓襟期飄飆踪跡佚生爲上座之客郤郎乃入幕之賓買賦可索千金換酒須酣一石

禹金名家雋胄樂苑鴻裁貢金同賈誼之入秦作客似陸機之遊洛著述不遺鬼妓交游幾遍公卿大荒博雅名儒端酯吉士張衡之精巧絕世荀爽之俊美無雙躭奇蘊爲國珍按律蔚爲詞匠桐柏南宮妙選東海英流曼倩倜儻而陸沈季子揣摩而脫穎掀髯共推咳唾折齒不廢嘯歌此八君者或爲山人先達或爲先輩諸生綺思靈心各擅風流之致寄悰賦感共標游戲之奇如張如鄭尤所服膺如卜如葉素相友善允爲上之中

屠　龍「赤水鄞縣人」　汪廷訥「昌期休甯人」　龍膺「朱陵武陵人」

鄭之文「豹先南城人」　佘聿雲「池州人」　馮夢龍「子猶吳縣人」

屠儀部逸才慢世麗句驚時太白以狂去官子瞻以才蜚譽偃忞於孌姬之隊驕酣於仙佛之宗汪鹺使家習惠仁生多智慧向平遊嶽而遺累郭璞餐霞而壞仙涌源之醫沸多奇別墅之逍遙獨勝龍副憲佛根無染仙骨不羈文淵著績於烽煙長源陶情於鐵軸雅韻炊金饌玉新裁繡口錦心鄭進士月露才華風流雅格少陵蜚英於粉署摩詰標題於京曹以其一片烈腸雅負千秋俠骨此四君者藝苑之名公詞場之俊士即此小技足徵大才允爲上之下

戴子晉「金蟾永嘉人」　車任遠「祝齊上虞人」　顧希雍「茂仁崑山人」

祝長生「金粟」　顧仲雍「幾儉崑山人」　周「螺冠」

右六人中之上

戴則綽有雅致宮韻獨譜

車則蔚有才情結撰亦富

二顧蓋文士而抱坎壈之悲書生而槩英雄之具者祝不知其行藏亦是流麗之才工美之筆

周叟著述俱侈吟咏頗饒放乎葛天無懷解乎南華道德

此六君者俱非凡俗允爲中之上

沈　鯨『湟川』　黃伯羽『釣叟上海人』　陸　弼『無從江都人』

秦鳴雷『華峯天臺人』　謝　讜『海門上虞人』　謝廷諒『九索湖廣人』

陳與郊『禺陽錢塘人』　陳汝元『太乙會稽人』　許　潮『時泉靖州人』

張太和『屏山錢塘人』　錢直之『海屋會稽』　章大綸『金庭錢塘人』

右十二人中之中

湟川長於鍊境　釣叟妙於選題　無從詩酒文豪

海門高曠之吏　華峯以狀元而樂歸隱　九索以郎署而賦薄選

禺陽給諫富而好文　太乙知州貧而嗜古　屏山才華頗習

時泉組織儘工　直之博雅宿儒　金庭倜儻名士

此十二君者觀其詞學俱錚錚者也允爲中之中

高　濂「瑞南錢塘人」　金無垢「逍遙鄞縣人」　程文修「仲先仁和人」

陳濟之「無錫人」　張午山　吳世美「叔華烏程人」

楊柔勝「新吾武進人」　盧雀江「無錫人」　庚生子

兩宜居士

右十人中之下

高瑞南才譽騰於仕籍

吳叔華逸藻出於世家

其餘諸賢不悉其人但觀詞采懸想才情亦有學有識可詠可歌允爲中之下

楊家霖「瑞甫錢唐人」　王　錂「劍池錢唐人」　秋閣居士

王　恆「貞伯」　瑞　鍪「平川」　鹿陽外史

朱　鼎「永懷崑山人」　吳　鵬「闓南宜興人」　張從德「同谷」

王玉峯　吳大震「長儒徽州人」　楊夷白

季陽春『蘭賓永嘉人』　黃惟楫『說仲台州人』

右十四人下之上

劍池校曲巧多久沈酣於音藏
永懷談詞侶盛方鼓吹於騷壇
長儒文字之豪寄牢騷於客舫
說仲尚書之裔推競爽於侯家
餘人亦自斐然各帙有足取者允爲下之上

心一子『杭州人』　顧懷琳『雲間人』　涵陽子『東嘉人』
泰華山人　陸江樓『杭州人』　朱期『萬山上虞人』
李玉田『汀州人』　月榭主人　楊之炯『星水餘姚人』
張瀨賓『溧陽人』　趙心雲　鄒海門

右十二人下之中

別號眞稽諸人未識朱乃世家介子終困志於卑官楊乃宦族淸流獨釣奇於毫末趙以宿儒而游翰墨鄒以野客而習聲歌各有片長共宜拔錄允爲下之中

汪宗姬『徽州人』　馮之可『易堂彭澤人』　沈　祚『希福溧陽人』
高廷俸　謝天佑『思山杭州人』　胡文煥『全庵杭州人』
朱從龍『春霖句客人』　邱瑞吾　金懷玉『會稽人』
龍渠翁

右十人下之下

汪爲新安素封之嗣游太學而契結公卿
金乃稽山學究之翁棄青衿而陶情詩酒
其餘諸子俱所未知吾聞瓦缶之音難與黃鐘比律林石之卉詎堪金石爭奇然細響適聽野葩寓目
徵歌按拍覺雞肋之難捐藏垢納汙豈溪毛之薦允爲下之下

不作傳奇而作南劇者

徐　渭『天池山陰人』　汪道昆『南溟歙縣人』

以上二人俱上品

徐山人玩世詩仙驚羣酒俠所著四聲猿佳境自足擅長妙詞每令擊節
汪司馬一代鉅公千秋文侶所著大雅樂府清新俊逸之音調笑詼諧之致餘雖染指於斯道未肯爭雄

於箇中然片臠味長一斑各見允爲上品

不作傳奇而作散曲者

周憲王『誠齋』

王九思『渼陂鄠縣人』　陳　鐸『秋碧南京人』　楊　愼『升庵新都人』
康　海『德涵武功人』　祝允明『枝山長洲人』　顧夢圭『雍里崑山人』
常　倫『樓居沁水人』　劉龍田『山東人』　馮惟敏『海浮臨朐人』
陸之裘『南門太倉人』　唐　寅『六如吳縣人』　金　鑾『白嶼應天人』
秦時雍『復庵亳州人』　王世貞『鳳洲太倉人』　沈　仕『青門仁和人』
吳　欽『武進人』　虞竹西『崑山人』　李日華『吳縣人』
沈　瓚『定庵吳江人』　殷　都『無美嘉定人』　張文臺『直隸人』
陳所聞『藎卿江寧人』　周秋汀『直隸人』　陶其區『直隸人』

以上二十五人俱上品

周憲王色天散聖樂國飛仙嗣出天潢才分月露

王渼陂秦韻鏗鏘　陳秋碧南音嘹嚦　楊狀元美才甘放

康翰林絕技矜莊　常樓居藝林掞藻　顧雍里名族標英
唐解元巧擅解衣　祝山人神凝灑翰　劉龍田風成東魯
金白嶼響振江南　李日華斗胆翻詞　虞竹西柔腸度曲
沈野筠丹青入道　張隱君浮白采真　周家郎顧誤名高
陸氏子閙奇譽美　陶光生元襟瀟灑　馮侍御綺筆鮮妍
王司寇當代宗工　秦大夫中原儒雅　吳居士會心絲竹
殷部郎觸目琳瑯　沈僉憲清望斗山　陳散人高蹤烟壑

蓋諸公多濬文章之派幷揚詞曲之波歌套數洋洋盈耳之歡唱小令嗚嗚沁心之妙篇章應不朽姓字必兼存允爲上品

曲品卷中

古人傳奇總目

琵琶『高則誠作託蔡邕事』　紅拂『張靈虛作李藥師事』　鳴鳳『王鳳洲作』
百順　荊釵『柯丹邱作王十朋事』　水滸『梅花墅作梁山泊』
繡襦『鄭虛舟作鄭元和事』　雙珠『沈湟川作王楫父子』　幽閨『施君美作蔣世隆事』

連環『王雨舟作』
白兎『劉知遠事』
雙紅
釵釧『月榭主人作』
金印『蘇復之作蘇秦事』
八義『徐叔回作趙氏孤兒事』
鮫綃『沈湼川作』
四景
虎符『張靈虛作』
金雀『山濤』
雙雄『馮耳猶作』
千祥
紫簫『湯海若作李益』
牧羊『馬致遠作蘇武事』

西廂『陸天池作張君瑞事』
香囊『邵給諫作張九成事』
千金『沈練川作韓信事』
還帶『沈練川作』
金丸『姚靜山作』
桃符『沈寧庵作』
西樓『袁于令作于叔夜』
種玉『汪昌期作』
五福『鄭虛舟作韓忠獻事』
鵜釵
焚香『王玉峯作』
羅衫
綵毫『屠水赤作李白』
異夢

戀釵
躍鯉
節孝『馬瑞蘭作』
浣沙『梁伯龍作范蠡事』
葛衣『顧道行作』
金鎖『袁于令作』
紅梨『楊初子作』
尋親
夢磊『史叔考作』
雙孝
玉環
明珠『陸天池作江采蘋事』
麒麟
寶劍『李開先作』

精忠「姚靜山作岳武穆事」
義俠「沈甯庵作武松」
西園「吳石渠作」
題門
東郭「齊人妻妾事」
五倫「邱瓊山作」
錦囊
瑞玉
懷香「賈氏韓壽事」
吐絨
綵樓
玉玦「鄭虛舟作」
龍泉「沈壽卿作」
題橋「陳濟之作司馬相如事」

七國
雙忠
合釵「邱瑞吾作」
曇花「屠赤水作木清秦」
投梭「謝錕」
投筆「邱瓊山作」
情郵
獅吼「汪昌期作」
蟠桃
露綬「推槎仙作」
三桂
驚鴻「吳叔華作江采蘋」
玉合「梅禹金作許俊事」
青樓

南柯「湯海若作湻于棼」
玉簪「高瑞南作潘必正」
黑鯉「劉司獄事」
殺狗
金花
紅梅「周夷玉作」
銀瓶「沈壽卿作」
紫釵「湯海若作紫簫改本」
三元「沈壽卿作馮商事」
衣珠
花園
錦箋「周螺冠作」
灌園「趙心雲作法章」
磚礫

舉鼎「邱瓊山作」
義乳「顧道行作李善事」
扊扅「張靈墟作百里奚事」
分書「沈寧庵作」
題紅「祝金粟作韓夫人事」
博笑「沈寧庵作」
四豔「葉桐柏作」
鴛衾「沈寧庵作聞有是事」
還魂「湯海若作牡丹亭柳生」
嬌紅「沈壽卿作」
旗亭「鄭豹先作董元卿事」
高士「汪昌期作」
芍藥「鄭豹先作」
分鞋「沈湼川作程君事」

埋劍「沈寧庵作郭飛卿事」
羅囊「邱瓊山作」
分柑「沈寧庵作」
大節「鄭虛舟作」
雙魚「沈寧庵作符郎事」
四異「沈寧庵作」
祝髮「張靈墟作」
長生「汪昌期作」
鑿井「沈寧庵作」
紅蕖「沈寧庵作鄭德璘事」
青蓮「戴金蟾事李白事」
金蓮「陳太乙作三蘇事」
二閣「汪昌期作朱生事」
韎韐「戴金蟾作」

竊符「張靈墟作」
天書「汪昌期作孫臏事」
十孝「沈寧庵作」
珠串「沈寧庵作崔郊事」
玉麟「葉桐柏作三蘇事」
合衫「沈寧庵作」
奇節「沈寧庵作」
斷髮「李開先作」
同昇「汪昌期作」
結髮「沈寧庵作」
三祝「汪昌期作」
彈鋏「車柅齋作」
忠節「錢海屋作」
藍橋「龍朱陵作」

玉香「程叔子作」 平播「張靈墟作」 五鼎「顧茂仁作」
量江「余聿雲作樊若冰事」 雙烈「張屏山作韓蘄王事」 冬青「卜大荒作」
青瑣「沈涅川作賈午事」 四夢「車祝齊作」 錕鋙「兩宜居士作重耳事」
雙卿「葉桐柏作」 青衫「顧道行作」 椒觴「顧茂儉作陳亮事」
春蕪「汪劍池作宋玉事」 修文「屠赤水作」 乞麾「卜大荒作」
蛟虎「黃伯羽作周孝侯事」 金魚「吳圖南作韓君平事」 投桃「汪昌期作潘用中事」
鸞鎞「葉桐柏作」 存孤「陸無從作李文姬事」 純孝「張同谷作董黯事」
龍綃「黃說仲作柳毅事」 四喜「謝海門作二宋事」 奪解「秋閣居士鬱輪袍事」
丹管「汪宗姬作」 龍膏「楊夷白作張無頗事」 紫環「陳太乙作」
雙環「鹿陽外史作木蘭事」 狐裘「謝思山作孟嘗君事」 遇仙「心一子作董永事」
符節「章金庭作汲黯事」 龍劍「吳長孺作」 奇貨「胡全庵作呂不韋事」
紈扇「謝九索作申伯湘事」 呼盧「金逍遙作劉寄奴事」 錦帶「楊夷白作余迷事」
藍田「龍渠翁作楊雍伯事」 泰和「許時泉作」 歌風「庚生子作漢高祖事」
佩印「顧懷琳作朱買臣事」 寶釵「金懷玉作楊文中事」 望雲「程叔子作狄梁公事」

玉魚「楊賓陽作郭汾陽事」
綠綺「楊新吾作」
桃花「金懷玉作崔護事」
分釵「張瀨賓作伍生二蘭事」
四豪「戰國四君」
畫鴛「趙心之作」
紅絲
霞箋
覓蓮「鄒海門作」
犀珮「胡全庵作」
蕉帕
箜篌「乩仙筆也」
三晉「胡全庵作趙簡子事」
繡被「金懷玉作王純事」

杖策「涵陽子作鄧禹事」
合璧「王角貞作解大紳事」
禁煙「盧雀江作重耳事」
合劍「秦華山民李世民事」
妙相「金懷玉作目連事」
玉釵「陸江樓作李元璧事」
指腹「沈希福作賈雲華事」
犀合
赤松「留侯事」
護龍「馮易亭作疊陽子事」
牡丹「朱春霖作祝英臺事」
四節「沈練川作」
神鏡「呂大成作」
香裘「金懷玉作江泌事」

摘星「金懷玉作霍仲儒事」
玉丸「朱萬山作此君自況」
練囊「吳長儒作章臺柳也」
玉鐲「李玉田作王順卿事」
臥冰
八更「金懷玉作匡衡事」
玉杵「楊星水作裴航事」
靖虜「謝思山作祖生事」
鐵環「藺相如事」
綈袍「應侯事」
白璧「黃庭俸作張儀事」
完福「金懷玉作王生事」
東牆
江流

鴛簪　　金縢『喬夢符作』　五福『徐勉事』
金臺『樂毅事』　離魂『倩女事』　菱花
王煥『古傳奇』　張叶『古傳奇』　南樓

曲品卷下

傳奇定品頗費籌量不無褒貶蓋總出一人之手時有工拙統觀一帙之中間有長短故律以一法則吐棄者多收以歧途則闌入者雜其難其愼此道亦然我舅祖孫司馬公謂予曰凡南劇第一要事佳第二要悅目第三要搬出來好第四要按宮商協音律第五要使人易曉第六要詞采第七要善敷衍淡處做得濃閙處做得熱鬧第八要各脚色派得勻妥第九要脫套第十要合世情關風化持此十要以衡傳奇靡不當矣但今作者輩起能無集乎大成十得六者便爲璣璧十得四五者亦稱翹楚十得二三者卽非碔砆具隻眼者試共評之括其門數大約有六一曰忠孝一曰節義一曰風情一曰豪俠一曰功名一曰仙佛元劇門類甚多南戲止此矣

舊傳奇『作者姓名或不可攷合入四品不復分別』

神品一

琵琶　蔡邕之託名無論矣其詞之高絕處在布景寫情眞有運斤成風之妙串插甚合局段苦樂相錯

具見體裁可師可法而不可及也　詞隱先生嘗謂予曰東嘉妙處全在調中平上去聲用得變化唱來和協至於調之不論韻之太雜則彼已自然不必尋數矣萬物共褒允宜首列「高則誠所作」

神品二

拜月　云此記出施君美筆亦無的據元人詞手製爲南詞天然本色之句往往見寶遂開臨川玉茗之派何元朗絕賞之以爲勝琵琶而談詞定論則謂次之而已

妙品一

荆釵　以眞切之調寫眞切之情情文相生最不易及詞隱稱其能守韻然則今本有失韻者蓋傳鈔之訛耳眞當仰配琵琶而鼎峙拜月者乎

妙品二

牧羊　元馬致遠有劇此詞亦古質可喜令人想念子卿之節梨園演之最可玩

妙品三

香囊　詞工白整儘塡學問此派從琵琶來是前輩最佳傳奇也

妙品四

孤兒　事佳搬演亦可但其詞太質每欲如殺狗一校正之而棘於手姑存其古色而已卽以趙武爲岸

賈子正是戲局近有徐叔回所改八義與傳稍合然未佳

妙品五

金印　李子事佳寫世態炎凉曲盡眞足令人感喟發憤近俚處具見古態今有張儀而改名縱橫者稍失其舊矣

妙品六

連環　詞多佳句事亦可喜原有奪戟劇亦妙

妙品七

玉環　此櫽括元兩世姻緣劇而於事多謬想作者有憾於外家耳陳玉陽作鸚鵡洲記方是實錄

能品一

白兎　詞極古質味亦恬然古色可挹世稱蔡荊劉殺雖不敢望蔡荊然斷非今人所能作

能品二

殺狗　事俚詞質舊存惡本予爲校正此直寫事透徹不落惡腐所以爲佳

能品三

敎子　古今儘佳今已兩改眞情苦境亦甚可觀

能品四

綵樓　作手平平稍入酸境且是全不核實古人好詼諧如此然亦古質可文取呂穆原有犀山爲僧所敬何必以王氏紗籠詩強誣之

能品五

四節　淸倩之筆但賦景多屬牽强置晉於唐後亦嫌顚倒此作以壽鎭江楊相公初出時甚奇但寫得不濃只略點大概耳故久之覺意味不長一記分四截是此始

能品六

千金　韓信事佳寫得豪暢內插用北劇但事業有餘閨閫處太寥落且旦是增出只入虞姬漂母亦何不可

能品七

還帶　裴晉公事佳鋪敍詳備但周女何苦作娶婦纏繞人家當作閨女周叟出獄送女謝裴而裴不納女竟不嫁後陪夫人入京年且長矣夫人苦勸裴留之而生幼子誤爲宣宗朝學士入此一段姻緣則各有結局『以上三本俱沈練川作』

能品八

金丸　元有抱妝盒劇此詞出在成化年曾感動宮闈內有佳處可觀

能品九

精忠　此岳武穆事詞簡淨演此令人眥裂予欲作一劇不受金牌之召直抵黃龍府擒兀朮返二帝而正秦檜法亦一大快也

能品十

雙忠　此張許事境慘情悲詞亦充暢其調有採入譜者予曾爲校正「武康姚靜山所作」

能品十一

斷髮　事重節烈詞亦佳非草草者且多守韵尤不易得

具品一

寶劍　傳林冲事亦有佳處自撰曲品名亦奇此公熟於北劇作此記謂弇州曰何似琵琶答曰但當令吳下老曲師謳之乃可「章邱李開先作」

具品二

銀瓶　事以俚瑣而吳下盛演之內二犯江水兒作南詞最是可以正今曲之誤也鄭濤之訓理宗於藩邸有功此事宜入

具品三

嬌紅　此傳盧伯生所作而沈翁傳以曲詞意俱可觀以申嬌之不終合也而合之誠快人意第傳中有嬌之妬紅紅之汙嬌生之感鬼嬌之遠別種種情態未經描寫亦堪恨恨

具品四

三元　馮商遠妾一事儘有致近插入三事改爲四德失其故矣

具品五

龍泉　情節闊大而局不緊是道學先生口氣「以上三本俱沈壽卿作」

具品六

投筆　詞平常音不叶俱以事佳而傳耳何不只用曾天家與任尙書事猶無謂

具品七

五倫　大老鉅筆稍近腐內送行步躡雲霄曲歌者習之或謂此記以盖鍾情麗集之愆耳　「邱瓊山作」

新傳奇品敘

傳奇至於今亦盛矣作者以不羈之才寫當場之景惟欲新人耳目不拘文理不知格局不按宮商不循聲韻但能便於搬演發人歌泣啟人豔慕近情動俗描寫活現逞奇爭巧即可演行不一而足其於前賢關風化勸懲之旨悖焉相左欲求合於今亦已寥寥矣余欲一一品定以紀一時之盛奈聞見未廣爲憾耳偶檢笥中所藏傳奇數百種自明迄今攷其姓氏細加評定識以一二語足以想見其人矣此亦善與人同之意非有心去取也至其文理宮調格式聲韻風化勸懲之意義惟於本傳奇咏之可也亦不敢贅此但取現在所見聞者記之云爾

山陰高奕晉音氏書

新傳奇品

阮大鋮『金陵人』道學面君步履不妨『所著傳奇五種』

雙金榜　春燈謎　牟尼合　忠孝環　燕子箋

吳駿公『太倉人』女將征西容嬌氣壯『所著傳奇一本』

秣陵春

盧次楩『大名人』蜃樓雜沓氣勢橫生『所著傳奇一本』

想當然

沈寧庵『吳江人郎詞隱先生』冠冕佩玉揖讓明堂『所著屬玉堂傳奇二十一本』

翠屏山　望湖亭　一種情　耆英會『等』

單槎仙『會稽人』新妝越女粉媚脂香『所著傳奇二本』

蕉帕記　露綾記

吳石渠『宜興人』道子寫生鬚眉活現『所著粲花館主人傳奇五本』

花筵賺　鴛鴦棒　倩畫圖　勘皮靴　夢花酣

袁令昭『吳縣人』海鶴鳴秋聲淸影淡『所著劍嘯閣傳奇五本』

西樓記　金鎖記　玉符記　珍珠衫　肅霜裘

馬亘生『吳縣人』五陵年少白眼調人『所著傳奇三本』

梅花樓　荷花蕩　十錦塘

劉晉充山中砲響應聲徐來『所著傳奇三本』

羅衫合　天馬媒　小桃源

薛旣揚『吳縣人』鮫人泣淚點滴成珠『所著傳奇六本』

書生願　醉月緣　戰荊軻　蘆中人　昭君夢　狀元旗

李元玉『吳縣人』康衢走馬操縱自如『所著一笠庵傳奇三十二本』

一捧雪　人獸關　占花魁　永團圓　麒麟閣　風雲會　牛頭山　太平錢

連城璧　眉山秀　昊天塔　三生果　千忠會　五高風　兩鬚眉　長生像

鳳雲翹　禪眞會　雙龍佩　千里舟　洛陽橋　武當山　清忠譜　挂玉帶

意中緣　萬里圓　萬民安　麒麟種　羅天醮　秦樓月

馮猶龍『吳縣人』芙蓉映水意態幽閒『所著墨憨齋傳奇三本』

萬事足　風流夢　新灌園

葉稚斐『吳縣人』漁陽三歌意氣縱橫『所著傳奇八本』

琥珀匙　女開科　開口笑　三擊節　遜國疑　英雄槩　八翼飛　人中人

朱良卿『吳縣人』八音縱鳴時見節奏『所著傳奇二十五本』

太極奏　玉素珠　軒轅鏡　蓮花筏　吉慶圖　飛龍鳳　錦雲裘　瑞霓羅

御雪豹　石麟鏡　九蓮庵　纓絡會　贅神龍　萬花樓　建皇圖　乾坤嘯

豔雪亭　奪秋魁　萬壽觀　雙和合　壽榮華　五代榮　寶曇月　牡丹圖

漁家樂

邱嶼雪『常熟人』入薄后廟綺麗滿身『所著傳奇八本』

虎囊彈　黨人碑　百福帶　幻緣箱　歲寒松　御袍恩　鬧勾欄

朱素臣『吳縣人』少女簪花修容自愛『所著傳奇十四本』

振三綱　一着先　錦衣歸　未央天　狻猊璧　忠孝閭　四聖手　聚寶盆

十五貫　文星現　龍鳳錢　瑤池宴　朝陽鳳　全五福

畢萬侯『吳縣人』白壁南金精彩眩目『所著傳奇六本』

紅芍藥　竹葉舟　呼盧報　三報恩　萬人敵　杜鵑聲

李笠翁『錢塘人』桃源嘯傲別有天地『所著傳奇九本』

奈何天　比目魚　蜃中樓　風箏誤　愼鸞交　凰求鳳　巧團圓　玉搔頭

美人香『即憐香伴』

周果庵老僧談禪眞諦妙理『所著傳奇十二本』

太白山　竹灑籬　八仙圖　火牛陣　覓西廂　福星臨　指南車　綠袍贈

萬金資　鏡中人　金橙樹　玉鴛鴦

張心其『吳郡人』去病用兵暗合孫吳『所著傳奇十六本』

如是觀　醉菩提　海潮音　釣魚船　天下樂　井中天　快活三　金剛鳳

獺鏡緣　芭蕉井　喜重重　龍華會　雙節孝　雙福壽　讀書聲　娘子軍

高晉音『會稽人』淸修潔操不入世氣『所著傳奇十四本』

春秋筆　雙奇俠　裘貂賺　千金笑　聚獸牌　錦中花　擎香園　古交情

四美坊　眉仙嶺　如意冊　風雪緣　固哉翁　續靑樓

盛際時『吳郡人』珍奇羅列時精光『所著傳奇四本』

人中龍　飛龍蓋　胭脂雪　雙虬判

史集之『吳郡人』倜儻不羈笑傲一世『所著傳奇二本』

清風寨　五羊皮

朱雲從『吳郡人』駿騎嘶風馳驟有矩『所著傳奇十二本』

靈犀鏡　齊眉案　照膽鏡　人中虎　石點頭　別有天　龍燈賺　赤龍鬚

兒孫福　小蓬萊　兩乘龍　萬壽鼎

陳二白『長洲人』閨女靚妝不增矯飾『所著傳奇三本』

雙冠誥　稱人心　彩衣歡

陳子玉盆花小景工致自佳『所著傳奇三本』

三合笑　王殿元　雙喜緣

王香裔空谷幽蘭清芬自遠『所著傳奇二本』

非非想　黃金臺

此書誤字纍纍文夂拙劣然無名氏傳奇彙致江都黃文暘曲目多取材於此蓋著錄戲曲之書除元鍾醜齋錄鬼簿明寧獻王太和正音譜外以此爲最古矣內曲品三卷鬱藍生撰其新傳奇品五頁則高奕

所續成此本誤列在中卷之下下卷之上卷末之新傳奇品當入曲品下卷鬱藍生與陳玉陽葉桐柏同輩乃明萬曆間人奕已入 國朝新傳奇品序中自云高奕爾音甫傳奇彙攷則云奕字太初則爾音其別字也光緒戊申冬月假此本手錄一過并爲校補數處海寧王國維

鬱藍生曲品三卷搜羅頗富評騭亦尙詳細知其於此道塙有心得非苟爲雌黃褒貶者惟詞意淺俚未能精緻透達且譌字晦句層出迭見或係鈔胥者之誤海寧王君先爲補校數處予亦假鈔一過又爲之改正數十字尙有未能臆揣者再待攷正至高奕所續之新傳奇品五頁則移附於三卷之後第奕既爲小敍矣而其所著之傳奇十四種又自加評讚則又何說亦須攷正以釋其疑宣統紀元己酉仲夏吳下三儂識

新傳奇品『每一人以所作先後爲次非有甲乙也』

沈寧庵『所撰十一本』

紅蕖　着意著詞曲自工美鄭德璘事固奇無端巧合結撰更宜先生自謂字雕句鏤正供案頭耳此後一變矣

埋劍　郭飛卿事奇描寫交情悲歌慷慨此事鄭虛舟採入大節記矣大節記以吳永固爲生

十孝　有關風化每事以三齣似劇體此自先生創之末段徐庶返漢曹操被擒大快人意

分錢　全效琵琶神色逼似第一廣文不能有妾事情近酸然苦境亦可玩

雙魚　書生坎坷之狀令人慘動雜取符節事荐福碑中北調尤佳

合衫　苦處境界大約雜摹古傳奇此乃元劇公孫合汗衫事曲極簡質先生最得意作也第不新人耳目耳余特爲先生梓行於世

義俠　激烈悲壯具英雄氣色但武松有妻似傲葉子盈添出無緊要西門慶門殺先生屢貽書於余云此非盛世事祕弗傳乃半野商君得本已梓吳下競演之矣

鴛衾　聞有是事局境頗新妻之掠於汴也章臺柳也含譏無所不可吾友桐柏生有風釣二劇亦取之

桃符　卽後庭花劇而敷衍之者宛有情致時所盛傳聞舊亦有南戲今不存

分柑　男色爲佳曲此本謔態畢出可喜第情境尚未徹暢不若譜董賢更喜也

四異　舊傳吳下有嫂奸事今演之快然丑淨用蘇人鄉語亦足笑也

鑿井　事奇湊拍更好通本曲腔名俱用古戲及串合者此先生長技處也

珠串　崔郊狎一青衣賦侯門如海詩事足傳寫出有情景第其妻磨折處不脫套耳

奇節　正史中忠孝事宜傳一帙分兩卷此變體也

結髮　是余所作傳致先生而譜之者情景曲折便覺一新

墜釵　與慶事甚奇又與賈女雲華張倩女異先生自遜謂不能作情語乃此情語何婉切也

博笑　體與十孝類雜取耳談中事譜之輒令人絕倒先生游戲至此神化極矣

湯海若「所著五本」

紫簫　琢調鮮美鍊白駢麗向傳先生作酒色財氣四犯有所諷刺是非頓起作此以掩之僅成半本而能覺太曼衍留此清唱可耳

紫釵　仍紫簫者不多然猶帶靡縟描寫閨婦怨夫之情備極嬌苦眞堪下淚絕技也

還魂　杜麗娘事甚奇而着意發揮懷春慕色之情驚心動魄且巧妙疊出無境不新眞堪千苦矣

南柯夢　酒色武夫遁從夢境證佛此先生妙旨也眼闊手高字句超秀方諸生極賞其登城北詞不減王鄭良然良然

邯鄲夢　窮士得意興盡可仙先生提醒普天下措大功德不淺即夢中苦樂之致猶令觀者神搖莫能自主

以上俱上上品

陸天池「所著二本」

明珠　無雙事奇此係天池之兄給諫陸粲具草而天池踵成之者抒寫處有景有情但音律多不叶或

是此老未精解處然其布局運思是詞壇一大將也
南西廂　天池恨日華翻改紕繆猛然自爲握管直期與王實甫爲敵其閒僾語不乏常自詡曰天與丹青手畫出人間萬種情豈不然哉願介梨園亟演之

張靈墟「所著七本」

紅拂　此伯起少年時筆也俠氣辟易作法撇脫不粘滯第私奔處未免激昂吾友擬園生北詞一套遂無憾樂昌一段尚覺牽合娘子軍亦奇何不插入

祝髮　伯起以之壽母境趣淒楚通眞布置安插段段恰好柳城稱爲七傳之最但事情非人所樂談耳

竊符　前半眞後半假不得不爾女俠如此固當傳

灌園　有風致而不蔓節俠具在上虞趙武作溉園遠不逮矣

扊扅　此伯起得意作百里奚之母蛇足耳張太和亦有記別一體裁而多剿襲

平播　伯起衰年倦筆粗具事情太覺單薄似受債帥金錢聊塞白雲耳

顧道行「所著四本」

靑衫　元白好題目點綴大概亦了了仿彿四節記

葛衣　此有爲而作感慨交情令人嗚咽婦入庵似落套然無可奈何

義乳　李善事出後漢書事眞故奇且以之諷人奴自不可少

風教編　一記分四段倣四節趣味不長然取其範世

梁伯龍『所著一本』

浣紗　羅織富麗局面甚大第恨不能謹嚴中有可減處當一删耳他作有紅線劇及江東白苧散詞俱佳

鄭虛舟『所著二本』

玉玦　典雅工麗可詠可歌開後人駢綺之派每折一調每調一韻尤爲先獲我心

大節　工雅不減玉玦孝子事業有古曲仁人事今有五福義士事今有埋劍矣

梅禹金『所著一本』

玉合　許俊還玉誠節俠丈夫事不可不傳詞調組詩而成從玉玦派來大有色澤伯龍極賞之恨不守音韵耳金魚記當退三舍又曾著玉導家君謂之曰符郎事已引入雙魚遂止

卜大荒『所著二本』

冬青　悲憤激烈誰謂腐儒酸也音律精工情景眞切吾友張望侯曰檇李屠憲副於中秋夕帥家優於虎邱千人石上演此觀者萬人多泣下者方諸生曰大爲義士吐氣但當時瘞骸事實吾邑王監簿名

英孫號修竹者爲之若唐玉潛林景曦及謝臯羽鄭樸翁諸人皆王門下館客耳蓋王係國戚又世家也挺身欲前廬事洩羅禍遂捐重貲募里中人挾唐林二士經紀其事王固自諱人遂譌傳今已澌白雜見王家乘及元九希魯子常趙所跋謝臯羽冬青樹引入季長洲辨義錄近張太定修會稽新志中載唐林四絕句詩乃王修竹倡之而諸屬和者王詩極慷慨淋漓可爲墮淚王亦才士有修竹集林有霽山集其中倡和諸篇皆大略可見不然林一羈客唐一窮學究非有力者爲執太阿安所得措其手於逆髠烈焰之中而保冬青卒無恙耶惜不繳惠卜君一洗發之也

乞麾　發揮小杜之狂恣情酒色令人頓作冶遊想吾友方諸生曰其詞駢藻鍊琢摹方應圓終卷無上去疊聲直是竿頭撒手苦心哉小杜風流楚楚其鍾情髫女注目紫雲固豪士本色每讀兩行紅粉及綠葉成陰之句輒柔腸欲絕今記中乃兩全之良是快事第牧之入試武陵袖阿房宫賦謁主試崔郾存至第五不得勃然取其賦去竟得異等此大可爲世之薦士者風何不譜作實錄而他有所撫又牛奇章鎮維揚每夕令街卒衛杜書記夜游報帖盈篋其憐才繾綣可令千古英雄雪涕令橫羅粉墨毋乃寃乎宴分司御史者是李聰記作李聽恐是刻本之誤更須查定耳

葉桐柏「所著五本」

玉麟　三蘇事舊有麟鳳記極輕倩美度爲之删定遂盡易其舊詞致秀爽尤宜喜筵

雙卿　本傳雖俗而事奇予極賞之貽書美度度以新聲浹日而成景趣新逸且守韵調甚嚴當是詞隱高足

鸞鎞　杜羔妻寄外二絕甚有致曲中頗具憤激唐時進士題名後可以遍閱諸妓必作羔醉眠靑樓之狀而其妻醉眠何處之句猜來有情耳插合魚元機事亦具風情一班溫飛卿最陋何多幸也

四豔　選勝地按節氣賞名花取珍物而分扮麗人可謂極排場之致矣詞調俊逸姿態橫生窈約幽情宛然如見郤令老顛沒法耳

金鎖　元有竇娥冤劇最苦美度故向此中寫出然不樂觀之矣

以上上中品

屠赤水「所著三本」

曇花　赤水以宋西甯侯嬲戲事敗官故託木西來以頌之意猶感宋德或曰盧相即指吳縣相公孟家韋郎指糾之者才人喪檢亦常事何必有恚心耶其詞華美充暢情世極醒但律以傳奇局則漫衍乏節奏耳

修文　赤水晚修仙爲黠者所弄文人入魔信以爲實然以一家夫婦子女託名演之已窮其幻妄之趣其詞固足採也

彩毫　此亦水自況也詞采秀爽較曇花爲僩潔

汪昌期『所著九本』

高士　此初試筆也音律雖草草似有所刺內用海闔黎一段可疑

天書　孫龐有元劇此記亦斐然雖見演陽腔演之亦頗激切

長生　汪奉先遂爲純陽一闡發甚暢第雜以曇花

獅吼　懼內從無南劇汪初製一劇以諷扮榆旋演爲全本備極醜鴉總堪捧腹末段悔悟可以風笄幃中矣

投桃　潘用中事見小說予初欲譜之今汪此記甚有情趣且知守韵律尤爲可喜

二閣　予曾爲雙閣畫善記卽此朱生事也不意汪亦爲之予雜取紈袴子半入之汪則惟詠雪梅更覺條暢

同昇　此似頌一友者而已附入之詞采甚都但事情不奇耳

三祝　范文正父子事可以訓俗此記摭事甚侈而詞亦富贍若演行猶須一删

種玉　吾越金叟撰摘星記即霍仲孺事此記略具幽情兼揚將相之業勝摘星多矣

龍朱陵『所撰傳奇一本』

藍橋　龍公才甚敏而綺具草時以稿示家君云爲母壽也詞白[illegible]琢麗吾邑楊生玉杵何足齒哉

鄭豹先『所撰傳奇三本』

白練裙　鄭爲孝廉時風流瀟灑於秦淮曲中說刺老妓戲成白練裙俄爲大中丞所訶遂不行曲未入格然詼諧甚足味也

旗亭　董元卿遇俠事佳曲多豪爽湯海若爲之序

芍藥　盧儲文爲賞閨閣可羨可敬鄭公恨不遇耳詞多俊快海若甚賞之

余聿雲『所著一本』

量江　樊若水事奇全守韻律而詞調俱工一勝百矣尙有賜環記未見其瑣骨菩薩亦通

馮耳猶『所著一本』

雙雄　聞姑蘇有是事此記似爲人洩憤耳事雖卑瑣而能恪守詞隱先生功令亦持敎之杰也

以上上下品

戴金蟾『所著二本』

靑蓮　紀太白事簡淨而雅不入妻子其脫灑彩毫雖詞藻較遜而節奏合拍此爲擅場派從玉玦來音律工密尤可喜

韎鞨　事鄙俚而以秀調發之迥然絕塵似爲賈人而已

車柅齊「所著一本」

四夢　高唐夢亦具小景邯鄲南柯二夢多工語自湯海若二記出而此覺寥寥焦鹿夢甚有奇幻意可喜

彈鋏　車君自況情詞俱佳方諸生以其少天趣短之杭人謝天瑞有狐裘記以孟嘗君爲生然甚猥瑣不及此

顧懋仁「所著一本」

五鼎　主父恩仇分明寫出最肖且不與生叶最新然五鼎久發揮徒寄之一言耳

顧懋儉「所著一本」

椒觴　陳元亮事眞此君侶有感而作梁伯龍極賞之是甚有學問者

祝金粟「所著一本」

紅葉　韓夫人事千古奇之此記狀之得情且能守韻可謂空谷足音吾友玉陽生有題紅葉遠勝之然亦不必一律論也

周螺冠「所著一本」

錦箋　此記錬局遺詞機鋒甚迅巧警會心向云經諸名士而成今而知螺冠獨擅其美

以上中上品

沈湼川『所著四本』

雙珠　王楫事眞第後半妻子回生子得弟補出再情節極苦串合最巧觀之慘然

分鞋　程君事載輟耕錄女子如此賢哉此記寫之甚暢

鮫綃　魏必簡事似有之情景亦苦切臥草中而相士至幸以解難亦新

靑瑣　古有懷香記不存賈午事不減文君此記狀之甚婉曲有景『後二本或云非湼川作』

黃伯羽『所著一本』

蛟虎　周孝侯除二害甚奇可以範俗詞亦近人

陸無從『所著一本』

存孤　李文姬王成事甚奇詞亦雅且有風致但稍淺略未得暢耳其序似天池舊有稿而無從演之者

謝海門『所著一本』

四喜　二宋事佳詞亦工美上虞有曲派此公甚高李華峯『所著一本』

清風亭　事必有據世之妬妻欲殺妾子者多矣此卷仗君提醒俗有申湘藏珠亦如此而調不稱

謝九索『所著一本』

紈扇　才人筆自綺麗記申伯事似况也局段未見謹嚴

陳禺陽『所著一本』

鸚鵡洲　記南康事多綺麗第局段甚雜演之覺懈是才人語非詞人手又爲云長公作一劇未見刻本

陳太乙『所著二本』

金蓮　摭三蘇事得其概未添抱不平正是戲法耳詞白俱駢美

紫環　事亦佳尙未脫套觀其白工正非草率者

張屏山『所著一本』

紅拂　伯起以簡勝此以繁勝尙有一本未見此記境界描寫甚透但未盡脫俗耳湯海若極賞其梁州序記中句記序云紅拂已經三演在近齋外翰者鄙俚而不典在冷然居士者短見而不舒今屏山不襲二格能兼雜劇之長

許時泉『所著一本』

泰和　每齣一事似劇體按歲月選佳事裁製新異詞調充雅可謂滿志

錢海屋『所著一本』

忠節　此小說中懷春雅集也風情而近古板者此君甚學足每以古人姓名叶韵不一而足亦是別法

章金庭『所著一本』

符節　汲黯人品好使事亦佳描寫田竇炎涼態曲畢盡的是名筆但稍覺客勝耳吾友葉美度有灌夫罵座劇可似

以上中中品

高瑞南『所著二本』

玉簪　詞多淸俊第以女貞觀而扮尼講經紕繆甚矣

節孝　陶潛之歸去李密之陳情事佳分上下帙別是一體詞隱之奇節亦然

程子叔『所著二本』

望雲　載狄梁公事俱核詞亦斐然吾越金叟亦有望雲一記調雖不佳而中有二張召幸對傳賭裘懷義爭道三思遇妖諸事演之可觀惜此未曾博收之

玉香　此劇天緣奇遇傳而譜之者人多攢簇得好情境亦了了固是佳手別有玉如意亦此事未見

金逍遙『所著一本』

呼盧　劉寄奴事眞人傑踪跡果奇此記據實敷衍亦快人意

吳叔華『所著一本』

鶯鴻　楊梅二妃相妬事佳詞亦秀麗第以國忠相而後進太眞於事覺顚倒耳

陸濟之『所著一本』

題橋　相如事此記最典實文君有姨似蛇足吾友葉美度有琴心雅詞八齣甚佳

楊新吾『所著一本』

綠綺　詞有佳處茂陵女作妓點綴亦好無妨以文君爲處子正不必至於投庵則套矣

張午山『所著一本』

雙烈　傳韓蘄王事英爽生色但前段梁公之母作梗近套且無味必當删之

唐生子『所著一本』

歌風　高帝微時甚奇其父母俱慶爲天子尊親之極此記蔚有才氣其項王自刎時數語尤堪擊節

盧鶴江『所著一本』

禁煙　介之推忠而隱者人品最高此記摹寫俱備但摭晋重耳事甚詳嫌賓太盛耳末用八仙則可笑矣

兩宜居士『所著一本』

錕鋙　此以重耳爲尨者發揮明盡觀者洞然古尚有斬袪一記未見

以上中下品

湯賓陽『所著一本』

玉魚　郭汾陽宜譜曲此記着意鋪張甚長但前段摹倣琵琶近套可厭後半皆實錄也

狄閣居士『所著一本』

奪解　鬱輪袍事王辰玉撰劇甚佳此記詞采亦可觀但坿會爲李林甫壻不妙境界略似明珠其中幽情何必揑出且大都採嬌紅傳中語亦可厭惟酒樓聞伶人詩插入甚好

汪劍池『所著一本』

春蕪　宋玉事予曾作神女雙棲二記串插有景然何必禪寺也間爲一友賦幽香者

王貞伯『所著一本』

合璧　此記解大紳事詞亦佳但久脫套

端平川『所著一本』

屐屧　此記在伯起前敍事頗達第嫌用禪寺爲套耳

鹿陽外史『所著一本』

雙環　此木蘭從軍事今增出婦翁及夫壻串插可觀此是傳奇法詞佳

朱永懷『所作一本』

玉鏡臺　此君與二顧同盟而才不逮紀温太眞事未暢粗具體裁而已元有元劇何不仍之

吳圖南『所著一本』

金魚　此郎韓君柳姬事自玉合出而吳本無色然亦可行

吳長孺『所著二本』

練囊　亦賦章臺柳也聞與張仲豫共成之者事未脱套而詞亦有可觀處入紅線似突然

龍劍　此平甯夏哱賊事也爲魏公洗垢正宜收

張同谷『所著一本』

純孝　董黠孝甚著今已爲神矣慈谿以此得名詞頗眞切

楊夷白『所著二本』

龍膏　此張無頗事往余譜金谷記此君見之謂龍宮近怪易爲元載女是亦一見也然非傳奇矣

王玉峰『所著一本』

錦帶　余述事乃假託詞亦具有情致

文合　王魁負桂英做來甚懸楚別有三生記則合雙卿而成者茶船事則載雙卿事詞不及此

王說仲『所著一本』

龍綃　柳毅傳書事佳詞亦可觀蓋山人在新建座上所成者舊有傳書記近有姑蘇周待御亦撰此詞多近俚不逮矣

以上下上品

心一子『所著一本』

遇仙　董永事詞不俗此非弋陽所演者

顧懷琳『所著一本』

佩印　朱買臣史傳本是極好傳奇此非近俚且插入霍山時代亦糾繆

涵陽子『所著一本』

杖策　鄧禹年少封侯千古快事嚴陵梅福插入亦好此以鄧爲梅壻不知嚴爲梅壻耳詞亦未工

泰華山人『所著一本』

合劍　此是李世民爲生尉遲敬德爲小生者內載起兵晉陽及喋血禁門事甚詳悉而煬帝之淫奢娘子軍之戰功俱可觀惟詞曲未稱

月榭主人『所著一本』

釵釧　皇甫吟事非假託者詞簡而明觀此本爲密事告友之戒

陸江樓『所著一本』

玉釵　此記李元璧忠節事內有佔紫芝園一節必有所指安丙擒吳曦事插入亦好至其詞不過常人手筆

朱萬山『所著一本』

玉瓦　此卽君自況也別有傳奇平暢

朱玉田『所著一本』

玉鐲　此記王順卿麗情重會事閩人能南詞亦空谷之音也

湯星水『所著一本』

玉杵　此合裴航崔護選事頗佳而詞多剿襲

張瀨賓『所著一本』

分釵　伍生二蘭事必有託也內曲數套可謳

趙心雲『所著二本』

漑園　卽齊王法章事而此以王孫賈爲生然是庸筆意致可取

畫鴛　此鍾情麗集辜合事乃邱文莊所撰少年遇輅事也事可傳而發揮未透暢

鄒海門『所著一本』

覓蓮　照劉一春本傳譜之亦悉而詞采未鮮

以下下中品

汪宗姬『所著一本』

丹管　詩人作詞不文面近俚何也

沈希福『所著一本』

指腹　賈雲華還魂事佳有舊傳奇未見此詞白尙近俗

馮易亭『所著一本』

護龍　此曇陽子事當巧狀其靈幻之態而詞乃庸淺姑以事存之

謝思山『所著一本』

狐裘　孟嘗君事敍得暢但不能脫套耳

靖虜　祖生擊楫事佳而詞多俗

黃庭俸『所著一本』

白璧　張儀事佳而調平平

胡全庵『所著三本』

奇貨　呂不韋事佳恨不得名筆一描寫之予擬作玉符未果

犀珮　此採士人妻題金山寺詩及山東俠士攜宦歸二事合成生名符基則無稽之意也搬出亦奇

三晉　趙簡子事佳亦恨不得名筆

邱瑞吾『所著一本』

合釵　郎明皇太眞事而詞不足內遊月宮一齣全鈔彩毫記可笑

龍渠翁『所著一本』

藍田　楊雍伯種玉事事甚奇而調庸淺

朱春霖『所著九本』

香裘　江秘事亦有趣狀敗家子處堪儆俗詞則不可道也

寶釵　此耳談中楊大中一段甚奇搬出亦可

望雲　詞未佳遠遜程叔子所作然其紀梁公妙事殆進演甚好

完福　此吉慶戲俗境也王生事不核

妙相　全然造出俗稱爲賽目連鬨動鄉社

摘星　霍仲孺事佳而才不逮今已爲種玉所掩

繡被　此紀東侯王往事而失其實不足道也

八更　紀匡衡事而絕不相蒙何也豈以琵琶誣蔡故耶

桃花　崔護事佳而改造失眞且境態不妙何以曲爲與俗本西湖記一類

以上下下品

作者姓名有無可攷其傳奇附列於後

繡繻　元有花酒曲江池劇此作照汧國夫人本傳而譜之者情節亦新詞多可觀雖不逮玉玦而亦非庸品嘗聞玉玦出而曲中無宿客及此記出而客復來詞之足以感人如此「鄭虛舟作」

右附上下品

鳴鳳記　紀諸事甚悉令人有手刃賊嵩之意詞調儘迴達可咏稍厭繁耳江陵時亦有編鸞筆記卽此意也「王鳳洲作」

百順　王曾無子而有子可喜詞亦充贍紀丁冠事可觀

右附中上品

合鏡　特傳樂昌一事亦暢但云作越公女反覺不情別有一本儘通
四豪　如四節例分信陵孟嘗平原春申作四段而尾以朝周會合各採本傳事點綴的是可傳尙欠工美
霞箋　此卽心堅金石傳死者生之分者合之是傳奇體搬出甚激切想見鍾情之苦但覺草草以才不長故
赤松　留侯事絶佳寫來有景但不宜抄千金記中夜宴曲且此何必夜宴也如許事而遺調不煩亦得簡法倘更以詞藻潤之足壓千金矣
五福　韓忠獻公事揚厲甚盛還妾事已見鄭虛舟大節記中
右附中中品
雙紅　此合紅綃紅線而成亦佳但詞多剿襲
離魂　倩女事佳方諸生有南調劇甚佳此係明州新編者亦可觀而詞未善
犀合　內弟與姊夫之妾通而謀殺姊夫及姊可畏哉事新詞亦平
五福　徐勉之事積德以竇禹鈞境界平常似人特作此以媚富翁者
右附中下品

黑鯉　劉司獄必當日有是事詞亦平通

綈袍　應侯事佳搬出宛肖元有拷須賈劇何不插入

右附下上品

鐶環　藺相如使秦事甚壯與廉頗友更有味但云爲平原壻君可笑筆亦未能超脫

金臺　樂毅事佳而筆嫌俗

箜篌　此亂仙筆也彼謂自況詞亦研美但時有襞句豈仙人亦讀人間曲耶或云乃越人醒聖成生作

右附下中品

曲目韻編卷上

武進董康編錄

北曲

一東

〔東原樂〕越調

〔窮河西〕正宮

【憑夷曲】雙調即水仙子又名凌波仙湘妃怨亦入中呂南呂

〔風入松〕雙調

〔風流體〕雙調亦入中呂

〔蒙童兒〕大石又名憨郭郎

〔蒙童兒犯〕大石

〔紅納襖〕黃鍾又名紅錦袍

【紅錦袍】黃鍾即紅納襖

〔紅芍藥〕南呂與中呂異

〔紅繡鞋〕中呂又名朱履曲亦入正宮

〔紅芍藥〕中呂與南呂異

〔紅衫兒〕中呂亦入正宮

二冬

〔農樂歌兼破雁兒落〕雙調

三江

【江兒水】雙調即清江引

〔雙鳳翘〕黃鍾即女冠子與大石異

〔雙鴛鴦〕正宮　〔雙燕子〕仙呂卽商調雙燕兒　〔雙燕兒〕商調卽仙呂雙燕子

四支

〔垂絲釣〕商角　〔離亭宴煞〕雙調　〔離亭宴帶歇指煞〕雙調

【知秋令】商調卽梧葉兒亦入仙呂〔眉兒灣〕越調　〔眉兒灣煞〕越調

〔隨尾〕黃鍾亦入南呂卽正宮隨煞尾　〔隨煞〕黃鍾亦入仙呂卽雙調本
調煞與大石越調均異　〔隨煞尾〕正宮卽黃鍾南呂隨尾〔隨煞〕仙呂亦入黃鍾

〔隨尾〕南呂亦入黃鍾卽正宮隨煞尾　〔隨煞〕南呂

〔隨煞〕大石與仙呂越調異亦入雙調卽黃鍾尾聲　〔隨調煞〕商調

〔隨煞〕雙調亦入大石卽黃鍾尾聲　〔伊州遍〕小石

五微

〔歸塞北〕大石又名望江南亦入仙呂

六魚

〔魚遊春水〕雙調亦入仙呂商調　【初問口】大石卽卜金錢　〔初生月兒〕大石

七虞

〔于飛樂〕高平
【朱履曲】中呂卽紅繡鞋亦入正宮
〔胡十八〕雙調
【胡擣練】雙調卽擣練子
〔荼蘼香〕大石
〔梧桐樹〕南呂
〔梧葉兒〕商調又名知秋令亦入仙呂
〔酥棗兒〕中呂
〔烏夜啼〕南呂
〔沽美酒〕雙調又名瓊林宴
〔芙蓉花〕正宮

八齊

〔齊天樂〕中呂亦入正宮
〔低過金盞兒〕仙呂

十灰

〔梅花引〕越調
〔梅花酒〕雙調
〔催花樂〕大石又名擂鼓體
〔催拍子〕大石
【催拍子】大石卽帶賺煞又名好觀音

十一眞

〔眞箇醉〕雙調卽醉娘子
〔新水令〕雙調
〔新時令〕雙調
〔人月圓〕黃鍾
〔神仗兒〕黃鍾原作古神仗兒
〔神仗兒犯〕黃鍾
〔神仗兒煞〕黃鍾亦入南呂
〔神仗兒煞〕南呂亦入黃鍾
【神曲纏】雙調卽金娥神曲

〔春歸犯〕正宮　〔春閨怨〕雙調亦入商調　〔秦樓月〕商調又名憶秦娥

十二文

〔文如錦〕黃鍾

十三元

〔元和令〕仙呂　【村裏秀材】正宮即伴讀書　〔村裏迓鼓〕仙呂

〔番馬舞西風〕正宮　〔鴛鴦煞〕雙調

十四寒

〔乾荷葉〕南呂又名翠盤秋亦入中呂雙調　〔看花回〕越調

〔端正好〕正宮　〔端正好〕仙呂與正宮異作楔兒不作套數

〔攤破喜春來〕中呂　【潘妃曲】雙調即步步嬌

十五刪

〔還京樂〕大石　〔蠻姑兒〕正宮　〔山坡羊〕中呂亦入黃鍾

〔山石榴〕雙調　〔山丹花〕雙調　〔間金四塊玉〕雙調

一先

〔天下樂〕仙呂
〔天上謠〕小石
〔天淨沙〕越調
〔天淨沙煞〕越調
【天香引】雙調卽折桂令又名秋風第一枝蟾宮曲步蟾宮
〔天仙子〕雙調又名天仙令
【天仙令】雙調卽天仙子
〔賢聖吉〕商調
〔玄鶴鳴〕南呂又名哭皇天
〔綿搭絮〕越調
〔穿窗月〕仙呂
〔川撥棹〕雙調
〔祆神兒〕仙呂與雙調異
〔祆神急〕雙調與仙呂異

二蕭

〔調笑令〕越調又名含笑花
〔堯民歌〕中呂亦入正宮
〔朝天子〕中呂又名謁金門亦入正宮雙調
〔朝元樂〕雙調
【瑤華令】南呂卽罵玉郎
〔瑤臺月〕般涉
〔喬捉蛇〕中呂
〔喬牌兒〕雙調
〔逍遙樂〕商調

三肴

【拋毬樂】黃鍾卽綵樓春

四豪

〔桃花浪〕商調
〔高過浪裏來〕商調
〔高平煞〕商調

〔高平隨調煞〕商調　〔叨叨令〕正宮

五歌

〔河西後庭花〕仙呂　〔河西後庭花〕商調　〔河西錦上花〕雙調

〔河西水仙子〕雙調　〔河西六娘子〕雙調　〔阿納忽〕雙調納一作那又名阿

忽合　【阿忽令】雙調即阿納從　〔那吒令〕仙呂

【魔合羅】般涉即耍孩兒亦入正宮中呂雙調

六麻

〔麻婆子〕般涉又名臉兒紅　〔麻郎兒〕越調　〔華嚴讚〕雙調

〔沙子兒攤破清江引〕雙調　〔芭蕉延壽〕商調

七陽

【陽春曲】中呂即喜春來亦入正宮　〔陽關三疊〕大石　〔常相會〕大石

〔涼亭樂〕商調　〔梁州第七〕南呂　〔黃鍾尾〕黃鍾亦入正宮南呂

〔黃梅雨〕正宮即中呂普天樂　〔黃鍾尾〕正宮亦入黃鍾南呂　〔黃鍾尾〕南呂本黃鍾

〔黃鶯兒〕商角　〔黃薔薇〕越調　【湘妃怨】雙調即水仙子又名淩

波仙憑夷曲亦入中呂南呂
〔牆頭花〕般涉
〔商調水仙子〕商調
〔糖多令〕高平
〔糖多令〕越調

八庚

【平沙落雁】雙調卽雁兒落黃鍾南呂
【荊襄怨】雙調卽楚江秋
【荊山玉】雙調又名側磚兒亦入
〔迎仙客〕中呂亦入正宮
〔行香子〕雙調
〔清江引〕雙調又名江兒水
〔傾盃序〕黃鍾
【瓊林宴】雙調卽沽美酒
【鸚鵡曲】正宮卽黑漆弩又名學士吟

九青

〔青歌兒〕仙呂
〔青杏子〕大石卽小石青杏兒亦入仙呂
〔青杏兒〕小石卽大石青杏子亦入仙呂
〔青玉案〕高平
〔青山口〕越調
〔青天歌〕雙調
〔青玉案〕雙調
【靈壽杖】正宮卽呆骨朵又名靈壽歌
【靈壽歌】正宮卽呆骨朵又名靈壽杖

十蒸

【淩波仙】雙調卽水仙子又名湘妃怨憑夷曲亦入中呂南呂
【昇平樂第二格】中呂卽賣花聲

亦入雙調　〔興隆引〕黃鍾　〔凭欄人〕道宮與越調異

〔凭欄人〕越調與道宮異　〔鐙月交輝〕大石

十一尤

〔油葫蘆〕仙呂　〔遊四門〕仙呂　【秋風第一枝】雙調卽折桂令又名天香引蟾宮曲步蟾宮

〔秋江送〕雙調亦入商調　〔秋蓮曲〕雙調

〔收尾〕正宮與南呂越調雙調異　〔收尾〕南呂與正宮越調雙調異　〔收尾〕越調亦入雙調與正宮南呂異

〔收江南〕雙調收一作喜　〔收尾〕雙調本越調

十二侵

〔沈醉東風〕雙調　〔金殿喜重重〕正宮　〔金盞兒〕仙呂又名碎金盞與雙調金盞子異

〔金字經〕南呂又名閱金經　〔金菊香〕商調

〔金蕉葉〕越調　〔金盞子〕雙調又名慢金盞子與仙呂金盞兒異

〔金娥神曲〕雙調又名神曲纏

十三覃

〔南鄉子〕越調　【含笑花】越調卽調笑令　〔甘草子〕正宮

〔三番玉樓人〕仙呂　〔三煞〕般涉　【三台印】越調即鬼三台與中呂異

十四願

【蟾宮曲】雙調即折桂令又名秋風第一枝天香引步蟾宮　〔蟾宮曲〕雙調與折桂令令異

【甜水令】雙調即滴滴金

一董

〔動相想〕雙調

四紙

〔枳郎兒〕雙調　〔紫花兒序〕越調　〔美中美〕道宮

〔水紅花〕商調　〔水仙子〕雙調又名淩波仙湘妃怨馮夷曲亦入中呂南呂

〔喜遷鶯〕黃鍾　〔喜春來〕中呂又名陽春曲亦入正宮

〔喜秋風〕大石　〔喜梧桐〕大石

五尾

〔尾聲〕黃鍾即大石隨煞與諸宮均異　〔尾聲〕正宮亦入中呂

〔尾聲〕仙呂　〔尾聲〕南呂本中呂越調與小石稍異

〔尾聲〕中呂亦入正宮南呂般涉越調與小石異　〔尾〕道宮
〔尾聲〕小石與雙調異　〔尾聲〕般涉本中呂　〔尾聲〕商角與調異
〔尾〕高平　〔尾聲〕商調與商角異　〔尾〕越調本中呂
〔尾聲〕雙調與諸宮均異　〔鬼三台〕中呂台一作臺與越調異
〔鬼三台〕越調又名三台印與中呂異

六語

〔女冠子〕黃鍾又名雙鳳翹與大石異　〔女冠子〕大石與黃鍾異
【焚江秋】南呂即採茶歌　〔楚江秋〕雙調又名荊襄怨　〔楚天遙〕雙調

七虞

〔古水仙〕黃鍾與商調雙調水仙子異　【古神仗兒】黃鍾即神仗兒
〔古塞兒令〕黃鍾與越調寨兒令異〔古調石榴花〕中呂　〔古鮑老〕中呂亦入正宮
〔古竹馬〕中呂與越調異　〔古竹馬〕越調與中呂異　【普天樂】正宮亦入中呂
〔普天樂〕中呂即正宮黃梅雨　〔五供養〕雙調

九蟹

〔解紅〕道宮

十賄

〔採茶歌〕南呂又名楚江秋　〔綵樓春〕黃鍾又名拋毬樂　〔海天晴〕雙調

【凱歌回】雙調即得勝令又名陣陣贏

十二吻

〔粉蝶兒〕中呂

十三阮

〔本調煞〕雙調即江黃鍾隨煞　〔滾繡毬〕正宮　〔混混龍〕仙呂

十四旱

〔滿庭芳〕中呂　〔滿堂紅〕商調　〔伴讀書〕正宮又名村裏秀才

十六銑

〔轉調貨郎兒〕正宮

十七篠

〔小梁州〕正宮　〔小桃紅〕越調　【小沙門】越調即禿廝兒又名耍

斷兒
〔小絡絲娘〕越調
〔小將軍〕雙調

〔小陽關〕雙調
〔小拜門〕雙調小一作不
〔小喜人心〕雙調

【小婦孩兒】雙調即殿前歡又名鳳將雛鳳引雛

十八巧

〔鮑老兒〕中呂亦入正宮
〔鮑老三臺滾〕中呂
〔攪箏琶〕雙調

十九皓

〔早鄉詞〕雙調疑即棗香詞
〔好觀音〕大石亦入仙呂
【好觀音】大石即帶賺煞又名催拍子
〔好觀音煞〕大石
〔好精神〕雙調

〔道和〕中呂和一作合亦入正宮
〔惱殺人〕小石
〔擣練子〕雙調又名胡擣練

〔草池春〕南呂又名鬬蝦蟆絮蝦蟆
〔皂旗兒〕雙調即商調酒旗兒

二十一馬

〔者刺古〕黃鍾
【野落索】雙調即也不羅
〔也不羅〕雙調又名也落索

二十二養

〔儻秀才〕正宮
〔儻兀歹〕雙調儻一作唐
〔賞花時〕仙呂楔兒亦入套數

二十五有

〔酒旗兒〕商調卽雙調皂旗兒　〔酒旗兒〕越調與商調異　〔柳葉兒〕黃鍾與仙呂異

【柳梢青】正宮卽六么遍與仙呂異〔柳葉兒〕仙呂與黃鍾異　〔柳外樓〕仙呂

〔柳青娘〕中呂亦入正宮　【柳營曲】越調卽寨兒介與黃鍾異

〔九條龍〕黃鍾　〔九轉貨郎兒〕正宮　〔牡丹春〕雙調亦入正宮商調

二十六寢

〔錦庭芳〕正宮　〔錦橙梅〕仙呂　〔錦上花〕雙調

二十七感

〔感皇恩〕南呂

二十八儉

【臉兒紅】般涉卽麻婆子　〔點絳脣〕仙呂

二十九豏

〔減字木蘭花〕雙調

一送

〔送遠行〕越調
〔鳳鸞吟〕商調
【鳳將雛】雙調即殿前歡又名小婦孩兒鳳引雛
【鳳引雛】雙調即殿前歡又名小婦孩兒鳳將雛

三絳

〔降黃龍袞〕黃鍾

四寶

〔瑞鶴仙〕仙呂
〔翠裙腰〕仙呂
【翠盤秋】南呂即乾荷葉亦入中呂雙調
〔醉花陰〕黃鍾
〔醉太平〕正宮
〔醉扶歸〕仙呂
〔醉中天〕仙呂
【醉雁兒】仙呂即雁兒
〔醉春風〕中呂亦入正宮雙調
〔醉高歌〕中呂又名最黃樓
〔醉娘子〕雙調又名眞箇醉
〔侍香金童〕黃鍾與商調異
〔侍香金童〕商調與黃鍾異與南格稍異
〔寄生草〕仙呂
〔二郎神〕商調
〔二犯白苧歌〕雙調
〔四門子〕黃鍾
〔四季花〕仙呂
〔四塊玉〕南呂
〔四邊靜〕中呂亦入正宮雙調
〔四換頭〕中呂亦入正宮仙呂

六御

【絮蝦蟆】南呂即草池春又名鬭蝦蟆

七遇

【步蟾宮】雙調即折桂令又名秋風第一枝天香引蟾宮曲　〔步步嬌〕雙調又名潘妃曲

〔駐馬聽〕雙調　〔駐馬聽近〕雙調　〔醋葫蘆〕商調

【駙馬還朝】雙調即相公愛

九泰

〔帶賺煞〕大石又名好觀音催拍子　〔蓋天旗〕商角　〔大安樂〕仙呂

〔大聖樂〕道宮　〔大拜門〕雙調　〔大喜人心〕雙調

〔大德歌〕雙調亦入商調　〔大德樂〕雙調　【最高樓】中呂即醉高歌

〔太常引〕仙呂　〔太平令〕雙調亦入正宮　〔太清歌〕雙調又名太平歌

【太平歌】雙調即太清歌

十卦

〔挂金索〕商調亦入黃鍾　〔挂玉鈎〕雙調　〔挂搭活〕雙調與挂玉鈎異

〔挂玉鈎序〕雙調又名挂搭鈎序　【挂搭鈎序】雙調即掛玉鈎序　〔掛玉鈎序〕雙調

〔掛搭沽序〕雙調與掛玉鈎序異　〔賣花聲〕中呂又名昇平樂第二格亦入雙調

〔賣花聲煞〕中呂亦入雙調　〔快活三〕中呂　〔快活年〕雙調

〔寨兒令〕越調又名柳營曲與黃鍾異

十一隊

〔塞雁兒〕黃鍾　〔塞鴻秋〕正宮　【碎金盞】仙呂卽金盞兒與雙調

金盞子異　〔對玉環〕雙調

十二震

〔陣陣贏〕雙調卽得勝令又名凱歌曲　〔鎭江迴〕雙調

十三問

〔鄆州春〕越調

十四願

〔願成雙〕黃鍾　〔怨別離〕大石　〔萬花方三臺〕雙調

〔蔓菁菜〕中呂亦入正宮

十五翰

〔淺東山〕正宮　〔亂柳葉〕雙調亦入中呂

十六諫

〔雁兒〕仙呂又名醉雁兒　〔雁過南樓〕大石　〔雁過南樓煞〕大石

〔雁兒落〕雙調又名平沙落雁　〔雁兒落帶過得勝令〕雙調　〔慢金盞子〕雙調即金盞子與仙呂金盞兒異

十七霰

〔殿前歡〕雙調又名小姆孩兒鳳將雛鳳引雛　〔殿前喜〕雙調

十八嘯

〔笑和尚〕正宮又名笑歌賞　【笑歌賞】正宮即笑和尚　〔叫聲〕中呂

〔哨遍〕般涉亦入中呂

二十一箇

〔賀聖朝〕黃鍾與中呂雙調異　〔賀新郎〕南呂　〔賀聖朝〕中呂與黃鍾雙調異

〔賀聖朝〕商調與黃鍾中呂異　〔播海令〕中呂與雙調異　【播鼓體】大石即催花樂

〔播海令〕雙調與中呂異　〔貨郎兒〕正宮

二十二禡

〔罵玉郎〕南呂又名瑤華令　〔怕春歸〕正宮

〔夜行船〕雙調

二十三漾

〔上馬嬌〕仙呂　〔上京馬〕仙呂上一作尙與商調異

〔上馬嬌煞〕仙呂　〔上小樓〕中呂亦入正宮　〔上京馬〕商調與仙呂異

【望江南】大石卽歸塞北亦入仙呂　〔望遠行〕商調　〔相公愛〕雙調又名駙馬還朝

〔浪裏來〕商調卽仙呂雙燕子　〔浪裏來煞〕商調

二十四敬

〔聖藥王〕越調　〔慶元貞〕越調　〔慶宣和〕雙調

〔慶東原〕雙調原一作園　〔慶豐年〕雙調　〔淨瓶兒〕大石

〔淨瓶兒煞〕大石卽中呂啄木兒煞

二十五徑

〔定風波〕商調　〔勝葫蘆〕仙呂　〔應天長〕商角

二十六宥

【壽陽曲】雙調卽落梅風　【鬭蝦蟆】南呂卽草池春又名絮蝦蟆
〔鬭鵪鶉〕中呂亦入正宮與越調異　〔鬭鵪鶉〕越調與中呂異　〔晝夜樂〕黃鍾
〔豆葉黃〕雙調　〔驟雨打新荷〕雙調　〔後庭花〕仙呂
〔後庭花煞〕仙呂

二十八勘

【憨郭郎】大石卽蒙童兒

二十九豔

〔念奴嬌〕大石　【占春魁】南呂卽一枝花

三十陷

〔賺煞〕仙呂　〔賺尾〕仙呂　〔賺〕道宮

一屋

〔木蘭花〕高平　〔竹枝歌〕雙調亦入黃鍾南呂　〔牧羊關〕南呂
〔六么令〕黃鍾與仙呂異　〔六么遍〕正宮卽柳梢青與仙呂異
〔六么序〕仙呂　〔六么遍〕仙呂與正宮異　〔六么令〕仙呂與黃鍾異

〔六國朝〕大石　【哭皇天】南呂即玄鶴鳴　〔卜金錢〕大石又名初問口

〔啄木兒煞〕正宮亦入中呂　〔啄木兒煞〕中呂　〔禿厮兒〕越調又名耍厮兒小沙門

二沃

〔玉花秋〕仙呂　〔玉嬌枝〕南呂　〔玉翼蟬〕大石

〔玉翼蟬煞〕大石　〔玉抱肚〕商調亦入雙調　〔綠窗愁〕仙呂

【促拍令】般涉即急曲子　【續斷絃】雙調即撥不斷

三覺

【學士吟】正宮即黑漆弩又名鸚鵡曲

四質

〔出隊子〕黃鍾　〔一半兒〕仙呂　〔一枝花〕南呂又名占春魁

〔一錠銀〕雙調　〔一機錦〕雙調亦入南呂　〔七弟兄〕雙調

六月

〔月照庭〕正宮　〔月上海棠〕雙調　〔月兒灣〕雙調

【謁金門】中呂即朝天子亦入正宮雙調　〔歇指煞〕雙調

【忽都白】雙調忽一作古
【鶻打兎】中呂

七曷

【脫布衫】正宮
【撥不斷】雙調又名續斷絃

八黠

【八聲甘州】仙呂
【八寶妝】商調與南格稍異
【煞尾】正宮亦入中呂南呂大石
【煞尾】南呂本正宮
【煞尾】中呂本在正宮
【煞尾】本正宮
【煞】般涉
【煞】雙調與黃鍾仙呂大石異疑轉調煞即越調隨煞
【刮地風】黃鍾
【刮地風犯】黃鍾

九屑

【節節高】黃鍾
【節節高犯】黃鍾
【雪裏梅】越調又名雪中梅
【雪中梅】越調卽雪裏梅
【折桂令】雙調又名秋風第一枝天香引蟾宮曲步蟾宮
【拙魯速】越調
【閱金經】南呂卽金字經

十藥

【落梅風】雙調又名壽陽曲
【絡絲娘】越調
【鶻踏枝】仙呂

十一陌

〔石榴花〕中呂亦入正宮　〔石竹子〕雙調　〔白鶴子〕正宮

〔碧玉簫〕雙調　〔百字令〕大石　〔百字知秋令〕商調

〔百字折桂令〕雙調　〔隔尾〕南呂　〔隔尾隨煞〕南呂

〔隔尾黃鍾煞〕南呂　〔驀山溪〕大石

十二錫

〔滴滴金〕雙調又名甜水令　〔剔銀燈〕中呂亦入正宮

十三職

〔得勝令〕雙調又名凱歌回陣陣贏〔得勝令〕雙調得一作德亦入仙呂

〔黑漆弩〕正宮又名學士吟鸚鵡曲【側磚兒】雙調卽荊山玉亦入黃鍾南呂

〔憶王孫〕仙呂　〔憶常京〕仙呂　【憶秦娥】商調卽秦樓月

十四緝

〔集賢賓〕商調　〔急曲子〕般涉又名促拍令　〔十二月〕中呂亦入正宮

〔十棒鼓〕雙調

十五合

〔踏沙行〕商角　〔踏陣馬〕越調

十六葉

〔蝶戀花〕雙調

末附韻

〔呆骨朵〕正宮又名靈壽杖靈壽歌　〔菩薩蠻〕正宮　〔菩薩梁州〕南呂

〔鵪鶉兒〕南呂　〔鷓鴣天〕大石　〔耍孩兒〕般涉又名魔合羅亦入

正宮中呂雙調　〔耍厮兒〕越調卽禿厮兒又名小沙門

〔耍三台〕越調

曲目韻編卷下

南曲

一東

〔東風第一枝〕大石調引子　〔東甌令〕南呂宮過曲又名金甌令

〔東風令〕仙呂入雙調過曲
〔東閣令〕仙呂入雙調過曲
〔桐花滿園〕商調過曲與南呂宮滿園梧桐異
〔中袞第四〕越調近詞
〔中軍旗〕不知宮調過曲
〔宮娥泣〕中呂調近詞
〔風淘沙〕正宮過曲
〔風蟬兒〕中呂宮過曲
〔風馬兒〕商調引子卽羽調燕歸梁與九宮正宮十三調越調燕歸梁異
〔風入松〕雙調引子
〔風雲會四朝元〕仙呂入雙調過曲
〔風入松〕仙呂入雙調過曲
〔風送嬌音〕仙呂入雙調過曲
〔風馬兒〕越調慢詞與九宮商調異
〔風站兒〕不知宮調過曲
【紅娘子】正宮引子卽朱奴兒
〔紅繡鞋〕中呂宮過曲
〔紅芍藥〕中呂宮過曲與南呂宮異
〔紅衫兒〕南呂宮過曲與中呂調異
〔紅衲襖〕南呂宮過曲
〔紅獅兒〕南呂宮過曲與中呂調異
〔紅芍藥〕南呂宮過曲與中呂宮異
〔紅林擒〕雙調引子
〔紅林擒〕雙調過曲
〔紅羅襖〕大石調近詞缺
〔紅衫兒〕中呂調近詞與南呂宮異
〔紅獅兒〕中呂調近詞與南呂宮異
〔紅葉兒〕不知宮調過曲
【蓬萊仙】道宮調慢詞卽女冠子與黃鍾宮及般涉調女冠子均異

二冬

〔松下樂〕雙調近詞

三江

〔江神子〕越調引子　〔江頭送別〕越調過曲　〔江神子〕越調過曲
〔江兒水〕仙呂入雙調過曲又名岷江綠　〔江頭金桂〕仙呂入雙調過曲
【雙鳳翹】黃鍾宮引子即女冠子與南呂宮及道宮調之女冠子均異〔雙聲子〕黃鍾宮過曲
〔雙聲疊韻〕黃鍾宮過曲　〔雙鸂鶒〕正宮過曲與十三調中呂調異
〔雙勸酒〕仙呂入雙調過曲　〔雙雁兒〕仙呂調近詞　〔雙鸂鶒〕中呂調近詞與正宮異
〔雙蝴蝶〕雙調近詞又名兩蝴蝶　〔雙韻子〕雙調近詞缺　〔雙赤子〕道宮調近詞
〔雙煞〕附小石調後

四支

〔宜春令〕南呂宮過曲　【知秋令】商調過曲即梧葉兒與仙呂入雙調梧葉兒異
〔思園春〕中呂宮引子　〔癡冤家〕南呂宮過曲　〔雌雄畫眉〕仙呂入雙調過曲
〔熙熙令〕雙調近詞缺　〔伊州令〕大石調近詞缺　【伊州三臺】商調引子即三臺令
〔獅子序〕南呂調慢詞　〔獅子序〕南呂調近詞

五微

〔歸朝歡〕黃鍾過曲
〔歸仙洞〕羽調慢詞

六魚

【魚雁傳書】中呂宮過曲卽漁家雁
〔魚兒賺〕道宮調近詞
〔魚兒要〕道宮調近詞缺
〔漁家喜雁燈〕正宮過曲
〔漁家傲〕中呂宮過曲
〔漁家雁〕中呂宮過曲又名魚雁傳書
〔漁家燈〕中呂宮過曲
〔漁燈花〕中呂宮過曲
〔漁父第一〕商調近詞
〔漁歌子〕不知宮調引子
〔疎影〕黃鍾宮引子
〔疎影〕黃鍾宮過曲
【疎簾淡月】仙呂宮過曲卽桂枝香又名月中花
〔如夢令〕不知宮調引子

七虞

〔虞美人〕南呂宮引子
〔虞美人〕南呂宮過曲
〔巫山十二峯〕黃鍾調慢詞與高平調異
〔巫山十二峰〕高平調過曲與黃鍾調異
〔于飛樂〕南呂宮引子
〔朱奴兒〕正宮過曲又名紅娘子
〔朱奴兒插芙蓉〕正宮過曲
〔珠簾遮玉女〕高平調引子
〔胡女怨〕仙呂宮過曲
〔胡搗練〕雙調引子比本宮玉樓

春止爭首句句法故彼多冒此　〔孤飛雁〕南呂宮過曲又名孤雁飛與仙呂調孤飛雁異

【孤雁飛】南呂宮過曲即孤飛雁與仙呂調孤飛雁異　〔孤飛雁〕仙呂調近詞又名油葫蘆與仙呂宮異

〔茶蘼插金風〕黃鍾宮過曲　【孤雁飛】般涉調近詞即女冠子與南呂宮異缺

〔茶蘼香傍拍〕中呂調近詞　【茶蘼香】中呂宮過曲即拗茶蘼又名絞茶蘼

〔呼喚子〕中呂調近詞與南呂宮異　〔呼喚子〕南呂宮過曲與中呂調異

〔梧葉兒〕商調過曲又名知秋令與仙呂入雙調異

〔梧桐花〕商調過曲　〔梧葉兒〕仙呂入雙調過曲與九宮商調異

〔梧桐樹〕南呂調近詞　〔吳小四〕南呂調近詞又名吳織機

【吳織機】南呂調近詞即吳小四　〔烏夜啼〕南呂宮引子　〔芙蓉花〕南呂調近詞與擊梧桐止爭末一句之有無

八齊

〔齊天樂〕正宮引子　〔黎花兒〕越調過曲　〔西地錦〕大石調引子

〔西江月〕南呂宮過曲缺　〔西地錦〕大石調慢詞　〔西地錦近〕大石調近詞

〔西河柳〕南呂調慢詞　〔西河柳〕南呂調近詞　〔西平樂〕小石調慢詞

九佳

〔排遍第五〕黃鍾調近詞缺

〔排歌〕不知宮調過曲

〔淮妙體〕仙呂入雙調過曲

十灰

〔回回舞〕不知宮調過曲

〔梅子黃時雨〕仙呂宮引子與道宮調黃梅雨稍異

〔梅花塘〕南呂宮過曲

〔梅花酒〕越調過曲

〔梅花引〕越調慢詞

〔梅花酒〕雙調近詞缺與九宮越調異

〔梅花酒〕小石調近詞缺與九宮越調異疑即十三調雙調之梅花酒

〔催拍〕大石調過曲

十一眞

〔眞珠簾〕雙調引子

〔新水令〕雙調引子

〔新荷葉〕大石調慢詞

〔新荷葉近〕大石調近詞缺

〔新荷花〕不知宮調過曲

〔人月圓〕大石調過曲

〔神仗兒〕黃鍾宮過曲

〔珍珠馬〕雙調引子

〔春雲怨〕黃鍾宮過曲

〔春歸犯〕正宮過曲

〔春從天上來〕仙呂宮過曲

〔春色滿皇州〕正宮調近詞

〔春心破〕中呂調慢詞

〔秦娥樂〕正宮過曲

【秦樓月】商調引子即憶秦娥

【岷江綠】仙呂入雙調過曲即江兒水

十三元

〔元卜算〕仙呂入雙調過曲　〔園林杵歌〕越調過曲　〔園林好〕仙呂入雙調過曲

【村裏迓鼓】南呂宮過曲即大迓歌〔番卜算〕仙呂宮引子　〔番鼓兒〕仙呂宮過曲與中呂調異　〔番馬舞秋風〕中呂宮過曲　〔番竹馬〕南呂宮過曲

〔番鼓兒〕中呂調近詞與仙呂宮異

十四寒

〔丹鳳吟〕中呂宮過曲　〔單調風雲會〕南呂宮過曲　〔安公子〕正宮調慢詞缺

〔團圓旋〕黃鍾調近詞　〔蠻江令〕仙呂宮過曲　〔攤破雁過燈〕正宮調近詞

〔攤破第一〕正宮調近詞　〔攤破錦纏雁〕正宮調近詞

十五刪

【還京樂】仙呂調近詞即喜還京　〔還京樂〕大石調近詞缺　〔蠻牌令〕越調過曲

〔蠻牌令〕越調近詞比九宮越調止於第四句下增五字一句餘皆同〔顏回樂〕正宮過曲

〔山花子〕中呂宮過曲　〔山漁挂榴燈〕中呂宮過曲　〔山坡羊〕商調過曲又名山坡裏羊　【山坡裏羊】商調過曲即山坡羊〔山羊轉五更〕商調過曲即五羊

裘

〔山麻客〕越調過曲其第二格爲山麻子第三格爲山麻郎今人統謂山麻稭又或作山麻楷皆非也

〔山桃紅〕越調過曲

〔山虎蠻牌〕越調過曲

〔山東劉袞〕仙呂入雙調過曲

〔山麻稭〕越調近詞與九宮越調山麻客異

〔山花黃〕不知宮調過曲

一先

〔千秋歲〕中呂宮過曲

〔天仙子〕黃鍾宮過曲

〔天燈照魚雁〕正宮過曲

〔天燈魚雁對芙蓉〕正宮過曲

〔天下同〕黃鍾調近詞缺

〔天下樂〕仙呂調慢詞

〔天下樂〕仙呂調近詞

〔蓮花賺〕小石調近詞缺

〔纏枝花〕南呂宮過曲

〔連枝賺〕黃鍾調近詞

〔連理枝〕黃鍾調近詞缺

〔綿打絮〕越調近詞

〔川撥棹〕仙呂入雙調過曲

〔川豆葉〕仙呂入雙調過曲

〔川鮑老〕不知宮調過曲

〔旋風子〕雙調引子比玉井蓮後句法相同止爭平仄

〔船入荷花蓮〕雙調引子

〔傳言玉女〕黃鍾宮引子又名步虛聲

〔傳言玉女〕黃鍾宮過曲

二蕭

【銷金帳】仙呂入雙調過曲　【朝天歌】仙呂入雙調過曲又名嬌鶯兒
【朝元令】仙呂入雙調過曲又名朝元歌　【朝元歌】仙呂入雙調過曲即朝元令
【嬌鶯兒】仙呂入雙調過曲即朝天歌
【燒夜香】不知宮調過曲　【瑤臺月】南呂調慢詞　【貓兒出隊】商調過曲
【喬八分】越調過曲　【僥僥令】仙呂宮過曲即衮衮令與雙調異
【僥僥令】雙調過曲又名綵旗兒與九宮正宮綵旗兒異　【僥僥令】正宮調近詞即衮衮令與雙調僥僥令及仙呂宮衮衮令均異
【逍遙樂】商調引子

四豪

【桃李爭春】越調引子春或作放　【桃花山】越調過曲　【桃紅菊】仙呂入雙調過曲
【桃源憶故人】不知宮調引子　【桃花紅】不知宮調引子　【高陽臺】商調引子
【高陽臺】商調過曲　【叨叨令】正宮調近詞　【淘金令】仙呂入雙調過曲

五歌

【多嬌兒】越曲過曲　【多嬌面】不知宮調過曲　【羅帶兒】南呂宮過曲
【羅江怨】南呂宮過曲　【羅帳裏坐】越調過曲　【羅鼓令】仙呂入雙調過曲

〔河傳〕仙呂調慢詞
〔河傳序〕仙呂調近詞
〔阿好悶〕中呂調近詞
〔阿家嬌〕雙調近詞缺
【和兒佛】中呂宮過曲卽太和佛
〔鵝鴨滿渡船〕仙呂入雙調過曲
〔荅葉鋪水面〕小石調近詞
〔婆羅門賺〕南呂調近詞又名薄媚賺

六麻

〔麻婆子〕中呂宮過曲
【麻郎兒】南呂宮過曲卽賀新郎袞又名貨郎兒
〔花郎兒〕正宮過曲
〔花壓闌〕正宮過曲
〔花犯撲燈蛾〕中呂宮過曲又名海棠枝上撲燈蛾飽老撲燈蛾麥裏蛾
〔花提馬〕中呂宮過曲
〔花兒〕越調過曲
〔花心動〕雙調引子
〔花心動序〕仙呂入雙調過曲
〔花嚴海會〕不知宮調過曲
〔沙塞子〕大石調過曲
〔沙塞子急〕大石調過曲
〔沙雁揀南枝〕越調近詞
〔嘉慶子〕仙呂入雙調過曲
〔蝦蟆吟〕仙呂入雙調過曲
〔鏵鍬兒〕越調過曲
〔划鍬兒〕正宮調近詞與九宮越調鏵鍬兒異

七陽

〔香柳娘〕南呂宮過曲
〔香羅帶〕南呂宮過曲
〔香風俏臉兒〕南呂宮過曲
〔香遍滿〕南呂宮過曲
〔香五更〕南呂宮過曲
〔香五娘〕南呂宮過曲又名二香

轉

[香雲轉月]南呂宮過曲

[光光乍]仙呂宮過曲

[章臺柳]越調過曲

[芳草渡序]道宮調近詞

[長生道引]正宮引子

[長生道引]正宮過曲

[長壽仙]大石調過曲

[長柏]仙呂宮過曲

[長相思]商調引子

[涼草蟲]仙呂宮過曲

[霜天曉角]越調引子

[霜蕉葉]越調引子

[漿水令]仙呂入雙調過曲

[梁州令]正宮引子

[梁州序]南呂宮過曲

[梁州新郎]南呂宮過曲

[梁州錦序]南呂宮過曲

[梁溪劉大娘]南呂宮過曲

【梁州賺】南呂宮過曲即本宮賺

[梁州令]正宮調慢詞與九宮正宮止爭第四句句法

[梁州令近]正宮調近詞又名小梁州

[梁武懺]道宮調慢詞

[黃龍袞]黃鍾宮過曲

[黃薔薇]正宮過曲

[黃梅雨]仙呂宮過曲

[黃鶯兒]商調過曲

[黃鶯學畫眉]商調過曲

[黃鶯帶一封]商調過曲

[黃梅雨]道宮調慢詞此調比仙呂宮梅子黃時雨止爭末二句

[黃梅雨近]道宮調近詞缺

[湘浦雲]正宮調近詞

[羊頭靴]雙調近詞

[鎕多令]仙呂宮引子

[薔薇花]正宮過曲

八庚

〔更時令〕越調近詞缺　〔生查子〕南呂宮引子　〔生姜芽〕南呂宮過曲
〔迎仙客〕中呂調近詞　〔行香子〕中呂宮引子　〔鶯花皂〕商調過曲
〔鶯啼序〕商調過曲　〔鶯啼御林〕商調過曲　〔鶯集御林春〕商調過曲
〔鶯兒舞〕中呂調近詞　〔櫻桃花〕仙呂入雙調過曲　〔清商七犯〕商調過曲
〔清平樂〕不知宮調引子　〔清河水〕不知宮調過曲　〔情未斷煞〕仙呂宮過曲與仙呂
調羽調共
【精令】越調過局卽叱精令　〔聲聲慢〕仙呂調慢詞　【征胡兵】不知宮調過曲卽犯胡
兵
〔傾盃賺〕正宮調近詞　〔傾盃序〕正宮過曲　〔傾盃賞芙蓉〕正宮過曲

九青

〔靑歌兒〕仙呂宮過曲　〔靑玉案〕中呂宮引子　〔靑衲襖〕南呂宮過曲
〔靑歌〕仙呂調近詞與仙呂宮靑歌兒異　〔靑天歌〕不知宮調近詞
〔亭前柳〕越調過曲　〔亭前送別〕越調過曲

十蒸

〔丞相賢〕越調過曲　〔昇平樂〕正宮過曲　〔憑闌人〕中呂調近詞缺

〔燈月交輝〕黃鍾宮過曲

十一尤

【榴花錦】正宮過曲卽錦榴花　〔榴花泣〕中呂宮過曲又名載花回三犯石榴花因泣顏回本題亦名杏壇三操

【榴花燈】中呂宮過曲卽剔燈花　〔劉袞〕南呂宮過曲

〔劉潑帽〕南呂宮過曲　〔油核桃〕仙呂宮過曲　【油葫蘆】仙呂調近詞卽孤飛雁與南呂宮孤飛雁異

【秋江送別】仙呂宮過曲卽一封書

〔秋夜月〕南呂宮過曲　〔秋蕊香〕雙調引子　〔秋夜雨〕黃鍾調慢詞

〔秋夜雨〕黃鍾調近詞

十二侵

〔臨江仙〕南呂宮引子　〔臨江梅〕南呂宮引子　〔鍼線箱〕南呂宮過曲

〔沉醉東風〕仙呂入雙調過曲　〔沉醉海棠〕仙呂入雙調過曲　〔金叫雞〕仙呂宮引子

〔金菊對芙蓉〕中呂宮引子　〔金孩兒〕中呂宮過曲　〔金蓮子〕南呂宮引子

〔金錢花〕南呂宮過曲　【金甌令】南呂宮過曲卽東甌令　〔金蓮子〕南呂宮過曲

【金絡索】南呂宮過曲又名金索掛梧桐
【金索掛梧桐】南呂宮過曲卽金索絡
【金梧歌】商調過曲
【金梧桐】商調過曲卽南呂調擊梧桐
【金蕉葉】越調引子
【金瓏璁】雙調引子
【金羅紅葉兒】仙呂入雙調過曲又名金井梧桐花皂羅俗名金井水紅花
【金井梧桐花皂羅】仙呂入雙調過曲卽金羅紅葉兒
【金井水紅花】仙呂入雙調過曲卽金羅紅葉兒
【金水令】仙呂入雙調過曲又名金生麗水
【金生麗水】仙呂入雙調過曲卽金水令
【金風曲】仙呂入雙調過曲
【金娥神曲】仙呂入雙調過曲
【金殿喜重】大石調近詞
【金蓮花】南呂調近詞
【金鳳釵】羽調近詞又名錦添花
【金菊花】不知宮調過曲
【金桂枝】不知宮調過曲
【金間玉】不知宮調過曲

十三覃

【南枝歌】雙調過曲
【南枝映水淸】雙調過曲
【南枝令】仙呂入雙調過曲
【探春令】仙呂宮引子
【甘州八犯】仙呂宮過曲
【甘州歌】仙呂宮過曲
【三段子】黃鍾宮過曲
【三春柳】黃鍾宮過曲
【三字令】正宮過曲

〔三字令過十二嬌〕正宮過曲　〔三疊排歌〕仙呂宮過曲又名道和排歌
〔三犯石榴花〕中呂宮過曲即榴花泣又名載花回因泣顏回本題亦名杏壇三操
〔三花兒〕中呂宮過曲　〔三漁看花燈〕中呂宮過曲　〔三句兒煞〕中呂宮過曲與中呂調共
〔三登樂〕南呂宮引子　〔三學士〕南呂宮過曲
〔三十腔〕南呂宮過曲　〔三犯獅子序〕南呂宮過曲　〔三臺令〕商調引子即十三調商調伊州三臺令
〔三臺令〕商調過曲　〔三棒鼓〕仙呂入雙調過曲
〔三換頭〕仙呂入雙調過曲　〔三月海棠〕仙呂入雙調過曲　〔三囑付〕仙呂調近詞
〔三月桃〕雙調近詞缺　〔三疊引〕不知宮調引子　〔三仙橋〕不知宮調過曲
〔三軍旗〕不知宮調過曲

十四鹽

【簷前馬】仙呂宮過曲即鉄騎兒　〔添字紅繡鞋〕中呂宮過曲

二腫

〔奉時春〕仙呂宮引子

四紙

〔紫蘇丸〕仙呂宮引子
〔美中美〕仙呂宮過曲
【美女行】仙呂入雙調過曲卽好姐姐
〔水仙子〕黃鍾宮過曲與十三調雙調異
〔水車歌〕中呂宮過曲
〔水紅花〕商調過曲又名折紅蓮與仙呂入雙調異
〔水底魚〕越調過曲古曰比目魚
〔水中梭〕越調過曲卽水紅花水底魚少二句
〔水紅花〕仙呂入雙調過曲與九宮商調異
〔水仙子〕雙調近詞與黃鍾宮異
〔水叨令〕不知宮調過曲
〔水唐歌〕不知宮調過曲
〔喜看燈〕黃鍾宮過曲
〔喜無窮煞〕黃鍾宮過曲與黃鍾調共
〔喜遷鶯〕正宮引子
〔喜還京〕仙呂宮過曲與仙呂調異
〔喜梧桐〕商調過曲
〔喜還京〕仙呂調近詞又名還京樂與仙呂宮喜還京異
〔喜漁燈〕仙呂調近詞
〔似娘兒〕仙呂宮引子
【似娘兒】越調過曲卽醉娘子

五尾

〔尾犯〕中呂宮引子
〔尾犯序〕中呂宮過曲
〔尾犯芙蓉〕中呂宮過曲

六語

〔杵歌〕中呂調近詞
〔女冠子〕黃鍾宮引子又名雙鳳翹與南呂宮小女冠子及道宮調

均異
〔女臨江〕南呂宮引子
〔女冠子〕南呂宮過曲
〔女冠子〕道宮調慢詞又名蓬萊仙與黃鍾宮及般涉調均異
〔女冠子〕般涉調近詞又名孤雁飛與南呂宮女冠子孤飛雁異缺
〔楚江清〕南呂宮過曲

七畫

〔羽調排歌〕仙呂宮過曲
〔舞霓裳〕中呂宮過曲與中呂調異
〔舞霓裳〕中呂調近詞與中呂宮異
〔鼓板賺〕中呂調近詞
〔古皂羅袍〕仙呂宮過曲
〔古山花子〕中呂宮過曲
〔古輪臺〕中呂宮過曲
〔古針線箱〕南呂宮過曲
〔古江兒水〕仙呂入雙調過曲至元更謂四犯岷江綠
〔古水仙子〕黃鍾調近詞與黃鍾宮及十三調雙調水仙子均異缺
〔琥珀貓兒墜〕商調過曲
〔普天樂〕正宮過曲與中呂調異
〔普天樂犯〕正宮過曲
〔普賢歌〕仙呂入雙調過曲
〔普天樂〕中呂調近詞與正宮異
〔五方鬼〕仙呂宮過曲
〔五更轉〕南呂宮過曲
〔五更香〕南呂宮過曲又名五柳莊
〔五柳莊〕南呂宮過曲即五更香
〔五更馬〕南呂宮過曲
〔五羊裘〕商調過曲又名山羊轉五更
〔五韻美〕越調過曲與仙呂入雙調異
〔五般宜〕越調過曲
〔五供養〕雙調引子

〔五韻美〕仙呂入雙調過曲與越調異
〔五供養〕仙呂入雙調過曲
〔五馬江兒水〕仙呂入雙調過曲
〔五馬渡江南〕仙呂入雙調過曲
〔五樣錦〕高平調過曲
〔五團花〕高平調過曲
〔聚八仙〕仙呂宮過曲缺
〔聚八仙〕仙呂調慢詞缺
〔縷縷金〕中呂宮過曲
〔武陵春〕雙調近詞
〔杜韋娘〕仙呂調慢詞

九蟹

〔解連環〕仙呂宮引子
〔解三酲〕仙呂宮過曲
〔解酲帶甘州〕仙呂宮過曲
〔解酲歌〕仙呂宮過曲
〔解袍歌〕仙呂宮過曲又名解羅歌
【解羅歌】仙呂宮過曲即解袍歌
〔解連環〕仙呂宮過曲與南呂宮異
〔解連環〕南呂宮引子缺
〔解連環〕南呂宮過曲與仙呂宮異
〔解連環〕商調慢詞缺
〔解紅序〕道宮調近詞

十賄

〔採茶歌〕南呂調近詞
〔彩旗兒〕正宮過曲與雙調僥僥令又名彩旗兒異
【彩旗兒】雙調過曲即僥僥令與九宮正宮異
【海棠枝上撲燈蛾】中呂調過曲
即花犯撲燈蛾又名鮑老撲燈蛾麥裏蛾
〔海棠春前〕雙調引子

〔海棠春後〕雙調引子
〔海棠抱玉枝〕仙呂入雙調過曲
〔海棠錦〕仙呂入雙調過曲
〔海棠紅〕仙呂入雙調過曲
〔海棠醉〕仙呂入雙調過曲
〔海棠令〕仙呂入雙調過曲
〔海榴花〕雙調近詞
〔海棠賺〕雙調近詞

十一軫

〔引駕行〕南呂調過曲
〔引軍旗〕越調過曲
〔尹令〕仙呂入雙調過曲

十二吻

〔粉蝶兒〕中呂宮引子
〔粉孩兒〕中呂宮過曲
〔粉蝶兒〕中呂調慢詞與中呂宮異缺
〔粉蝶兒近〕中呂調近詞缺

十三阮

〔阮郎歸〕南呂宮引子
〔阮郎歸〕南呂宮過曲
〔本宮賺〕正宮過曲
〔本宮賺〕大石調過曲
〔本宮賺〕中呂宮過曲
〔本宮賺〕南呂宮過曲又名梁州賺
〔本宮賺〕越調過曲
〔本調賺〕羽調近詞
〔袞袞令〕仙呂宮過曲又名僥僥令與雙調僥僥令異
〔袞袞令〕正宮調近詞又名僥僥令與雙調僥僥令及仙呂宮袞袞令均異
〔袞第三〕越調近詞

〔滾繡毬〕中呂宮過曲

十四旱

〔滿江紅〕正宮引子　〔滿江紅〕正宮過曲　〔滿庭芳〕中呂宮引子

〔滿庭芳〕中呂宮過曲　〔滿園春〕南呂宮引子　〔滿園春〕南呂宮過曲與九宮商調滿園春又名鵲踏枝遍地錦者異〔滿園梧桐〕南呂宮過曲與九宮商調桐花滿園異

〔滿園春〕商調過曲又名雪獅子鵲踏枝遍地錦與南呂宮滿園春異〔滿堂春〕正宮調慢詞

〔滿院榴花〕不知宮調過曲　〔短拍〕仙呂宮過曲　〔懶畫眉〕南呂宮過曲

〔浣沙溪〕南呂宮引子　〔浣沙溪〕南呂宮過曲　〔浣沙劉月蓮〕南呂宮過曲

十五潸

〔眼兒媚〕不知宮調引子

十六銑

〔轉山子〕南呂宮引子　〔剪梨花〕中呂調近詞缺

十七篠

〔小桃紅〕正宮過曲與越調異　〔小蓬萊〕仙呂宮引子　〔小醋天〕仙呂宮過曲

〔小女冠子〕南呂宮引子與黃鍾宮及道宮調女冠子均異　〔小桃紅〕越調過曲與正宮異

【小梁州】正宮調近詞即梁州令近　〔小秀才〕大石調近詞缺　〔小蓮歌〕羽調近詞

〔小重山〕不知宮調引子　〔小引〕不知宮調過曲　〔曉行序〕仙呂入雙調過曲即夜行船序

〔少不得〕南呂調近詞缺　〔遶紅樓〕仲呂宮引子

〔遶池遊〕商調引子　〔遶地風〕商調引子　〔趙皮鞋〕越調過曲比梨花兒減一捺字

十八巧

〔飽老催全〕黃鍾宮過曲　〔飽老催後〕黃鍾宮過曲　【飽老撲燈蛾】中呂宮過曲即花犯撲燈蛾又名海棠枝上撲燈蛾麥裏蛾　〔飽子令〕越調過曲

〔攪羣羊〕南呂調近詞　【絞茶蘼】中呂宮過曲即拗茶蘼又名茶蘼香

〔拗茶蘼〕中呂宮過曲又名絞茶蘼茶蘼香　〔拗芝蔴〕道宮調近詞

十九皓

〔寶鼎現〕雙調引子　〔好孩兒〕中呂宮過曲　【好事近】中呂宮過曲即泣顏回又名杏壇三操

〔好姐姐〕仙呂入雙調過曲又名美女行

〔好收因煞〕小石調近詞
【道和排歌】仙呂宮過曲卽三疊排歌
〔道和〕越調過曲向作合生置屬中呂宮
〔搗練子〕雙調引子
〔搗白練〕南呂調近詞
〔皂羅袍〕仙呂宮過曲又名鬧花袍

二十哿

〔瑣窗寒〕南呂宮過曲
〔瑣窗郎〕南呂宮過曲
〔瑣窗樂〕南呂宮過曲
〔瑣南枝〕雙調過曲
〔顆顆珠〕不知宮調引子

二十一馬

〔馬蹄花〕中呂宮過曲
〔馬鞍兒〕羽調近詞
〔馬蹄鎗〕不知宮調過曲
〔瓦盆兒〕中呂宮過曲
〔姐姐上錦堂〕雙調過曲

二十二養

〔養花天〕小石調慢詞
〔兩休休〕中呂宮過曲
〔兩頭蠻〕雙調近詞與不知宮調異
【兩蝴蝶】雙調近詞卽雙蝴蝶
〔兩情煞〕附小石調後
〔兩頭蠻〕不知宮調過曲與十三調雙調異
〔賞宮花〕黃鍾宮過曲與黃鍾調異
〔賞宮花序〕黃鍾調近詞與黃鍾宮賞宮花異

〔賞佛蓮〕小石調近詞缺

二十三梗

〔永團圓〕中呂宮過曲
〔永遇樂〕商調慢詞
【杏壇三操】中呂宮過曲卽泣顏
回乂名好事近
〔杏花天〕越調引子
〔打毬場〕仙呂入雙調過曲

二十五有

〔有餘情煞〕越調過曲與十三調越調共
〔有結果煞〕仙呂入雙調過曲與
十三調雙調共
〔柳梢青〕雙調引子
〔柳絮飛〕仙呂入雙調過曲
〔柳梢青〕仙呂入雙調過曲
〔柳搖金〕仙呂入雙調過曲
〔柳穿魚〕不知宮調過曲
〔柳葉兒〕不知宮調過曲
〔走山畫眉〕中呂宮過曲
〔醜奴兒〕大石調慢詞與過曲同
當刪
〔醜奴兒近〕大石調近詞
〔九疑山〕南呂宮過曲

二十六寢

〔錦纏雁〕正宮過曲
〔錦纏道〕正宮過曲
〔錦纏樂〕正宮過曲
〔錦庭樂〕正宮過曲滿庭芳本調
〔錦庭芳〕正宮過曲
〔錦梁州〕正宮過曲
〔錦榴花〕正宮過曲乂名榴花錦
〔錦漁兒〕正宮過曲
〔錦中拍〕正宮過曲

〔錦前拍〕正宮過曲　〔錦後拍〕正宮過曲　〔錦漁燈〕中呂宮過曲

〔錦堂月〕雙調過曲　〔錦海棠〕雙調過曲　〔錦法經〕仙呂入雙調過曲

〔錦上花〕仙呂入雙調過曲　〔錦上添花〕仙呂入雙調過曲　〔錦夜香〕仙呂入雙調過曲

【錦添花】羽調近詞卽金鳳釵　〔錦腰兒〕高平調過曲又名細腰兒卽南呂宮寄生子

〔品令〕仙呂入雙調過曲　〔枕屏兒〕越調慢詞

二十七感

〔感皇恩〕南呂調近詞缺　〔撼亭秋〕仙呂宮過曲

二十八儉

〔點絳唇〕黃鍾宮引子

二十九豏

〔犯衮〕仙呂入雙調過曲　〔犯朝〕仙呂入雙調過曲　〔犯歡〕仙呂入雙調過曲

〔犯聲〕仙呂入雙調過曲　〔犯胡兵〕不知宮調過曲又名征胡兵

一送

〔鳳凰閣〕商調引子　〔洞仙歌〕正宮過曲

二宋

〔誦子〕不知宮調過曲　〔供玉枝〕仙呂入雙調過曲

三絳

〔絳都春〕黃鍾宮引子　〔絳都春序〕黃鍾宮過曲　〔絳都春犯〕黃鍾宮過曲

〔絳玉序〕黃鍾宮過曲　〔降黃龍〕黃鍾宮引子　〔降黃龍〕黃鍾宮過曲

四寘

〔地錦花〕中呂宮過曲　〔意難忘〕南呂宮引子　〔字字錦〕商調過曲

〔字字雙〕仙呂入雙調過曲　〔瑞雲濃〕黃鍾宮引子　〔瑞鶴仙〕正宮引子

〔醉太平〕正宮過曲　〔醉落魄〕仙呂宮引子　〔醉落魄〕仙呂宮過曲

〔醉扶歸〕仙呂宮過曲　〔醉歸月下〕仙呂宮過曲　〔醉羅歌〕仙呂宮過曲

〔醉花雲〕仙呂宮過曲　〔醉歸花月渡〕仙呂宮過曲　〔醉中歸〕中呂宮引子

〔醉太師〕南呂宮過曲　〔醉娘子〕越調過曲又名似娘兒〔醉公子〕雙調過曲

〔醉雁兒〕仙呂調近詞　〔醉春風〕中呂調慢詞缺　〔侍香金童〕黃鍾宮過曲

〔寄生子〕南呂宮過曲又名細腰兒〔寄生子〕南呂調近詞　〔二紅郎〕正宮過曲

〔二犯漁家傲〕正宮過曲
〔二犯月兒高〕仙呂宮過曲
〔二犯傍妝臺〕仙呂宮過曲
〔二犯掉角兒〕仙呂宮過曲
【二香轉】南呂宮過曲卽香五娘
〔二犯獅子序〕南呂宮過曲
〔二郎神慢〕商調引子
〔二犯集賢賓〕商調過曲
〔二郎神〕商調過曲
〔二賢賓〕商調過曲
〔二啼鶯〕商調過曲
〔二犯排歌〕越調過曲
〔二犯六么令〕仙呂入雙調過曲又名玉枝歌
〔二犯江兒水〕仙呂入雙調過曲
〔二梧桐〕南呂調近詞
〔二犯聲梧桐〕南呂調近詞
〔二仙插芙蓉〕南呂調近詞又名映水芙蓉
〔二郎賺〕商調近詞
〔四邊靜〕正宮過曲
〔四換頭〕仙呂宮過曲
〔四時花〕仙呂宮過曲又名四季花後附全套四時花
【四季花】仙呂宮過曲卽四時花
〔四園春〕中呂宮引子
〔四犯黃鶯兒〕商調過曲
〔四般宜〕越調過曲
〔四犯江兒水〕仙呂入雙調過曲
〔四塊金〕仙呂入雙調過曲
〔四朝元〕仙呂入雙調過曲
〔四國朝〕越調慢詞
〔四國朝〕越調近詞
〔四國朝令〕道宮調慢詞缺
〔四犯江兒水〕小石調近詞缺
〔比目魚〕越調過曲卽今水底魚

五末

〔尉遲杯〕雙調近詞缺

六御

〔御林鶯〕商調過曲
〔御林木〕商調過曲
〔御袍黃〕商調過曲
〔絮英臺〕越調過曲
〔絮婆婆〕仙呂入雙調過曲

七遇

〔渡江雲〕仙呂宮過曲
〔步虛聲〕黃鍾宮引子卽傳言玉女
〔步蟾宮〕南呂宮引子
〔步步嬌〕仙呂入雙調過曲
〔步莎堤〕雙調近詞缺
〔步難行〕不知宮調過曲
〔步金蓮〕不知宮調過曲
〔素帶兒〕正宮過曲
〔駐馬兒〕仙呂宮過曲
〔駐馬聽〕中呂宮引子
〔駐雲飛〕中呂宮過曲
〔駐馬聽〕中呂宮過曲
〔駐馬摘金桃〕中呂宮過曲
〔駐馬擊梧桐〕南呂調近詞
〔誤佳期〕仙呂宮過曲

八霽

〔帝臺春〕不知宮調引子
〔繫人心〕越調過曲
【細腰兒】南呂宮過曲卽寄生子
【細腰兒】高平調過曲卽錦腰兒亦卽南呂宮寄生子
〔桂枝香〕仙呂宮引子
〔桂枝香〕仙呂宮過曲又名月中花疎簾淡月
〔桂花袍〕仙呂宮過曲

九泰

〔會河陽〕中呂宮過曲與中呂調會河序異

〔會河序〕中呂調近詞

〔外軍旗〕正宮過曲

〔大齋郎〕仙呂宮過曲

【大河蟹】仙呂宮過曲即勝葫蘆

〔大影戲〕中呂宮過曲

〔大環著〕中呂宮過曲

〔大聖樂〕南呂宮引子

〔大迓鼓〕南呂宮過曲又名村裏迓鼓

〔大聖樂〕南呂宮過曲

〔大寒花〕南呂宮過曲

〔大江兒水〕仙呂入雙調過曲

【大擺袖】正宮調近詞即雁過聲又名塞鴻秋與正宮雁過聲異

〔大夫娘〕中呂調近詞缺

〔大金錢〕南呂調近詞缺

〔奈子花〕南呂宮過曲

〔奈子宜春〕南呂宮過曲

〔太和佛〕中呂調過曲又名和兒佛

〔太師引〕南呂宮過曲

〔太師垂繡帶〕南呂宮過曲

〔太平令〕黃鍾調近詞與中呂調異

〔太平賺〕大石調近詞

〔太平令〕中呂調近詞與黃鍾調異

〔太平賺犯〕般涉調近詞

〔酹江月〕南呂宮過曲

【酹江月】大石調慢詞即念奴嬌慢又名百字令

十卦

〔挂眞兒〕南呂宮引子

〔賣花聲〕越調引子

【賣花聲】羽調近詞即浪淘沙與九

宮越調浪淘沙異　〔畫眉序〕黃鍾宮過曲　〔畫角序〕黃鍾宮過曲
〔畫眉啄木〕黃鍾宮過曲　〔畫眉兒〕道宮調近詞　〔畫堂春〕不知宮調引子
〔快活年〕黃鍾調慢詞缺

十一隊

〔塞鴻秋〕正宮調近詞即雁過聲又名大攏袖與正宮雁過聲異　〔截花回〕中呂宮過曲即榴花泣
又名三犯石榴花因泣顏回本題亦名杏壇三操　〔截西施〕不知宮調過曲
〔對美人〕不知宮調過曲　〔賽觀音〕大石調過曲　〔賽紅娘〕雙調近詞

十二震

〔駿甲馬〕不知宮調過曲

十四願

〔怨東君〕中呂宮過曲　〔怨別離〕南呂宮過曲　〔恨更長〕黃鍾宮過曲
〔恨蕭郎〕南呂調近詞　〔恨薄情〕不知宮調過曲

十五翰

〔漢東山〕不知宮調過曲　〔翫仙燈〕黃鍾宮引子　〔翫仙燈〕黃鍾宮過曲

十六諫

〔雁來紅〕正宮過曲
〔雁過聲〕正宮過曲與正宮調異
〔雁魚錦〕正宮過曲
〔雁漁序〕正宮過曲
〔雁過南樓〕越調過曲
〔雁兒舞〕仙呂入雙調過曲
〔雁過枝〕仙呂入雙調過曲又名雁栖枝玉雁子
【雁棲枝】仙呂入雙調過曲卽雁過枝又名玉雁子
〔雁過聲〕正宮調近詞又名塞鴻秋大擺袖與正宮雁過聲異
〔雁過錦〕正宮調近詞
〔雁過沙〕越調近詞
〔雁狆天〕不知宮調過曲
【閙花袍】仙呂宮過曲卽皂羅袍
〔慢聲聲〕仙呂調近詞

十七霰

〔燕歸梁〕正宮引子與羽調異
〔燕穿簾〕雙調近詞
〔燕歸梁〕羽調慢詞卽九宮商調風馬兒與十三調越調風馬兒及正宮燕歸梁均異
〔宴蟠桃〕不知宮調引子
【遍地錦】商調過曲卽滿園春又名雪獅子鵲踏枝與南呂宮滿園春異
〔遍地花影〕小石調近詞缺
〔戀繡衾〕正宮過曲
〔戀芳春〕南呂引子
〔囀林鶯〕商調過曲

十八嘯

〔少年遊〕大石調引子
〔掉角兒〕仙呂宮過曲
〔掉角望鄉〕仙呂宮過曲
〔哨遍〕般涉調慢詞餘

十九效

〔孝順歌〕雙調過曲
〔孝南枝〕雙調過曲
〔孝順兒〕雙調過曲
〔鬧樊樓〕黃鍾宮過曲

二十號

〔告雁兒〕仙呂調近詞
〔倒接飽老催〕黃鍾宮過曲
〔倒拖船〕仙呂入雙調過曲
〔倒上橋〕羽調近詞

二十一箇

〔賀新郎〕南呂宮引子
〔賀新郎袞〕南呂宮過曲又名麻郎兒貨郎兒
〔賀新郎〕南呂宮過曲
〔賀聖朝〕雙調引子
〔破鶯陣〕正宮引子
〔破陣子〕正宮引子
〔破齊陣〕正宮引子
〔破金歌〕仙呂入雙調過曲
〔破子〕仙呂入雙調過曲
〔破第二〕越調近詞
【貨郎兒】南呂宮過曲即賀新郎袞又名麻郎兒

二十二禡

〔夜行船〕雙調引子
〔夜遊湖〕雙調引子
〔夜雨打梧桐〕仙呂入雙調過曲
〔夜行船序〕仙呂入雙調過曲
〔夜合花〕大石調慢詞
〔下小樓〕黃鍾宮過曲
〔下山虎〕越調過曲
〔謝秋風〕道宮調近詞缺
〔灞陵橋〕雙調引子
〔灞陵橋〕仙呂入雙調過曲
〔怕春歸〕正宮過曲

二十三漾

〔上馬踢〕仙呂宮過曲
〔上林春〕南呂宮引子
〔望遠行〕仙呂宮引子
〔望吾鄉〕仙呂宮過曲
〔望妝臺〕仙呂宮過曲
〔望梅花〕仙呂宮過曲詞見南呂調
〔望歌兒〕越調過曲
〔望梅花〕南呂調近詞
〔望江南〕南呂調近詞缺
〔望江南〕不知宮調引子
〔帳兒裏燈〕雙調近詞缺
〔浪淘沙〕越調過曲
〔浪淘沙〕羽調近詞又名賣花聲與九宮越調浪淘沙異
〔尙輕圓煞〕大石調過曲與十三調大石調共
〔尙按節拍煞〕南呂宮過曲與南呂調宮調共
〔尙繞梁煞〕商調過曲與十三調商調共
〔尙如縷煞〕般涉調近詞
〔傍妝臺〕仙呂宮過曲
〔傍妝臺犯〕仙呂宮過曲

二十四敬

〔慶青春〕商調引子　〔慶春宮〕商調引子　〔慶時豐〕羽調近詞

【映水芙蓉】南呂調近詞即二仙插芙蓉

二十五徑

〔勝葫蘆〕仙呂宮過曲又名大河蟹〔勝如花〕羽調近詞　〔應時明〕道宮調慢詞缺

〔應時明近〕道宮調近詞　〔稱人心〕南呂宮引子

二十六宥

〔繡帶兒〕南呂宮過曲　〔繡太平〕南呂宮過曲　〔繡衣郎〕南呂宮過曲

〔繡停針〕越調近詞　〔繡停針〕越調近詞與九宮越調異

〔繡鴛鴦〕雙調近詞缺　〔鬬雙雞〕黃鍾宮過曲　〔鬬百索〕南呂宮過曲

〔鬬黑麻〕越調過曲　【鬬蠻牌】越調過曲即黑蠻牌　〔鬬蛤蟆〕越調過曲

〔鬬寶蟾〕越調過曲　〔晝錦堂〕雙調過曲　〔豆葉黃〕雙調引子

〔豆葉黃〕仙呂宮入雙調過曲　〔驟雨打新荷〕小石調近詞

二十七沁

〔沁園春〕中呂調慢詞

二十九豔

〔劍器令〕仙呂宮引子
〔念奴嬌〕大石調引子
〔念奴嬌序〕大石調過曲
〔念佛子〕中呂宮過曲
〔念奴嬌慢〕大石調慢詞又名百字令酹江月

三十陷

〔汎蘭舟〕雙調慢詞缺
〔汎蘭舟〕雙調近詞缺

一屋

〔木丫叉〕仙呂宮過曲
〔木蘭花〕南呂調慢詞
〔竹馬兒〕南呂宮過曲
〔竹馬兒賺〕越調近詞
〔福馬郎〕正宮過曲
〔福青歌〕仙呂入雙調過曲
〔菊花新〕中呂宮引子
〔牧陽關〕南呂調近詞
〔牧犢歌〕不知宮調引子
〔六花袞風前〕仙呂宮過曲
〔六犯淸音〕南呂宮過曲
〔六么兒〕仙呂入雙調過曲
〔六么令〕仙呂入雙調過曲又名六么歌
〔六么歌〕仙呂入雙調過曲即六么令
〔哭相思〕南呂宮引子
〔哭岐婆〕仙呂入雙調過曲
〔卜算子〕仙呂宮引子
〔卜算子〕仙呂宮過曲
〔祝英臺近〕越調引子

〔祝英臺〕越調過曲　〔啄木兒〕黃鍾宮過曲　〔啄木鸝〕黃鍾宮過曲
〔禿廝兒〕越調過曲　〔簇御林〕商調過曲　〔簇仗〕南呂調近詞

二沃

〔玉漏遲〕黃鍾宮引子　〔玉漏遲〕黃鍾宮過曲　〔玉芙蓉〕正宮過曲
〔玉連環〕仙呂宮過曲　〔玉貓兒〕商調過曲　〔玉井蓮後〕雙調引子
〔玉井闌〕雙調引子闌疑蓮之誤或卽玉井蓮前　〔玉樓春〕雙調引子
〔玉抱肚〕仙呂入雙調過曲　〔玉兒歌〕仙呂入雙調過曲　〔玉枝歌〕仙呂入雙調過曲卽二
犯六么令　〔玉枝供〕仙呂入雙調過曲　〔玉抱交〕仙呂入雙調過曲
〔玉山供〕仙呂入雙調過曲　〔玉交枝〕仙呂入雙調過曲　〔玉雁子〕仙呂入雙調過曲卽雁
過枝又名雁棲枝　〔玉翼蟾〕黃鍾調近詞　〔玉濠寨〕正宮調近詞
〔玉梅花〕南呂調近詞　〔玉簫令〕越調近詞卽碧玉簫　〔玉山槐〕道宮調近詞缺
〔玉女捲珠簾〕高平調引子　〔燭影搖紅〕大石調慢詞　〔綠襴踢〕正宮過曲
〔綠芙蓉〕不知宮調過曲

三覺

〔撲蝴蝶〕黃鍾宮過曲　〔撲燈蛾〕中呂宮過曲　【撲頭錢】越調過曲即博頭錢

四質

〔出隊子〕黃鍾宮過曲　〔出破〕越調近詞　〔一撮棹〕正宮過曲

〔一封書〕仙呂宮過曲又名秋江送別　〔一秤金〕仙呂宮過曲

〔一盆花〕仙呂宮過曲　〔一枝花〕南呂宮引子　〔一剪梅〕南呂宮引子

〔一江風〕南呂宮過曲　〔一疋布〕越調過曲　〔一機錦〕仙呂入雙調過曲

〔一泓兒水〕雙調近詞缺　〔一絡索〕不知宮調引子　〔蜜淋漓〕不知宮調過曲

〔七娘子〕正宮引子　〔七犯玲瓏〕南呂宮過曲　〔七賢過關〕南呂宮過曲

〔叱精令〕越調過曲或無叱字　〔窣地錦襠〕仙呂入雙調過曲

五物

〔不絕令煞〕正宮過曲與正宮調共

六月

〔月裏嫦娥〕黃鍾宮過曲　〔月兒高〕仙呂宮過曲　〔月雲高〕仙呂宮過曲

〔月上五更〕仙呂宮過曲　〔月照山〕仙呂宮過曲　〔月下佳期〕仙呂宮過曲

【月中花】仙呂宮過曲卽桂枝香又名疎簾淡月與羽調異

【月上海棠】雙調引子

【月上海棠】仙呂入雙調過曲

【月中花】羽調近詞與仙呂桂枝香又名月中花異

【越恁好】中呂宮過曲

【越調排歌】越調過曲與仙呂宮越調排歌及三疊排歌均異

【謁金門】雙調引子

【歇滿】大石調近詞缺

【歇拍】越調近詞

【鶻打兎】中呂宮過曲

七曷

【脫銀袍】雙調慢詞缺

八黠

【八聲甘州】南呂宮過曲

【八寶妝】南呂宮過曲

【八聲甘州】仙呂調慢詞缺

【煞】越調近詞

【刮地風】黃鍾宮過曲

【刮鼓令】南呂宮過曲

【刷子序】正宮過曲

【刷子帶芙蓉】正宮過曲

九屑

【節節高】南呂宮過曲

【雪獅子】商調過曲卽滿園春又名鵲踏枝遍地錦與南呂宮滿園春異

【鐵騎兒】仙呂宮過曲又名簷前馬

〔折腰一枝花〕南呂宮引子又名惜花春起早　【折紅蓮】商調過曲即水紅花與
仙呂入雙調水紅花與

十藥

〔薄媚袞〕正宮過曲　〔薄倖〕南呂宮引子　〔薄媚〕南呂宮引子又名薄媚令
【薄媚令】南呂宮引子即薄媚　〔薄媚袞羅袍〕正宮調近詞　【薄媚賺】南呂宮近詞即婆羅門
賺　〔樂安神〕仙呂宮過曲　〔樂安歌〕仙呂宮過曲
〔鶴翀天〕不知宮調過曲　〔博頭錢〕越調過曲又名撲頭錢〔鵲橋仙〕仙呂宮引子
【鵲踏枝】商調過曲即滿園春又名雪獅子遍地錦與南呂宮滿園春異

十一陌

〔石榴花〕中呂宮過曲　〔石竹花〕南呂宮過曲　〔石竹子〕南呂宮過曲失律不載
〔白練序〕正宮過曲　〔碧玉令〕大石調引子　〔碧牡丹〕仙呂宮過曲
〔碧玉簫〕越調近詞又名玉簫令　【麥裏蛾】中呂宮過曲即花犯撲燈蛾又名海棠枝上撲燈蛾飽老
撲燈蛾　【百字令】大石調慢詞即念奴嬌慢又名酹江月
〔惜黃花〕仙呂宮過曲　〔惜春令〕南呂宮引子　〔惜春慢〕南呂宮引子

【惜花春起早】南呂宮引子卽折腰一枝花　〔惜英臺〕越調過曲

〔惜奴嬌〕雙調引子　〔惜奴嬌序〕仙呂入雙調過曲　〔惜花賺〕仙呂調近詞

〔驀山溪〕大石調慢詞

十二錫

〔擊梧桐〕商調過曲與南呂調異　〔擊梧桐〕南呂調近詞卽九宮商調金梧桐與彼調擊梧桐異

〔滴溜子〕黃鍾宮過曲　〔滴滴金〕黃鍾宮過曲　〔喫時令〕雙調近詞缺

〔剔銀燈〕中呂宮引子　〔剔銀燈〕中呂宮過曲　〔剔燈花〕中呂宮過曲又名榴花燈

十三職

〔得勝序〕中呂調近詞　〔黑嘛令〕越調過曲　〔黑蠻牌〕越調過曲又名鬬蠻牌

〔憶秦娥〕商調引子又名秦樓月　〔憶多嬌〕越調過曲　〔憶鶯兒〕越調過曲

〔憶花兒〕越調過曲　〔憶虎序〕越調過曲　〔忒忒令〕仙呂入雙調過曲

十四緝

〔集賢賓〕商調過曲　〔集鶯花〕商調過曲　〔集賢賓〕商調慢詞

〔入賺〕黃鍾宮過曲缺　〔入賺〕仙呂宮過曲缺　〔入賺〕商調過曲
〔入賺〕仙呂入雙調過曲缺　〔入破〕越調過曲　〔泣秦娥〕正宮過曲
〔泣顏回〕中呂宮過曲又名杏檀三操好事近　〔泣刷天燈〕中呂宮過曲
〔十五郎〕仙呂宮過曲與南呂調異〔十破四〕中呂宮過曲　〔十二時〕商調引子
〔十二嬌〕仙呂入雙調過曲　〔十五郎〕南呂調近詞與仙呂宮異
〔十六娘〕雙調近詞缺　〔十樣錦〕高平調過曲　〔十二時〕高平調過曲
〔十二紅〕高平調過曲　〔十棒鼓〕不知宮調過曲

十五合

〔合生〕中呂宮過曲　〔臘梅花〕仙呂宮過曲　〔踏莎行〕不知宮調引子

十六葉

〔葉兒紅〕商調過曲　〔接雲鶴〕不知宮調引子　〔疊字錦〕仙呂入雙調過曲

十七洽

〔甲馬引〕不知宮調引子　〔插花三臺〕大石調近詞

末附韻

〔耍鮑老〕黃鍾宮過曲

〔耍孩兒〕中呂宮過曲與中呂調般涉調異

〔耍孩兒〕中呂調近詞與中呂宮及般涉調異

〔耍孩兒〕般涉調近詞與中呂宮及中呂調異缺

〔鷓鴣天〕仙呂宮引子

〔撒金錢〕雙調近詞缺

曲目韻編終

正音學會校本